माने न मतवाला जिया

गीत संग्रह

कैलाश चन्द्र यादव

Anybook

Published By
Anybook
Cell : 9971698930
E-mail: contactanybook@gmail.com
Website : www.anybook.org

Paperback first published by Anybook in 2025

Cover, Design & Typesetting by Anybook

ISBN : 978-93-91571-78-8

कैलाश चन्द्र यादव - परिचय

जन्म तिथि	: नवम्बर 16 सन् 1960 ई०
शिक्षा	: एम. ए. (अर्थशास्त्र) एम. काम.
सम्प्रति	: भारत संचार निगम लिमिटेड से कार्यालय अधीक्षक के पद से सेवानिवृत
स्थायी पता	: मौ० कटरामालियान, म०.नं०.400 काका स्वीट्स के पास, काशीपुर-244713 जिला- ऊधमसिंहनगर (उत्तराखण्ड)
अस्थायी पता	: बांसियोंवाला मन्दिर रोड, राजमण्डप चौराहे से पहले, काशीपुर-244713 जिला- ऊधमसिंह नगर (उत्तराखण्ड)
मो० नं०	: 94589-37977, 90273-33919

पुस्तक परिचय

माने न मतवाला जिया गीत संग्रह में जिन गीतों का सृजन किया गया है. वे अवश्य ही आपके दिल की गहराईयों को छुयेंगे ऐसा मेरा विश्वास है. लम्हा-लम्हा कर ज़िंदगी गुजरती जाती है. कैसे-कैसे परिवर्तनों से हमें गुजरना पड़ता है कोई नहीं जानता. वरन् हर क्षण को शब्दों को कैद करने का हरदम मेरा प्रयास रहा है.

अपने गीतों के माध्यम से मैंने अपने जीवन को ढाला है. कभी सामाजिक परिप्रेक्ष्य का दर्शन *'भला न किया तो बुरा भी न कर'* जवानी का एहसास **'दिल कैसे संभालूँ मैं', 'गुजरे ज़माने में ले जाता', 'फिर से लिख दे'** और भी इसी तरह के गीत प्यार के जज़्बातों को तरो-ताज़ा रखने के लिये पर्याप्त हैं.

फिल्म जगत में मेरे गीतों पर कार्य चल रहा है. **साज़ सरगम स्टूडियो पुणे महाराष्ट्र** की पूरी टीम इन पर लगातार काम कर रही है. फेसबुक पर **नग़मों का सुरीला सफ़र** अब तक 3200 से अधिक पायदान चढ़ चुका है. आप अपना स्नेह इसी तरह बरकरार रखें और मेरी लेखनी को अविराम चलते रहने के लिये प्रोत्साहित करते रहें.

कैलाश चन्द्र यादव "गीतकार"
काशीपुर (जिला- ऊधमसिंहनगर)
उत्तराखण्ड

प्रकाशित पुस्तकों का विवरण

क्रम	वर्ष	कुल गीत	पुस्तक का नाम
01.	2024	279	माने न मतवाला जिया (गीत संग्रह)
02.	2024	278	है चाँद तेरा चेहरा (गीत संग्रह)
03.	2024	272	देखूँ मैं तेरे ही सपने (गीत संग्रह)
04.	2024	280	दिल कैसे न बेक़रार हो (गीत संग्रह)
05.	2023	272	हो गयी रे मैं सयानी (गीत संग्रह)
06.	2023	285	आँखें तेरी जानम पैमाने दो (गीत संग्रह)
07.	2022	280	तेरे अल्फ़ाज़ को नग़मों में (गीत संग्रह)
08.	2022	###	गीत लेखन कैसे करें?
09.	2022	285	एक रंगीली लड़की ने (गीत संग्रह)
10.	2022	284	दिल को मेरे छू गयी (गीत संग्रह)
11.	2021	284	कब से तेरी राह में बैठी (गीत संग्रह)
12.	2020	284	ऐसा तुझमें क्या है (गीत संग्रह)
13.	2020	379	साजन मेरे साजन (गीत संग्रह)
14.	2020	016	आपातकाल में सृजन फुलबाड़ी
15.	2018	000	इस उपवन में (कहानी संग्रह)
16.	2018	181	सपनों में तुम (गीत संग्रह)
17.	2018	281	ऐसे मौसम में (गीत संग्रह)
18.	2017	240	सनम तेरे प्यार में (गीत संग्रह)
19.	2017	182	साजन-साजन (गीत संग्रह)
20.	2002	355	याद आओगे तुम (गीत संग्रह)
21.	2001	056	तुम पिया नहीं आये (वि०रचना संग्रह)
22.	2002	048	कौन कली मुस्काई (बाल गीत)
23.	2001	059	मातृभूमि तुझे प्रणाम (राष्ट्रभक्ति गीत)
24.	1993	000	चिट्ठी आई है (मनोविश्लेषण)

Saz Sargam Production Pune, Maharastra

साज़ सरगम प्रोडक्शन पुणे, महाराष्ट्र जो कि अपने फिल्म प्रोडक्शन और बेहतरीन संगीत के लिये जाना माना नाम है. मैं साज़ सरगम की पूरी यूनिट का आभार व्यक्त करता हूँ जो मेरे गीतों पर लगातार काम कर रही है. साज़ सरगम प्रोडक्शन ने मेरे गीतों को जिस नये अन्दाज से संगीतबद्ध किया है. वह देखते ही बनता है. एक ओर अपनी आवाज का जादू बिखेरते भूषण कुमार वहीं दूसरी और अपने कोकिला कण्ठ की मालिक वैजू चांदवले, राधिका हेंगेकर, सुषमा जोरे, अपर्णा जमसेंडेकर साथ ही अन्य सभी कलाकार जो इस टीम से जुड़े हैं वे बधाई के पात्र हैं.

Music Director	:Chandra Mohan
Singer	: Bhushan Kumar, Vaiju chandavale, Radhika Hangekar, Sushama zore, Aparna Jamsandekar and all of those

साज़ सरगम यूनिट द्वारा अब तक मेरे 10 गीतों पर काम किया जा चुका है जिनमें से एक फिल्म में लिया गया है. शेष गीत भी रिकार्ड कर लिये गये हैं और यू-ट्यूब पर धूम मचा रहे हैं उनका भी मैं उल्लेख करना चाहूँगा

~~~ पवन पुत्र हनुमान

~~~ मजा ले मजा ले

~~~ कहो फिर जय श्री राम

~~~ Aankhen teri jaanam Paimane

~~~ Bheegi Bheegi barsatein

~~~ 0 Dilruba Tuzko Itna chahun

~~~ Ho gai ho gai mein Sayani

~~~ Dilwale mohabbat Janc na tu

~~~ ya dil mujhe tu de mein geet

~~~ Ho Gayi mai Sayani (an Interview)

My other song on youtube

~~~ Dooriyaan Najdikiyan

~~~ Wada nahin karte Sanam

~~~ Mujhe churi to la de

~~~ Lagti tum ho chand chakori

~~~ Dil todd ke na jaiyo

~~~ Piya tera naam

~~~ Wada nahin karte Sanam (F)

~~~ Tujhse pyar karte hain yaar

~~~ Are kya kahna teri kali kali

~~~ Phuljhari lagti ho jaanam

~~~ जानेजां दूर से आवाज

~~~ तू सनम बेवफ़ा है

~~~ बात दो रुपये की है मामला है

~~~ हादसा एक बन गयी ज़दिगी

~~~ खुशयिों के दीप जलाने आयी

~~~ तुम जो आओ तो पतझड़ सा मौसम

राही पब्लिकेशन की
सम्मान श्रृंखला में

भारतीय लेखन सम्मान 2025

रविवार 23 मार्च 2025
कृष्ण मेनन भवन,
भगवान दास मार्ग,
नई दिल्ली-110001

rahi publication

निरंतर साहित्य सर्जन, उसके प्रचार प्रसार
और साहित्य के क्षेत्र में
सतत प्रयास के योगदान को देखते हुए

कैलाश चंद्र यादव

गीतकार

को दिल्ली स्थित राही पब्लिकेशन
यह प्रतिष्ठित सम्मान प्रदान करते हुए
आत्मीय गौरव का अनुभव कर रहा है।

संरक्षक	संरक्षक	संरक्षक	संरक्षक
डॉ संदीप मारवाह	इंदरजीत शर्मा, लेखक	जय सिंह कटारिया	सुशील भारती, ब्रॉडकास्टिंग निदेशक,
कुलाधिपति, एएफटी यूनिवर्सिटी	एवं सामाजिक कार्यकर्ता	प्रबंध निदेशक, स्पॉटलाइट	मारवाह स्टूडियोज

rahi publication

राही पब्लिकेशन (हिंदी एवं अंग्रेजी पुस्तकों के प्रकाशन से जुड़ा एक उत्कृष्ट प्रकाशन विभाग)
फोन : 8377996549 / ई-मेल : rahipublications@gmail.com

स्पॉट लाइट

अनुक्रम

1.	राम अयोध्या वापस लौटे	20
2.	अभी भी याद आते हैं सनम	21
3.	अदाओं में तेरी मैं मरने लगा	22
4.	अधर तेरे फूल जैसे नशीला	23
5.	अच्छा दिया है तूने यार मुझे	24
6.	अच्छा रोग लगाया	25
7.	अफ़साना मुझे लिख दे सनम	26
8.	अरे ओ छलिया तुझ बिन	27
9.	आ इक़रार करे!	28
10.	आजा जाने वाले लौट के घर	29
11.	आहिस्ता-आहिस्ता कहूँगा	30
12.	आग लगी तन-मन में	31
13.	आने लगा मजा है बाहों में तेरी	32
14.	आया कैसा रंगरंगीला मौसम	33
15.	आया नहीं फिर वो कल	34
16.	आयी शब भर याद तुम्हारी	35
17.	आ गये तुम जो इन बाहों में	36
18.	आँखों ही आँखों में रह गया	37
19.	आँखों ने किया क्या इशारा	38
20.	आते रहे याद तुम सारी रात	39
21.	आयी कुछ दिन को ये जवानी	40
22.	ए-मेरी दिलरूबा ए-मेरी	41
23.	ऐसे-कैसे जानेतमन्ना	42
24.	बहारों के गुलशन निखरते रहेंगे	43
25.	बन गये तुम मेरी ज़िंदगी	44
26.	बन के दीवार खड़ा है	45
27.	बड़ी खूबसूरत सनम ये अदायें	46
28.	बाहों में आ जानेतमन्ना	47
29.	बाल तेरे बिखरे-बिखरे	48
30.	बात मैं दिल को जब-जब कहता	49

31.	बाली तेरी उमर पतली तेरी कमर	50
32.	बिखरी-बिखरी जुल्फ़ें	51
33.	बिखरी-बिखरी जुल्फ़ें गोरा-गोरा	52
34.	बिखरे-बिखरे गेसू और...	53
35.	बिन्दास ये जवानी	54
36.	बिन्दास तू जो हो के बाहों में	55
37.	बेवज़ह ही बीता ये जीवन	56
38.	बेवज़ह ख़त रोज उनके	57
39.	बेवज़ह उठते गये बेख़ुदी में	58
40.	बैठे हैं कब से पलकें बिछाये	59
41.	भला न किया तो बुरा भी	60
42.	भीगी-भीगी रातों में है इन्तज़ार	61
43.	भीगे-भीगे होंठ रसीले	62
44.	भुला दिया मैंने तेरा नाम	63
45.	चल कहीं यार तन्हा में	64
46.	चल दिया मैं उस ज़हां को	65
47.	चाहा जिसे मैंने बड़े नाज़ से	66
48.	चाँद जैसे यौवन ने	67
49.	चुपके से कान में आ के कहा	68
50.	चूम लेता लबों को तेरे	69
51.	छुक-छुक-छुक चल्ले गाड़ी	70
52.	छोड़ ये बातें बाहों में आ-जा	71
53.	दर्द-ए-दिल हद से बढ़ा	72
54.	दर्द-ए-जिगर ऐसा मिला	73
55.	दर्द ये मेरा किसी ने न जाना	74
56.	दिल बार-बार धड़के ये	75
57.	दिल बेक़रार हमदम जाने क्यो	76
58.	दिल दे-दे मुझको यार	77
59.	दिल जाने मैं किसको दे बैठी	78
60.	दिल का फ़साना किसे सुनाऊँ	79
61.	दिल की हर बात बताऊँ कैसे	80
62.	दिल के जज़्बात सनम	81
63.	दिलकश चेहरा सुरीले हैं बोल	82

64.	दिल कैसे सभालूँ मैं	83
65.	दिल लगी अरे तू क्या जाने	84
66.	दिल मेरा अब तेरे हवाले	85
67.	दिल ने दिल से क्या कहा	86
68.	दिल तुझे दे बैठी	87
69.	दिल ये कहता है बाहों में	88
70.	दिलकश जवानी है जानम	89
71.	दिलकश तेरी अदायें	90
72.	दिन-दिन कर गुजर गई ज़िंदगी	91
73.	दिन याद भी कर वो जानम	92
74.	दीवानापन ये मेरा	93
75.	दूर देश से तू तो आयी	94
76.	दे दिल का ये तोहफ़ा	95
77.	देखा भी कई-कई बार मैंने	96
78.	देखूँ मैं शब भर तेरे ही सपने	97
79.	देखा जो तेरे हुस्न का जल्वा	98
80.	देखूँ मैं जब-जब तुमको	99
81.	दो घूँट मुझको पीने दे	100
82.	धीरे से लब पे आया ये सवाल	101
83.	फ़लसफ़ा ये प्यार का	102
84.	फ़साना है ये दिल का	103
85.	फ़साना है ये गालों का	104
86.	फिर कभी तुम 'ओ' हम	105
87.	फिर से लिख दे	106
88.	फूल जैसी नाज़ुक-नाज़ुक	107
89.	ग़म का फ़साना है ये	108
90.	गाल का चुम्मा माँगूं	109
91.	गालों पर हैं तेरे शोखियाँ	110
92.	गिला तुझसे करूँ कैसे	111
93.	गुजरा हुआ जमाना तेरी बातें	112
94.	गुजरे कैसे हैं जुदा तुमसे हो	113
95.	गोरा ये मुखड़ा नैन कटीले	114
96.	गोरी तेरे अधरों को चूमूँगा	115

97.	घर से बन सँवर कर आयी	116
98.	घटा जब छाये!	117
99.	हद से भी ज्यादा तुझको चाहूँ	118
100.	हमदम आजा फिर से करें इकरार	119
101.	हरदम बैचेन हूँ मैं	120
102.	हंसी प्यार का मौसम है	121
103.	हंसें शोख़ कलियाँ हंसें गुल	122
104.	हुई देर बहुत मुझे जाने दे	123
105.	हुए तन्हा सनम तेरे जाने के बाद	124
106.	है ग़म का ये फ़साना	125
107.	है तेरी आँखों में जादू सनम	126
108.	हो गयी एक है अब अपनी डगर	127
109.	होने लगी बरसात है सनम	128
110.	होंठ तुम्हारे कमल बोल जैसे	129
111.	इम्तिहां अब न ले आ जा	130
112.	इम्तिहां और न ले मेरा	131
113.	इन्तहा है सितम की	132
114.	इन आँखों में कोई नहीं दूजा	133
115.	इस ज़हां की गर्दिशों से	134
116.	इस तरह रह-रह के	135
117.	जज़्बात ये बस में नहीं	136
118.	जब-जब चले ठण्डी हवा	137
119.	जब-जब तेरी याद आयी	138
120.	ज़हां से अलग तेरी आँखें	139
121.	जल्वों ने तेरे किया ऐसा जादू	140
122.	ज़माने ने हमको दिये	141
123.	ज़माने से सारे ये कैसे बतायें	142
124.	जाओ तुम न तन्हा छोड़कर	143
125.	जान से भी ज्यादा मैं तुझे	144
126.	जां भी लुटा दूँगा सनम	145
127.	जाने-अंजाने हुआ उनसे क़रार	146
128.	जानेजिगर ए-दिलरूबा	147
129.	जानेजिगर लिखूँ तुझे अफ़साना	148

130.	जानेजां कर दे दिल मेरे नाम	149
131.	जानेजां तुमसे मुहब्बत हो गयी	150
132.	जानेजांना जी भर के देखो	151
133.	जाने क्यों आती है याद तुम्हारी	152
134.	जाने क्यों तुमसे हम मुहब्बत	153
135.	जाने क्यों याद तू आ रही	154
136.	जानेमन जानेजां दे मुझे दिल	155
137.	जाते-जाते दिल का नज़राना	156
138.	जायेगी बच कहाँ पलकों में बंद	157
139.	ज़िंदगी हर मोड़ पर ही	158
140.	ज़िंदगी थी वो मेरी भूला उसे	159
141.	जियें भी अब मेरे हमदम	160
142.	जी चाहता है मेरा तेरा अंग-अंग	161
143.	जीना भी नहीं आसां मरना भी	162
144.	जीने न दे ये बेख़ुदी	163
145.	ज़ुल्फ़ें घटा सी मेरी हैं	164
146.	जुल्फ़ें तेरी घटा सी चेहरा	165
147.	जैसे भी तुम जानेजिगर वैसे ही	166
148.	कब जाने हो गयी मैं सयानी	167
149.	कह तो दिया ये तुमसे	168
150.	क़हर ढा रही मुझपे तेरी नज़र	169
151.	कभी हंस दिये कभी रो दिये	170
152.	कजरारे दो तेरे नैना	171
153.	कजरारे दो नैना तेरे करते	172
154.	कजरारे नैना नैनों में मस्ती	173
155.	कजरारे नयन दिलकश	174
156.	कजरारे नयन मस्तानी अदा	175
157.	कजरारे तेरे दो मय से नयन	176
158.	कजरारे तेरे नैन सनम	177
159.	कजरारे तोरे नैन दीवाना कर गये	178
160.	कजरारे तोरे नैना क्या ज़ुल्म	179
161.	करनी हैं मुहब्बत की बातें	180
162.	क़रार तुमसे हो गया	181

163.	काला-काला चश्मा गोरे तेरे गाल	182
164.	कारे-कारे नयनवा ले गये जियरवा	183
165.	क़ातिल अँगड़ाई	184
166.	क़ातिल बड़ी ये तेरी नज़र	185
167.	कि दिलकश बड़ी हैं दो आँखें	186
168.	किस्मत हमको जाने कैसे मोड़ पे	187
169.	किस-किस डगर से गुजर गया	188
170.	कितना हंसी चेहरा हरसू ही	189
171.	कितनी ही बातें छिपी हैं	190
172.	कुछ भी मैं कर सकता हूँ	191
173.	कुछ सिला तो मिले मुहब्बत का	192
174.	कैसे बदल गई दिलरूबा ज़िंदगी	193
175.	कैसे गुजरें अब ये तन्हा लम्हें	194
176.	कैसे-कैसे सहे ग़म हुई आँख मेरी	195
177.	कैसी भी ये प्रेम कहानी	196
178.	ख़्वाबों की वो रानी	197
179.	खिड़की से खिड़की से	198
180.	खोयी मैं रहती तेरी यादों में	199
181.	लब पे ए-मेरे हमदम एक नाम	200
182.	लबों के पैमाने दो छलकने लगे	201
183.	लगी दिल की बुझाओ	202
184.	लगे मिस्री के जैसी जानेमन	203
185.	लम्हा-लम्हा याद तुम्हीं तो	204
186.	लड़की वो मुझपे जाने क्यों मर गई	205
187.	लिख बैठी मैं नाम तेरा	206
188.	लिखूँ भला मैं कब तक	207
189.	मचलती शाम ये अरमां हजार	208
190.	महकती हैं कलियाँ निकले जिधर	209
191.	महफिल में तेरी आया हूँ	210
192.	मुख मेरा गुलाब सा है	211
193.	मय जरा सी मैं पी गया	212
194.	मालूम नहीं क्या नाम तेरा	213
195.	मान ले कहना तू	214

196.	माने भी तू या न माने	215
197.	माने न मतवाला जिया	216
198.	मिलकर के न बिछड़ें हम	217
199.	मिलना यूँ मुझसे रोज-रोज	218
200.	मिट गये सारे आज फ़ासले	219
201.	मुद्दतों से तेरा इन्तज़ार है मुझे	220
202.	मुझे क्या ये हो गया है	221
203.	मुझे तुम अच्छे लगते हो	222
204.	मेरे पास न बैठे पल भर वो	223
205.	मेरे सनम पाने का तुझको	224
206.	मेरे वास्ते कुछ और है तेरे...	225
207.	मेरी चढ़ती जवानी हट परे	226
208.	मैं तेरा हो जाऊँगा	227
209.	मैंने तुझको सनम चुन लिया	228
210.	मुहब्बत है तुझसे हाँ तुझसे	229
211.	मुझको बैचेन करें तेरे मस्त नैन	230
212.	मुझसे करती थी जो प्यार	231
213.	मुझे हर बात तेरी आज याद आई	232
214.	मुझे पल-पल तुम याद आने लगे	233
215.	मौसम की तरह जो बदली है	234
216.	न इतना याद तुम आया करो	235
217.	न जाने क्या तूने ये ऐसा	236
218.	न जाने कब से तेरा मुंतज़िर	237
219.	न रे न दिल तुझे दूँ न	238
220.	नहीं आज तुमसे शिकवा करेंगे	239
221.	नशीली आँखें हसीन चेहरा	240
222.	नींद भी आती नहीं चैन भी	241
223.	नैन तेरे कजरारे जैसे मस्ती	242
224.	नैना दो मस्ती के धारे	243
225.	ओ ! मेरे पिया काहे धड़के जिया	244
226.	पहली-पहली है मुलाक़ात	245
227.	पल दो पल आ मुझसे नैना	246
228.	पत्थर दिल सनम से	247

229.	पतली कमरिया बिखरे वाल	248
230.	पास आ पास आ चढ़ती जवानी	249
231.	पीने दो मुझको जी भर के यार	250
232.	रहने लगी मैं... पिया तेरे	251
233.	रात हो या दिन तुम ही तुम	252
234.	रिश्ते-नाते सारे झूठे	253
235.	ऋतु वो मिलन की न आई	254
236.	ऋतु ये मिलन की न ही रोज	255
237.	सदियों से तेरा दीवाना मैं सनम	256
238.	समझ सके तो समझ भी ले	257
239.	सनम मुझे तो प्यार है तुमसे	258
240.	सजा कुछ भी दे मुझे आशिकी में	259
241.	शब भर जानेजां याद तेरी आई	260
242.	शब भर नींद न आयी	261
243.	शब भर तेरी याद आयी	262
244.	शेष भी ये ज़िंदगी प्यार में	263
245.	शोलों सी दहकती तेरी जवानी	264
246.	शोलों सी गर्म जवानी में	265
247.	तरह-तरह के किये करम	266
248.	तमन्ना में तेरी खोया चैन	267
249.	तमन्ना तेरी करूँ क्यों न	268
250.	तन्हा-तन्हा जानेजिगर सावन बीत	269
251.	तन्हा-तन्हा ज़िंदगी कटी	270
252.	तन्हाई के मौसम में	271
253.	तन्हाई में बैठे-बैठे	272
254.	तुझ अन्जाने को अपना दिल	273
255.	तुझसे की थी बातें मैंने	274
256.	तुझसे मुहब्बत करने लगी मैं	275
257.	तुझे देख के शरमाऊँ मैं	276
258.	तुम याद मुझे आते हो बहुत	277
259.	तू ही मंजिल है तू ही मुक़ाम	278
260.	तेरे कदमों की आहट सुन	279
261.	तेरे प्यार में मैं हूँ दीवाना	280

262.	तेरी याद जो आये मैं कैसे	281
263.	तोहरे कारे-कारे नैना जुल्म करें	282
264.	थाम ले आ भी हाथ मेरा	283
265.	उल्फ़त का जाम पी ले	284
266.	याद आता है तू मुझको	285
267.	यादों में रहते हो तुम	286
268.	यार कब से था इंतज़ार तेरा	287
269.	यारों मैं दीवाना लाया हूँ	288
270.	यूँ तो बहुत कुछ कहना था	289
271.	ये जीवन क्या इम्तिहां हर घड़ी	290
272.	ये जो चाँद सा तेरा मुखड़ा	291
273.	ये कह दो कि हमसे मुहब्बत नहीं	292
274.	ये कह दो कि मुझसे मुहब्बत नहीं	293
275.	ये कैसा है बंधन कि जिसका	294
276.	व्यर्थ समय बरबाद	295
277.	वादे पे तेरे ऐतबार किया	296
278.	वो पास आ के दिल इस तरह	297
279.	ये प्रेम का है बंधन ऐसे नहीं	298

वन्दना गीत

दे शक्ति दे~दे बुद्धि दे~देवराजा
दे शक्ति दे~दे बुद्धि दे~देवराजा
दे शक्ति दे~दे बुद्धि दे~देवराजा
दे शक्ति दे~दे बुद्धि दे~देवराजा

उसे टाल जो असम्भव
उसे टाल जो असम्भव, सम्भव की दे साया

है लक्ष्य जो भी सम्भव
संकल्प दे सवाया

मेरे लिये जो सम्भव
उसके लिये हर पल~दे बुद्धि देवराजा

विश्वास न ये टूटे~दे बुद्धि दे~देवराजा
दे बुद्धि दे~देवराजा~दे बुद्धि दे~देवराजा
दे शक्ति दे~दे बुद्धि दे~देवराजा
दे शक्ति दे~दे बुद्धि दे~देवराजा
दे शक्ति दे~दे बुद्धि दे~देवराजा
दे शक्ति दे~दे बुद्धि दे~देवराजा

राम अयोध्या वापस लौटे

(Base-Teri umar ki fulwari ko...)

राम अयोध्या वापस लौटे मची बड़ी है धूम
कहो फिर जय श्रीराम, कहो फिर जय श्रीराम
कहो फिर जय श्रीराम
राम अयोध्या वापस लौटे मची बड़ी है धूम
कहो फिर जय श्रीराम...

सन्त करेंगे प्राण प्रतिष्ठा, मंदिर अद्भुत रामलला का
देश-विदेश से आये श्रृद्धालु, दर्शन अद्भुत रामलला का
राम की नगरी आकर देखा, गली-गली रही झूम
कहो फिर जय श्रीराम, कहो फिर जय श्रीराम
कहो फिर जय श्रीराम
राम अयोध्या वापस लौटे मची बड़ी है धूम
कहो फिर जय श्रीराम...

राम-जानकी संग विराजे, बजे हैं लाखों ढोल नगाड़े
हुए राममय सब नर-नारी, प्रजाजनों के राम सहारे
दशों दिशा में राम का जलवा, गूंज रही एक धुन
कहो फिर जय श्रीराम, कहो फिर जय श्रीराम
कहो फिर जय श्रीराम
राम अयोध्या वापस लौटे मची बड़ी है धूम
कहो फिर जय श्रीराम...

देख रहे सब दुनिया वाले, कैसा भारत लोग निराले
है कैसी ये राम की महिमा, रामभक्ति के लोग दीवाने
एक-एक डाली एक-एक पत्ता भक्त रहे यहाँ चूम
कहो फिर जय श्रीराम, कहो फिर जय श्रीराम
कहो फिर जय श्रीराम
राम अयोध्या वापस लौटे मची बड़ी है धूम
कहो फिर जय श्रीराम...

अभी भी याद आते हैं सनम

(Base-Jo humne dastan...)

अभी भी याद आते हैं सनम गुजरे वो लम्हें
अभी भी याद आते हैं सनम गुजरे वो लम्हें
बहक क्यों जाते हैं हम सनम खायी थी क़समें
अभी भी याद आते हैं सनम गुजरे वो लम्हें

मिलें भी लाख हमको ग़म मुहब्बत तुमसे हैं करते
लिखा करते हैं अफ़साने शरारत इतनी हैं करते
अभी भी लब ये गाते हैं सनम प्रीत के नग़में
अभी भी याद आते हैं सनम गुजरे वो लम्हें

मिला करते थे तन्हा में वो कैसे भी ज़माने थे
पिये हमने हैं जी भर के हंसी लब के पैमाने वे
तुम्हें पैग़ाम लिखे हैं सनम रातोदिन हमने
अभी भी याद आते हैं सनम गुजरे वो लम्हें

भुलाना चाहा तुमको है मगर अब भूलना मुश्किल
सुनायें भी कहाँ जाकर उधर उजड़ी है महफ़िल
तुम्हारे ख़्वाब आते हैं सनम रोज ही कितने
अभी भी याद आते हैं सनम गुजरे वो लम्हें

मिले न तुम अगर तो क्या हम अपने रंग में रंग देंगे
अगर मुमकिन नहीं होगा दोबारा फिर जनम लेंगे
सुनानी कई बातें हैं सनम किस्से हैं कितने
अभी भी याद आते हैं सनम गुजरे वो लम्हें

अदाओं पे तेरी मैं मरने लगा हूँ

(Base-Sanam ye pyar hi to hai...)

M- अदाओं पे तेरी मैं मरने लगा हूँ
तमन्ना तेरी मैं करने लगा हूँ
ले दिल... तेरे नाम कर दिया...2

F- अदाओं पे तेरी मैं मरने लगी हूँ
तमन्ना तेरी मैं करने लगी हूँ
ले दिल... तेरे नाम कर दिया...2

M- देखा जब से है तुझे~बैठा हूँ दिल थामकर
देखा जब से है तुझे~बैठा हूँ दिल थामकर
नैनों में मेरे बस गयी~जगता हूँ तुझे याद कर
हसीना तू कैसी, नगीने जैसी
हमसफ़र ये राह कटे कैसे...2
सज़दे तुझे मैं करने लगा हूँ .
कदमों के संग-संग चलने लगा हूँ
ले दिल... तेरे नाम कर दिया...2

F- थाम ले दामन मेरा~तुझसे ही दिल ये लगा
थाम ले दामन मेरा~तुझसे ही दिल ये लगा
बाहों में उठा तू ले~कैसा ये जज़्बात जगा
आ कर भी~शरारतें~ये कैसी~शिकायतें
जुदा हुए गर मिलेंगे फिर कैसे...2
तन्हा में आहें मैं भरने लगी हूँ
पाकर न तुझको तड़पने लगी हूँ
ले दिल... तेरे नाम कर दिया...2

M- अदाओं पे तेरी मैं मरने लगा हूँ...

F- अदाओं पे तेरी मैं मरने लगी हूँ...

अधर तेरे फूल जैसे नशीला बदन

(Base-Hame tumse pyar kitna...)

अधर तेरे फूल जैसे नशीला बदन
अधर तेरे फूल जैसे नशीला बदन
बोल हैं मिस्री से बजे जलतरंग
अधर तेरे फूल जैसे नशीला बदन
बोल तेरे मिस्री से बजे जलतरंग
अधर तेरे फूल...

बिखरें ये जुल्फ़ें तो बरसे घटा
है सबसे निराली तेरी हर अदा
तुझपे मैं जाने कब हुआ भी फ़िदा
मनवा में हूक़ उठे, दिल में उमंग
बोल तेरे मिस्री से बजे जलतरंग
अधर तेरे फूल...

निखरा ये यौवन खिली चाँदनीं
फ़िज़ाओं सी दिलकश तू नाज़नीं
जिसे दिल ने चाहा तू ही वो हसीं
ख्यालों में तेरे ही मैं रहता मगन
बोल तेरे मिस्री से बजे जलतरंग
अधर तेरे फूल...

ज़माने से तुझको चुरा लूँ मैं आ
निग़ाहों में तुझको बसा लूँ मैं आ
कि बाहों में तुझको उठा लूँ मैं आ
कहीं तू न रूठ बैठे ए-जानेचमन
बोल तेरे मिस्री से बजे जलतरंग
अधर तेरे फूल...

अच्छा दिया है तूने यार मुझे प्यार का ग़म

(Base-Teri galiyon mein na rakhenge...)

अच्छा दिया है तूने यार मुझे प्यार का ग़म
अच्छा दिया है तूने यार मुझे प्यार का ग़म
फिर से न लूँगा कभी नाम तेरा मेरे सनम
अच्छा दिया है ...

न जाने क्या सोच....
न जाने क्या सोच तमन्ना तेरी कर बैठा
होना था कुछ और तुझही पे मैं मर बैठा
न जाने क्या सोच तमन्ना तेरी कर बैठा
होना था कुछ और तुझही पे मैं मर बैठा
अब न करूँगा इन्तज़ार तेरा मेरे सनम
अच्छा दिया है तूने यार मुझे प्यार का ग़म
अच्छा दिया है ...

मत भी याद दिला...
मत भी याद दिला ज़माना मुझको गुजरा वो
जिसपे था ऐतवार यार ही झूठा निकला वो
मत भी याद दिला ज़माना मुझको गुजरा वो
जिसपे था ऐतवार यार ही झूठा निकला वो
तुझपे है क्या इख़्तियार मेरा मेरे सनम
अच्छा दिया है तूने यार मुझे प्यार का ग़म
अच्छा दिया है ...

जब तक जीवन है...
जब तक जीवन है जिऊँगा तन्हा-तन्हा मैं
ज़हर जुदाई का पिऊँगा लम्हा-लम्हा मैं
जब तक जीवन है जिऊँगा तन्हा-तन्हा मैं
ज़हर जुदाई का पिऊँगा लम्हा-लम्हा मैं
अब न पढ़ूँगा पैग़ाम तेरा मेरे सनम
अच्छा दिया है तूने यार मुझे प्यार का ग़म
अच्छा दिया है ...

अच्छा रोग लगाया

(Base-wada bhul na jaana...)

F- अच्छा रोग लगाया...अच्छा रोग लगाया
हंसते हुए से तूने रूलाया अच्छा रोग लगाया
हंसते हुए से तूने रूलाया अच्छा रोग लगाया

M- लुटा तेरी बन्दगी में, मरा तेरी सादगी पर
मैंने सारा कुछ गंवाया, पाया जो ज़िंदगी भर
लुटा तेरी बन्दगी में.....
F- अच्छा रोग लगाया...अच्छा रोग लगाया
हंसते हुए से तूने रूलाया अच्छा रोग लगाया

F- कितने हंसी तराने हम-तुम ने गुनगुनाये
रातों की चाँदनीं में हम-तुम थे गुदगुदाये
M- आवाज मेरी सुनकर छम-छम से बजती पायल
आहट को मेरी पाकर खन-खन थे बजते कंगन
लुटा तेरी बन्दगी में, मरा तेरी सादगी पर
मैंने सारा कुछ गंवाया, पाया जो ज़िंदगी भर
लुटा तेरी बन्दगी में.....
F- अच्छा रोग लगाया...अच्छा रोग लगाया
हंसते हुए से तूने रूलाया अच्छा रोग लगाया

अफ़साना मुझे लिख दे सनम

(Base-Jab aatl hogi yaad meri...)

M- अफ़साना मुझे लिख दे सनम...2
फिर से वो मुहब्बत वाला
अफ़साना मुझे लिख दे सनम,
फिर से वो मुहब्बत वाला
F- याद आता मुझे रातोदिन...2
लड़का वो शरारत वाला
अफ़साना मुझे लिख दे सनम...2

M- दुनिया में मेरी तूने आकर
जाने कैसी मचायी हलचल...2
शब सारी बीती तेरी याद में...2
बैचेन जिया है पल-पल
F- भूल पाऊँगी न जीवन भर मैं
लम्हा वो क़यामत वाला
अफ़साना मुझे लिख दे सनम...2

F- बेदर्दी हैं दुनिया वाले
हमें मिलने नहीं अब देंगे...2
की हमने कभी थी मनमानी...2
हमें करने नहीं अब देंगे
M- एहसास तेरी बाहों का, पायेगा नसीबोंवाला
अफ़साना मुझे लिख दे सनम...2
फिर से वो मुहब्बत वाला
F- याद आता मुझे रातोदिन...2
लड़का वो शरारत वाला
M+F- अफ़साना मुझे लिख दे सनम...2

अरे ओ छलिया तुझ बिन जिया

(Base-Bahon mein chale aao...)

अरे ओ छलिया... अरे ओ छलिया...
तुझ बिन जिया नहीं लगता
तुझ बिन जिया नहीं लगता
लम्हा-लम्हा सताये तू~तन्हाई में नहीं मिलता
अरे ओ छलिया तुझ बिन जिया नहीं लगता
तुझ बिन जिया नहीं लगता

रंगी नज़ारे हैं... जवां मुहब्बत है
जीवन भर की खुशियाँ सारी तेरी बदौलत हैं
रंगी नज़ारे हैं... जवां मुहब्बत है
जीवन भर की खुशियाँ सारी तेरी बदौलत हैं
तुझही को ढूँढ़ें मेरी ये आँखें दूजा कोई नहीं जंचता
अरे ओ छलिया तुझ बिन जिया नहीं लगता
तुझ बिन जिया नहीं लगता

करूँ तुझे सजदे... सदा मनाऊँगी
माना गर न तू सजना तो मैं मर जाऊँगी
करूँ तुझे सजदे... सदा मनाऊँगी
माना गर न तू सजना तो मैं मर जाऊँगी
तेरी तमन्ना मैं छोड़ूँ कैसे बदल मैं दूँ ये रास्ता
अरे ओ छलिया तुझ बिन जिया नहीं लगता
तुझ बिन जिया नहीं लगता
लम्हा-लम्हा सताये तू~तन्हाई में नहीं मिलता
अरे ओ छलिया तुझ बिन जिया नहीं लगता
तुझ बिन जिया नहीं लगता

आ इक़रार करें !

(Base-Mein ek raja hun...)

आ इक़रार करें ! क्यों इन्तज़ार करें !
आ इक़रार करें ! क्यों इन्तज़ार करें !
दोनों ज़हां की भूल के रस्में आ हम प्यार करें !
आ इक़रार करें !

दिल की बात जुवां पे आई, कटती नहीं अब तन्हाई
हूँ बेताब ये तन-मन डोले, लेती जब-जब तू अँगड़ाई
तेरे सिवा अब याद नहीं कुछ क्यों भी आहें भरे!
आ इक़रार करें ! क्यों इन्तज़ार करें !
आ इक़रार करें !

आ तुझे बाहों में छिपा लूँ, दिलरूबा तुझे अपना बना लूँ
छेड़ें आ कोई प्रेम तराना, फ़लसफ़ा तुझे दिल का सुना दूँ
रूठे रहें एक-दूजे से क्यों वो बात करें !
आ इक़रार करें ! क्यों इन्तज़ार करें !
आ इक़रार करें !

आयी झूम के ऋतु मस्तानी, बीत न जाये कहीं ये जवानी
हुई है देर तुझे समझाते, मान भी जा सपनों की रानी
लिखूँ कब तक मैं अफ़साने क्यों तक़रार करें !
आ इक़रार करें ! क्यों इन्तज़ार करें !
आ इक़रार करें !

आजा जाने वाले लौट के घर

(Base-chale jana nahin nain...)

आ-जा जाने वाले...आ-जा जाने वाले लौट के घर
अब क्यों भी सताये...क्यों भी सताये
आ-जा जाने वाले...आ-जा जाने वाले लौट के घर
अब क्यों भी सताये...क्यों भी सताये

मानूँगी आज से मैं तेरी हर बात को...2
समझूँगी जानेजां मैं तेरे जज़बात को...2
बादल कारे-कारे...बादल कारे-कारे आये घिर
अब क्यों भी सताये...क्यों भी सताये
आ-जा जाने वाले...आ-जा जाने वाले लौट के घर
अब क्यों भी सताये...क्यों भी सताये

लिखूँ सब हाल तुझे कैसे अफ़साने में...2
करूँ भी ऐसा क्या मैं तुझको मनाने में...2
नैना कजरारे...नैना कजरारे आयें हैं भर
अब क्यों भी सताये...क्यों भी सताये
आ-जा जाने वाले...आ-जा जाने वाले लौट के घर
अब क्यों भी सताये...क्यों भी सताये

शब भर मैं जागूँ पिया लेती अँगड़ाईयाँ...2
जान की दुश्मन मेरी हैं तन्हाईयाँ...2
बहकी-बहकी...बहकी-बहकी है ये नज़र
अब क्यों भी सताये...क्यों भी सताये
आ-जा जाने वाले...आ-जा जाने वाले लौट के घर
अब क्यों भी सताये...क्यों भी सताये

आहिस्ता-आहिस्ता कहूँगा

(Base-Roop tera aisa darpan...)

आहिस्ता-आहिस्ता कहूँगा दिल की बात...2
बहार-ए-चमन रखूँगा दिल के पास
मेरे उजड़े चमन में...
मेरे उजड़े चमन में तुझ ही से है बहार
जाने जांना दिलबर हूँ कब से बेकरार
आहिस्ता-आहिस्ता कहूँगा दिल की बात
बहार-ए-चमन रखूँगा दिल के पास
मेरे उजड़े चमन में...
मेरे उजड़े चमन में तुझही से है बहार जानेजांना दिलबर~
आहिस्ता-आहिस्ता कहूँगा दिल की बात,बहार-ए-चमन~

#दिल का यार सच्चा मैं मन का मतवाला
तेरा अंग-अंग चूमूँ आ मेरी मधुबाला#...2
जनम-जनम भूलूँ...जनम-जनम भूलूँ न मैं ये मुलाक़ात
किसी और से नहीं तुझ ही से है ये आस
मेरे उजड़े चमन में...
मेरे उजड़े चमन में तुझही से है बहार जानेजांना दिलबर~
आहिस्ता-आहिस्ता कहूँगा दिल की बात,बहार-ए-चमन~

दिलरूबा कितनी ही ...
दिलरूबा कितनी ही बातें हैं अधूरी
जीने के वास्ते कई काम हैं जरूरी
जानेजिगर तू है क्यों उदास
रखूँ भी कब तक काबू मैं जज़्बात
मेरे उजड़े चमन में...
मेरे उजड़े चमन में तुझही से है बहार जानेजांना दिलबर~
आहिस्ता-आहिस्ता कहूँगा दिल की बात,बहार-ए-चमन~

आग लगी तन-मन में

(Base-Chhed mere humrahi...)

M-	आग लगी तन-मन में दिल मेरा मचला
	आग लगी तन-मन में दिल मेरा मचला
	पास आ जानेजां क्या हंसी है समां
F-	आग लगी तन-मन में दिल मेरा मचला
	आग लगी तन-मन में दिल मेरा मचला
	पास आ जानेजां क्या हंसी है समां
F+M-	आग लगी तन-मन में...
M-	आज मिला मौक़ा जानम कितने दिन के बाद
F-	जानम कितने दिन के बाद
M-	कैसे बतलाऊँ कब से करता तुझको याद
F-	कब से करती तुझको याद
M-	डरना अब क्या हम-तुम दोनों हैं जवां
	आग लगी तन-मन में दिल मेरा मचला
	पास आ जानेजां क्या हंसी है समां
F+M-	आग लगी तन-मन में...
M-	मिलकर दोनों हम बाँट लें खुशियाँ और ग़म
F-	बाँट लें खुशियाँ और ग़म
	मरते दम तक भी न हों अरमां अपने कम
M-	न हों अरमां अपने कम
F+M-	पूरी मुरादें हों करें रब से दुआ
	आग लगी तन-मन में दिल मेरा मचला
	पास आ जानेजां क्या हंसी है समां
	आग लगी तन-मन में दिल मेरा मचला
	आग लगी तन-मन में...

आने लगा मजा है बाहों में तेरी

(Base-Wo haseen dard de do...)

आने लगा मजा है बाहों में तेरी आकर
आने लगा मजा है बाहों में तेरी आकर
शमा सी जल गयी हूँ सांसों में यूँ समा कर
आने लगा मजा है बाहों में तेरी आकर

जाने कब से चाहती हूँ तेरा हमसफ़र बनना
तेरे लिये ही मुझको सजना और सँवरना
हलचल तूने मचाई ख़्वाबों में मेरे आकर
आने लगा मजा है बाहों में तेरी आकर
शमा सी जल गयी हूँ सांसों में यूँ समा कर
आने लगा मजा है बाहों में तेरी आकर

मिलने को जाने जांना बेक़रार दिल है मेरा
पलकों में बन्द है तू ऐतबार बस है तेरा
क्या ये आग है लगाई तूने फ़लसफ़ा सुनाकर
आने लगा मजा है बाहों में तेरी आकर
शमा सी जल गयी हूँ सांसों में यूँ समा कर
आने लगा मजा है बाहों में तेरी आकर

अधरों की अपने मुझको तू बन्सुरी बना ले
अरमां ये पूरा कर भी मुझे ज़िन्दगी बना ले
बैठी हूँ राह में मैं पलकों को ले बिछाकर
आने लगा मजा है बाहों में तेरी आकर
शमा सी जल गयी हूँ सांसों में यूँ समा कर
आने लगा मजा है बाहों में तेरी आकर

आया... आया कैसा रंगरंगीला मौसम

(Base-Tare-tare kitne Asman pe...)

आया... आया कैसा रंगरंगीला मौसम
आया... आया कैसा रंगरंगीला मौसम
आया... आया कैसा रंगरंगीला मौसम
करूँ जी भर तुझसे प्यार आ-जा छैलछबीले बालम
आया... आया कैसा रंगरंगीला मौसम
आया... आया कैसा रंगरंगीला मौसम

भोला-भाला मुखड़ा...है कुछ शरमीला तू
तुझपे मरने लगी...तुझपे मरने लगी
लम्बी-लम्बी रातें...क्यों दूर-दूर तू आहें भरने लगी
आ जा ओ दीवाने, शमा के परवाने
आया... आया कैसा रंगरंगीला मौसम
आया... आया कैसा रंगरंगीला मौसम

हूँ तेरी दीवानी... आ मुझको ले चुन
कब से तेरी है धुन...कब से तेरी है धुन
तन्हा-तन्हा बैठी... ए-मेरे सजन सदा मेरी ले सुन
तेरे बिना मैं तो, जिऊँ भी कैसे
आया... आया कैसा रंगरंगीला मौसम
आया... आया कैसा रंगरंगीला मौसम

तू है मेरा हमदम... तू ही मेरा प्यार
तुझसे संसार है...तुझसे संसार है
आयेगा तू एक दिन,करूँगी इंतज़ार तुझपे ऐतबार है
करेगा तू कब तक, मुझपे क़यामत
आया... आया कैसा रंगरंगीला मौसम
आया... आया कैसा रंगरंगीला मौसम

आया नहीं फिर वो कल

(Base-Meri bheegi-bheegi si palkon...)

आया नहीं फिर वो कल, जिया है बेकल
ऐसे कैसे मैं तो जिऊंगा
मैंने ग़म सहे सब, हुआ मैं दीवाना
तन्हा न चल सकूँगा,आया नहीं फिर वो कल
आया नहीं फिर वो कल, जिया है बेकल,ऐसे-....
मैंने ग़म सहे सब, हुआ मैं देवाना, तन्हा न चल...

क़ैद हुआ मैं, एक कमरे में, आया ये कैसा ज़माना
क़ैद हुआ मैं, एक कमरे में, आया ये कैसा ज़माना
न कोई साथी न कोई संगी, आया वो याद ज़माना
अरमानों की चिता पे मैं ख़ुद बैठा लम्हा-लम्हा जलूँगा
मैंने ग़म सहे सब, हुआ मैं दीवाना
तन्हा न चल सकूँगा, आया नहीं फिर वो कल
आया नहीं फिर वो कल, जिया है बेकल,ऐसे-....
मैंने ग़म सहे सब, हुआ मैं बेगाना, तन्हा न चल...
आया नहीं फिर वो कल

लिखे तुझको, मैंने अफ़साने, पल भर में क्यों तू भूली
लिखे तुझको, मैंने अफ़साने, पल भर में क्यों तू भूली
दिल को दुःखाकर मेरे तूने, क्यों की इतनी दूरी
बेवज़ह ही सनम जंग लड़ बैठा, शिकवा किससे करूँगा
मैंने ग़म सहे सब, हुआ मैं दीवाना
तन्हा न चल सकूँगा, आया नहीं फिर वो कल
आया नहीं फिर वो कल, जिया है बेकल,ऐसे-....
मैंने ग़म सहे सब, हुआ मैं बेगाना, तन्हा न चल...
आया नहीं फिर वो कल

आयी शब भर याद तुम्हारी

(Base-Ka karun sajni aaye na...)

आई शब भर याद तुम्हारी
आई शब भर याद तुम्हारी
बीच डगर में आ के भीगी हैं पलकें
बीच डगर में आ के भीगी हैं पलकें आज हमारी
आई शब भर याद तुम्हारी

भूला कैसे चन्द लम्हों में तू तो अपना वादा
तोड़ा तूने साजन मेरे जन्म-जन्म का नाता
सावन भादो जैसे बरसे
नैन कजरारे...नैन कजरारे
रंगरंगीले पिया कैसी ये रस्में ख़ुद से मैं हारी
आई शब भर याद तुम्हारी

याद नहीं तुझे बीती बातें पनघट 'ओ' चौबारे
गलियों-गलियों हम-तुम घूमे दिन थे क्या बंजारे
लब से लब पल-पल मिलते
जाम टकराये...जाम टकराये
कौन बदलकर गया तेरी दुनिया हूँ मैं कुँवारी
आई शब भर याद तुम्हारी

प्रीत नहीं ये है एक बंधन जुड़कर न फिर टूटे
दिलों का मिलना खेल नहीं मुड़कर न भी देखे
सदियों जवां ये प्रेम कहानी
ओ मितवा रे...ओ मितवा रे
रंग तू कैसा लगा है बदलने गयी मति मारी
आई शब भर याद तुम्हारी

आ गये तुम जो इन बाहों में

(Base-Falsafa pyar ka tum kya...)

आ गये तुम जो इन बाहों में
आ गये तुम जो इन बाहों में उठ गये प्यार में कदम
रुके न फिर कभी हम
आ गये तुम जो इन बाहों में
आ गये तुम जो इन बाहों में उठ गये प्यार में कदम
रुके न फिर कभी हम

मैंने हर बात ही लिखी तुझे अफ़सानों में
मेरी हर सांस है अटकी तेरे अरमानों में
दर्देदिल मैंने छिपाया है हमदम कितना
नाम लिखा है मेरा तूने क्यों अन्जानों में
आ गये... आ गये तुम जो इन बाहों में
आ गये तुम जो इन बाहों में उठ गये प्यार में कदम
रुके न फिर कभी हम

मरते-मरते भी सुनाऊँगा तराना दिल का
किस तरह से छिपाये हूँ मैं ख़ज़ाना ग़म का
तू अगर बन के घटा बरसे कहीं पर जो
आग ये प्यार की मुश्किल है बुझाना इसका
आ गये... आ गये तुम जो इन बाहों में
आ गये तुम जो इन बाहों में उठ गये प्यार में कदम
रुके न फिर कभी हम

ज़िंदगानी में मेरी आ के हक़ीक़त बन जा
इस ज़हां में मेरी खुशियों की वज़ह बन जा
तुझसे मिलने की ख़ुदा से मैं दुआ करता हूँ
मेरे देखे हुये सपनों की तू डगर बन जा
आ गये... आ गये तुम जो इन बाहों में
आ गये तुम जो इन बाहों में,उठ गये प्यार में कदम
रुके न फिर कभी हम

आँखों ही आँखों में

(Base-Nadia kinare harai...)

आँखों ही आँखों में~रह गया~एक सपना
आँखों ही आँखों में~रह गया~एक सपना
कैसे कहूँ उसे~चाहा कितना
कैसे कहूँ उसे~चाहा कितना
आँखों ही आँखों में~रह गया~एक सपना
आँखों ही आँखों में~रह गया~एक सपना

कब से राह में उसकी~बैठी पलकें बिछाये
हरदम गलियों-गलियों~फिरती गजरा सजाये
मुद्दत से पूजा कितना...मुद्दत से पूजा कितना
आँखों ही आँखों में~रह गया~एक सपना
आँखों ही आँखों में~रह गया~एक सपना

रब ने तोहफ़े में दी है~ऐसी लम्बी जुदाई
दिल में है बैचेनी~कैसे कटे तन्हाई
दर्द मुहब्बत सहा कितना...दर्द मुहब्बत सहा कितना
आँखों ही आँखों में~रह गया~एक सपना
आँखों ही आँखों में~रह गया~एक सपना

दुश्मन सी लगती हैं~ऋतुऐं आती-जाती
तुम बिन मोरे पिया रे~कैसे मैं मुस्काती
बोझ ये भारी जाने कितना...बोझ ये भारी जाने कितना
आँखों ही आँखों में~रह गया~एक सपना
आँखों ही आँखों में~रह गया~एक सपना

आंखों ने किया क्या इशारा है

(Base-Allah bachaye naujawano se...)

आंखों ने किया क्या इशारा है... जानेजिगर...2
दिल की लगी ने मार डाला है...जानेजिगर
दिल में जागे हैं अरमां, दिल के तुम बने मेहमां
नैना हैं क्या मधुशाला है...जानेजिगर
आंखों ने किया क्या इशारा है... जानेजिगर

गोरा है तेरा बदन, चेहरा कमल के जैसा...2
बिखरे हैं तेरे गेसू, यौवन है हीरे जैसा...2
झूमें कानों में बाली, ग़ज़ब होठों की लाली
हाय रे हाय क्या बाला है ...जानेजिगर
आंखों ने किया क्या इशारा है... जानेजिगर

आने लगी ख़्वाबों में, दीवाना मन ये डोले ...2
गुजरूँ गली से जब तेरी, खिड़की न तू तो खोले ...2
रंगीली छैलछबीली, तू चम्पा तू चमेली
कैसी अद्भुत कामशाला है ...जानेजिगर
आंखों ने किया क्या इशारा है... जानेजिगर

करने लगा प्यार तुझसे, कोई तो नज़राना दे-दे ...2
दिल को मेरे चैन आये, मुझको वो एहसास दे-दे ...2
लगी है तेरी अब धुन, जानेजां मुझको ले चुन
हुआ तुझसे ही तो उजाला है ...जानेजिगर
आंखों ने किया क्या इशारा है... जानेजिगर

आते रहे याद तुम सारी रात भर

(Base-Tumko piya dil diya...)

ओ....आते रहे~याद तुम~सारी रात भर ओ...
अब तक भी मैं ये न समझी~रूठे किस बात पर ...
ओ....आते रहे~याद तुम~सारी रात भर ओ...
अब तक भी मैं ये न समझी~रूठे किस बात पर...
ओ....आते रहे~याद तुम~सारी रात भर ओ...

धड़कन में तुम और सपनों में तुम
बागों में तन्हा-तन्हा मिले हम-तुम...मिले हम-तुम
बागों में तन्हा मिले हम-तुम
दिल का रोग लगाया ऐसा रोयी तुम्हें याद कर
ओ....आते रहे~याद तुम~सारी रात भर ओ...
अब तक भी मैं ये न समझी~रूठे किस बात पर...
ओ....आते रहे~याद तुम~सारी रात भर ओ...

दिल को संभालूँ कैसे हुआ बेक़रार
हर घड़ी करती मैं तेरा इंतज़ार...तेरा इंतज़ार
हर घड़ी करती तेरा इंतज़ार
एक था दिल अपना वो भी लिखा तेरे नाम पर
ओ....आते रहे~याद तुम~सारी रात भर ओ...
अब तक भी मैं ये न समझी~रूठे किस बात पर...
ओ....आते रहे~याद तुम~सारी रात भर ओ...

बयां कर सकूं न मैं हाल-ए-दिल सनम
सारी बात ऐसे-कैसे कह दूँ सनम...कह दूँ सनम
सारी बात कैसे कह दूँ सनम
नग़मा कैसा सुरमई-सुरमई गाया था साज़ पर
ओ....आते रहे~याद तुम~सारी रात भर ओ...
अब तक भी मैं ये न समझी~रूठे किस बात पर...
ओ....आते रहे~याद तुम~सारी रात भर ओ...

आई कुछ दिन को ये जवानी

(Base-Badhata jawani jaise bhaw...)

आई कुछ दिन को ये जवानी, तू न समझे ये प्रीत दीवाने
आई कुछ दिन को ये जवानी, तू न समझे ये प्रीत दीवाने
ठण्डी सड़क क्या हंसी है नज़ारा बिठाई के
ठण्डी सड़क क्या हंसी है नज़ारा बिठाई के
गर्मी..हो..हो..हो गर्मी बहुत आईसक्रीम तू खिलाई दे
गर्मी बहुत आईसक्रीम तू खिलाई दे

कमसिन अदायें मेरी चलूँ इतराई के
बिखरे हैं गेसू मेरे कमर बलखाई के
कमसिन अदायें मेरी चलूँ इतराई के
बिखरे हैं गेसू मेरे कमर बलखाई के
जिसे आँख मारूँ उसे पटा लूँ~उसे दिल का रोग लगा दूँ
नैन से नैन आ लें भी लड़ा मय पिलाई दे
नैन से नैन आ लें भी लड़ा मय पिलाई दे
गर्मी..हो..हो..हो गर्मी बहुत आईसक्रीम तू खिलाई दे
गर्मी बहुत आईसक्रीम तू खिलाई दे

मुझसी चकोरी कोई ज़माने में नहीं है
छोड़ा ज़माना सारा तुझपे यकीं है
मुझसी चकोरी काई ज़माने में नहीं है
छोड़ा ज़माना सारा तुझपे यकीं है
देती हैं सकूं तेरी बाहें, नहीं भूल सकी तेरी यादें
जानेजिगर चल झील किनारे झूला झुलाई दे
जानेजिगर चल झील किनारे घुमाई दे
गर्मी..हो..हो..हो गर्मी बहुत आईसक्रीम तू खिलाई दे
गर्मी बहुत आईसक्रीम तू खिलाई दे

ए-मेरी दिलरुबा ए-मेरी हमननशीं

(Base-Jo meri rooh ko chain de...)

M- ए-मेरी दिलरूबा ए-मेरी हमननशीं
है गिला तुझसे अब कुछ नहीं
याद तेरे सिवा कुछ नही ...2

F- ए-मेरे दिलरूबा ए-मेरे हमननशीं
है गिला तुझसे अब कुछ नहीं
याद तेरे सिवा कुछ नही ...2

M- रंग ऐसा चढ़ा तेरी उल्फ़त का है,
मुझपे जादू सनम तेरी सूरत का है...2
तूने देखा मुझे दिल में धक-धक हुई
तुम ही तुम दिखे हर कहीं
याद तेरे सिवा कुछ नही...2

F- ए-मेरी दिलरूबा ए-मेरी हमननशीं
है गिला तुझसे अब कुछ नहीं
याद तेरे सिवा कुछ नही ...2

F- सिलसिले नये-नये तुझसे जुड़ते गये,
तेरी चाहत में दिन गुजरते गये...2
देखते-देखते ऐसा क्या भी हुआ
तुझपे करने लगी मैं यकीं
याद तेरे सिवा कुछ नही ...2

M- ए-मेरे दिलरूबा ए-मेरे हमननशीं
है गिला तुझसे अब कुछ नहीं

F- याद तेरे सिवा कुछ नही

M- याद तेरे सिवा कुछ नही

ऐसे-कैसे जाने तमन्ना

(Base-Mein to tum sang...)

ऐसे-कैसे जानेतमन्ना
हाल कहूँ दिल का...हाल कहूँ दिल का...
ऐसे-कैसे जानेतमन्ना ...
हाल कहूँ दिल का...हाल कहूँ दिल का...

बन्द तू करके बैठी खिड़की...2
दिखती नहीं मुझे कैसी लड़की
बात हुई क्या जिसपे भड़की
ऐसे-कैसे जानेतमन्ना
हाल कहूँ दिल का...हाल कहूँ दिल का...

माना तुझको रब से ज्यादा...2
चाहा तुझको ख़ुद से ज्यादा
ख़त तुझे लिखे हद से ज्यादा
ऐसे-कैसे जानेतमन्ना
हाल कहूँ दिल का...हाल कहूँ दिल का...

रातों को आयें तेरे सपने...2
भूल गया मैं थे जो अपने
रोग लगे मुझे जाने कितने
ऐसे-कैसे जानेतमन्ना
हाल कहूँ दिल का...हाल कहूँ दिल का...

मन में आज भी तेरी मूरत...2
भूलूँ मैं कैसे प्यारी वो सूरत
चूमूँ मैं कैसे लबों की हक़ीक़त
ऐसे-कैसे जानेतमन्ना
हाल कहूँ दिल का...हाल कहूँ दिल का...

बहारों के गुलशन निखरते रहेंगे

(Base-Tumhe yaad hoga hum...)

M- बहारों के गुलशन निखरते रहेंगे...2
दीवानों के दिल यूँ मचलते रहेंगे
F- जवां ऋतु ये मौसम बदलते रहेंगे
आवारा ये बादल बरसते रहेंगे
जवां ऋतु ये मौसम...

M- खोये थे पहली मुलाक़ात में हम
भीगे थे कैसे कि बरसात में हम
चले जा रहे तुम्हारे सहारे
बहके जरा थे उस रात में हम...2
F- जवां ऋतु ये मौसम...

F- कली आज दिल की जवां हो गयी है
उल्फ़त की आदत मुझे हो गयी है
लगी आग दिल की सनम आ बुझा दे
आ भी देख हालत क्या हो गयी है...2
M- बहारों के गुलशन...

M- फ़साना ये ग़म का मुझसे बयां कर
आती नहीं नींद मुझको यहाँ पर
सामां है बिखरा बरबादियों का
खोया मेरा चैन न जाने कहाँ पर...2
F- जवां ऋतु ये मौसम...

F- कटे जा रहे दिन तुझे याद करके
जिये जा रही मैं यूँही आहें भर के
छेड़ी आज तूने कैसी ये सरगम
नज़दीक आजा बाहों में भर ले...2
M- बहारों के गुलशन...

बन गये तुम मेरी ज़िंदगी

(Base-Aankh hai bhari-bhari aur...)

बन गये तुम मेरी ज़िंदगी, बस गये जानेजां सांसों में
बन गये तुम मेरी ज़िंदगी, बस गये जानेजां सांसों में
गुम गयी प्यार की मंजिलें, दिल मेरा बैचेन है रातों में
बन गये तुम मेरी ज़िंदगी, बस गये जानेजां सांसों में

मैं लाना चाहता हूँ भी हक़ीक़त सामने तेरे
मैं लाना चाहता हूँ भी हक़ीक़त सामने तेरे
नहीं दूजा कोई और है मेरी जानम सिवा तेरे
बन गये तुम मेरी शायरी, दिख रहा प्यार आँखों में
गुम गयी प्यार की मंजिलें, दिल मेरा बैचेन है रातों में
बन गये तुम मेरी ज़िंदगी, बस गये जानेजां सांसों में

लिखे मैंने अफ़साने, मुझे जब याद तू आई
लिखे मैंने अफ़साने, मुझे जब याद तू आई
नहीं है चैन रातों को, कटी मुश्किल से तन्हाई
कर गये तुम क्या दिल्लगी, आये जब कभी बाहों में
गुम गयी प्यार की मंजिलें, दिल मेरा बैचेन है रातों में
बन गये तुम मेरी ज़िंदगी, बस गये जानेजां सांसों में

रखा है दिल संभाले ये, तेरे ही वास्ते हमदम
रखा है दिल संभाले ये, तेरे ही वास्ते हमदम
खुशी से मैं उठाऊँगा, मुझे देगी तू जो ग़म
होगी कम न ये दिल लगी, ले लिया हाथ हाथों में
गुम गयी प्यार की मंजिलें, दिल मेरा बैचेन है रातों में
बन गये तुम मेरी ज़िंदगी, बस गये जानेजां सांसों में

बन के दीवार खड़ा है

(Base-Pate ki baat karega...)

बन के दीवार खड़ा है प्यार के बीच ज़माना
बन के दीवार खड़ा है प्यार के बीच ज़माना
मुहब्बत हुई जब यारो बनेगा कोई फ़साना
बन के दीवार खड़ा है प्यार के बीच ज़माना

मुहब्बत है वही एक शय बनी चिंगारी से शोला
नहीं है की यहां जिसने रे उसका मन भी है डोला
मुहब्बत है वही एक शय बनी चिंगारी से शोला
नहीं है की यहां जिसने रे उसका मन भी है डोला
रे उसका मन भी है डोला
अरे बाजार सजा है चुन कोई नज़राना
मुहब्बत हुई जब यारो बनेगा कोई फ़साना
बन के दीवार खड़ा है प्यार के बीच ज़माना

सुने न प्यार की सरगम अलग ही वो इन्सां है
प्यार संसार है सबका भला काहे को ज़िन्दा है
सुने न प्यार की सरगम अलग ही वो इन्सां है
प्यार संसार है सबका भला काहे को ज़िन्दा है
भला काहे को ज़िन्दा है
प्यार नहीं ख़ता है जरा इनको समझाना
मुहब्बत हुई जब यारो बनेगा कोई फ़साना
बन के दीवार खड़ा है प्यार के बीच ज़माना

सदा नहीं भी रहता है जवां ये प्यार का मौसम
सभी को ही भुगतना है कभी खुशी कभी ये ग़म
सदा नहीं भी रहता है जवां ये प्यार का मौसम
सभी को ही भुगतना है कभी खुशी कभी ये ग़म
कभी खुशी कभी ये ग़म
सोच बेकार रहा है छोड़ ये आग लगाना
मुहब्बत हुई जब यारो बनेगा कोई फ़साना
बन के दीवार खड़ा है प्यार के बीच ज़माना

बड़ी खूबसूरत सनम ये अदाऐं

(Base-Bhula nahin dena ji...)

बड़ी खूबसूरत सनम ये अदाऐं
न नीयत बिगाड़ दें नशीली निगाहें... नशीली निग़ाहें
बड़ी खूबसूरत सनम ये अदाऐं
न नीयत बिगाड़ दें नशीली निगाहें... नशीली निग़ाहें

फूल सी कोमल बाली उमरिया...2
पतली-पतली नाज़ुक़ कमरिया
आशिक़ भरें न क्यों ठण्डी आहें
न नीयत बिगाड़ दें नशीली निगाहें... नशीली निग़ाहें
बड़ी खूबसूरत सनम ये अदाऐं
न नीयत बिगाड़ दें नशीली निगाहें... नशीली निग़ाहें

ज़ुल्फ़ जैसे घटा कोई सावन...2
रंगरंगीला मचलता यौवन
रब से करूँ मैं क्यों न सदाऐं
न नीयत बिगाड़ दें नशीली निगाहें... नशीली निग़ाहें
बड़ी खूबसूरत सनम ये अदाऐं
न नीयत बिगाड़ दें नशीली निगाहें... नशीली निग़ाहें

नयनों का कजरा चैन चुराये...2
बालों का गजरा नींद उड़ाये
सन-सन चलती ये मस्त हवाऐं
न नीयत बिगाड़ दें नशीली निगाहें... नशीली निग़ाहें
बड़ी खूबसूरत सनम ये अदाऐं
न नीयत बिगाड़ दें नशीली निगाहें... नशीली निग़ाहें

बाहों में आ-जा जानेतमन्ना

(Base-Yakin kar lo mujhe mohabbat...)

बाहों में आ-जा जानेतमन्ना समां सुहाना
बाहों में आ-जा जानेतमन्ना समां सुहाना
लबों को चूमूँ मैं आज तेरे ए-जाने जांना
लबों को चूमूँ मैं आज तेरे ए-जाने जांना
बाहों में आ-जा जानेतमन्ना समां सुहाना

हसीन तुझसे है मेरी दुनिया
मिला ले मुझसे जी भर के अँखियाँ
दहक उठे हैं बदन में शोले
गिरी हो जैसे कहीं बिजुरिया
जिधर भी देखो हंसी नज़ारे समां सुहाना
बाहों में आ-जा जानेतमन्ना समां सुहाना

तू रंग गयी है अज़ब से रंग में
मुझे भी रंग ले तू अपने रंग में
अदा मचलती कदम बहकते
बरस गयी हो मय अँग-अँग में
महकती सांसें क़ातिल निग़ाहें समां सुहाना
बाहों में आ-जा जानेतमन्ना समां सुहाना

रातों का मैंने है चैन खोया
ए-मनचली भी तू देख मुड़ के
क़रार दिल का मुझे तू दे-दे
वो देख मिली है ज़मीं फलक से
तो ले चला फिर तेरा दीवाना समां सुहाना
बाहों में आ-जा जानेतमन्ना समां सुहाना
लबों को चूमूँ मैं आज तेरे ए-जाने जांना
बाहों में आ-जा जानेतमन्ना समां सुहाना

बाल तेरे बिखरे-बिखरे चाल तेरी

(Base-Bole tere mithe-mithe...)

बाल तेरे बिखरे-बिखरे~चाल तेरी हिरनी जैसी
बाल तेरे बिखरे-बिखरे~चाल तेरी हिरनी जैसी
गोरा-गोरा चाँद सा मुखड़ा~सांसें तेरी महकी-महकी
हुस्न तेरा निखरा-निखरा~गाल पे तिल का पहरा
है जन्नत की परी तू~मुझे तू दिखती हर सू
बाल तेरे बिखरे-बिखरे~चाल तेरी हिरनी जैसी
गोरा-गोरा चाँद सा मुखड़ा~सांसें तेरी महकी-महकी
हुस्न तेरा निखरा-निखरा~गाल पे तिल का पहरा
है जन्नत की परी तू~मुझे तू दिखती हर सू

जिस्म में गर्मी तेरे~इश्क़ के जलवे मेरे
तू है गर सच्चा सोना~दूर तलक नग़मे मेरे
तू है गर रूप की रानी~दिलरूबा मैं तेरा जानी
तू है गर रूप की रानी~दिलरूबा मैं तेरा जानी
है जन्नत की परी तू~मुझे तू दिखती हर सू
बाल तेरे बिखरे-बिखरे~चाल तेरी हिरनी जैसी
गोरा-गोरा चाँद सा मुखड़ा~सांसें तेरी महकी-महकी
हुस्न तेरा निखरा-निखरा~गाल पे तिल का पहरा
है जन्नत की परी तू~मुझे तू दिखती हर सू

लब से तू लब मिलाकर~नया ये तोहफ़ा दे-दे
बाहों में मेरी आ जा~एक तो मौक़ा दे-दे
आशिक़ मैं अलबेला~पास आ मेरी लैला
आशिक़ मैं अलबेला~पास आ मेरी लैला
है जन्नत की परी तू~मुझे तू दिखती हर सू
बाल तेरे बिखरे-बिखरे~चाल तेरी हिरनी जैसी
गोरा-गोरा चाँद सा मुखड़ा~सांसें तेरी महकी-महकी
हुस्न तेरा निखरा-निखरा~गाल पे तिल का पहरा
है जन्नत की परी तू~मुझे तू दिखती हर सू

बात मैं दिल की जब–जब कहता

(Base-Neel gagan pe udte panchhi...)

बात मैं दिल की जब-जब कहता सच ही कहता
दिल 'ओ' जिगर पे नाम ही तेरा लिखा दिलरूबा
बात मैं दिल की जब-जब कहता सच ही कहता
दिल 'ओ' जिगर पे नाम ही तेरा लिखा दिलरूबा

झूम के तुझपे आयी है मस्त-मस्त जवानी
झूम के तुझपे आयी है मस्त-मस्त जवानी
मुखड़ा गोरा बिखरे गेसू हुई तू अब सयानी
रूपनगर की तू कोई रानी जानेजां मल्लिका
दिल 'ओ' जिगर पे नाम ही तेरा लिखा दिलरूबा
बात मैं दिल की जब-जब कहता सच ही कहता
दिल 'ओ' जिगर पे नाम ही तेरा लिखा दिलरूबा

तन-मन में आग लगाये ये तेरी अँगड़ाई
तन-मन में आग लगाये ये तेरी अँगड़ाई
मतवाले नैनों का काजल तौबा रामदुहाई
आते-जाते मुझको दे गई रोग तू दिल का
दिल 'ओ' जिगर पे नाम ही तेरा लिखा दिलरूबा
बात मैं दिल की जब-जब कहता सच ही कहता
दिल 'ओ' जिगर पे नाम ही तेरा लिखा दिलरूबा

मीठी-मीठी मिस्री जैसी दिलकश तेरी बातें
मीठी-मीठी मिस्री जैसी दिलकश तेरी बातें
नर्म मुलायम तेरी कलाई चंदन जैसी सांसें
आ तुझे बाहों में ले लूँ मौसम मिलन का
दिल 'ओ' जिगर पे नाम ही तेरा लिखा दिलरूबा
बात मैं दिल की जब-जब कहता सच ही कहता
दिल 'ओ' जिगर पे नाम ही तेरा लिखा दिलरूबा

बाली तेरी उमर पतली तेरी कमर

(Base-Duniya walo se door...)

M- बाली तेरी उमर पतली तेरी कमर
बहकें न कदम जानेमन-जानेमन-जानेमन

F- गुदगुदाता समां मुस्कुराता ज़हां
मन्जिलें तेरे संग जानेमन-जानेमन-जानेमन

F- दो दिल जहाँ मिले हैं गुल ये वहीं खिले हैं
अरमान दिल के सारे बाहों में आ मिले हैं

M- तुझे पा के दिल की धड़कन क्यों तेज हो गयीं
देखे जो तेरे जलवे दोनों ज़हां मिले हैं

F- गुदगुदाता समां मुस्कुराता ज़हां
मन्जिलें तेरे संग जानेमन-जानेमन-जानेमन

M- आ मिल के दोनों गायें मस्ती भरे तराने
बिखरी हैं तेरी जुल्फ़ें छलके हैं दो पैमाने

F- बैचेन मुझको न कर दिल तुझको मैं ये दूँगी
खाती कसम ले मैं तेरे संग-संग चलूँगी

M- बाली तेरी उमर पतली तेरी कमर
बहकें न कदम जानेमन-जानेमन-जानेमन

F- तुझसे हुई मुहब्बत खुशी दे मुझे या ग़म
ज़िन्दा रहेगी वर्षों ये दास्तान हमदम

M- मुश्किल बड़ा है दिलबर अब तुझको भूल जाना
टूटेगा न भी ऐसे ये जो जुड़ा है बन्धन

F- गुदगुदाता समां मुस्कुराता ज़हां
मन्जिलें तेरे संग जानेमन-जानेमन-जानेमन

M- बाली तेरी उमर पतली तेरी कमर
बहकें न कदम जानेमन-जानेमन-जानेमन

बिखरी-बिखरी ज़ुल्फें

(Base-Chhoti si ye duniya pahchane...)

बिखरी-बिखरी ज़ुल्फें~हैं नैन कजरारे
लब मय के हैं प्याले~है मुख गोरा-गोरा~तेरे जलवे कमाल
बिखरी-बिखरी ज़ुल्फें~हैं नैन कजरारे
लब मय के हैं प्याले~है मुख गोरा-गोरा~तेरे जलवे कमाल
बिखरी-बिखरी ज़ुल्फें...

तुझसे उल्फ़त मुझको हुई है इसमें क्या परेशानी
दिल का तोहफ़ा मुझको दे-दे
ए-ख़्वाबों की रानी...ए-ख़्वाबों की रानी
बिखरी-बिखरी ज़ुल्फें~हैं नैन कजरारे
लब मय के हैं प्याले~है मुख गोरा-गोरा~तेरे जलवे कमाल
बिखरी-बिखरी ज़ुल्फें...

देखूँ जब-जब छब मैं तेरी तन-मन मेरा डोले
तुझको पाना मेरा मक़सद
लेकिन होले-होले...लेकिन होले-होले
बिखरी-बिखरी ज़ुल्फें~हैं नैन कजरारे
लब मय के हैं प्याले~है मुख गोरा-गोरा~तेरे जलवे कमाल
बिखरी-बिखरी ज़ुल्फें...

जानेजांना मान भी जा प्यार मैं दिल से करूँगा
चाँद-सितारे ला के ज़मीं पर
माँग मैं तेरी भरूँगा...माँग मैं तेरी भरूँगा
बिखरी-बिखरी ज़ुल्फें~हैं नैन कजरारे
लब मय के हैं प्याले~है मुख गोरा-गोरा~तेरे जलवे कमाल
बिखरी-बिखरी ज़ुल्फें...

बिखरी-बिखरी जुल्फ़ें गोरा-गोरा मुख

(Base-Chhoti si ye duniya...)

बिखरी-बिखरी जुल्फ़ें गोरा-गोरा मुख
आ चूम लूँ मैं इसको, नज़दीक आ मेरे, हो जो भी अंजाम
बिखरी-बिखरी जुल्फ़ें गोरा-गोरा मुख
आ चूम लूँ मैं इसको, नज़दीक आ मेरे, हो जो भी अंजाम
बिखरी-बिखरी जुल्फ़ें ...

दिल का मैं हूँ कुछ रंगीला नाम मेरा मस्ताना
रूठ के मुझसे जाने वाली
याद ये रख अफ़साना...याद ये रख अफ़साना
बिखरी-बिखरी जुल्फ़ें गोरा-गोरा मुख
आ चूम लूँ मैं इसको, नज़दीक आ मेरे, हो जो भी अंजाम
बिखरी-बिखरी जुल्फ़ें ...

तोड़ के आ-जा जानेतमन्ना दुनिया की जंजीरें
हम दोनों के मिलने से ही
चमकेंगी तक़दीरें...चमकेंगी तक़दीरें
बिखरी-बिखरी जुल्फ़ें गोरा-गोरा मुख
आ चूम लूँ मैं इसको, नज़दीक आ मेरे, हो जो भी अंजाम
बिखरी-बिखरी जुल्फ़ें ...

बस गयी है तू दिल 'ओ' जिगर में ऐसे-कैसे भुला दूँ
बन गया मजनूं तेरे लिये मैं
हाल-ए-दिल सुना दूँ...हाल-ए-दिल सुना दूँ
बिखरी-बिखरी जुल्फ़ें गोरा-गोरा मुख
आ चूम लूँ मैं इसको, नज़दीक आ मेरे, हो जो भी अंजाम
बिखरी-बिखरी जुल्फ़ें ...

बिखरे-बिखरे गेसू और...

(Base-Thari bhavi hove naraj Ha...)

बिखरे-बिखरे गेसू और हिरनी जैसी चाल
बिखरे-बिखरे गेसू और हिरनी जैसी चाल
रब ही जाने आजकल की लड़कियाँ क़माल---2
रब ही जाने आजकल की लड़कियाँ क़माल---2

नयी-नयी ड्रेस पहन कर तितली सा इतरायें
जीन्स पहन गुल्लकवाली सड़कों पर मंडरायें
नयी-नयी ड्रेस पहन कर तितली सा इतरायें
जीन्स पहन गुल्लकवाली सड़कों पर मंडरायें
कजरारे नैना दो चिकने-चिकने गाल
कजरारे नैना दो चिकने-चिकने गाल
रब ही जाने आजकल की लड़कियाँ क़माल---4

नर्म मुलायम यौवन और क़ातिल अँगड़ाई
एक नज़र ये जिसपे डालें उसकी शामत आई
नर्म मुलायम यौवन और क़ातिल अँगड़ाई
एक नज़र ये जिसपे डालें उसकी शामत आई
जिस महफिल में पहुँचें हो जाये धमाल
जिस महफिल में पहुँचें हो जाये धमाल
रब ही जाने आजकल की लड़कियाँ क़माल---4

मीठा ज़हर भरा हुआ है इनकी हर अदा में
एक दिन आखिर जल जायेगा परवाना शमा में
मीठा ज़हर भरा हुआ है इनकी हर अदा में
एक दिन आखिर जल जायेगा परवाना शमा में
मानों न गर इनकी तो करती बबाल
मानों न गर इनकी तो करती बबाल
रब ही जाने आजकल की लड़कियाँ क़माल---4

बिन्दास ये जवानी

(Base-4-G ka Jamana)

बिन्दास ये जवानी, तू है रूप की रे रानी
पी ले ठण्डा-ठण्डा पानी, बड़ा मीठा भी तो है
तेरे नाम का दीवाना, तू शमा मैं परवाना
दे-दे गाल का एक चुम्मा, बड़ा मीठा भी तो है
दिल है बेक़रार, मुझे दे-दे दीदार
तेरे रूप का श्रृंगार, बड़ा मीठा भी तो है
मीठी-मीठी सुगन्ध, घुटा हाण्डी का साग
तेरी हाथ का वो कौर, बड़ा मीठा भी तो है
बिन्दास ये जवानी, तू है रूप की रे रानी
पी ले ठण्डा-ठण्डा पानी, बड़ा मीठा भी तो है

गोरा-गोरा मुखड़ा रे जुल्फ़ ये खुली
किस तरह से है तू हसीन छोकरी
गोरा-गोरा मुखड़ा रे जुल्फ़ ये खुली
किस तरह से है तू हसीन छोकरी
मस्तानी अदायें, ये क़ातिल निग़ाहें
गदराया बदन, बड़ा मीठा भी तो है
बिन्दास ये जवानी, तू है रूप की रे रानी
पी ले ठण्डा-ठण्डा पानी, बड़ा मीठा भी तो है

बैठा कब से मैं तेरे इन्तज़ार में
बीते कई महीने तेरी याद में
बैठा कब से मैं तेरे इन्तज़ार में
बीते कई महीने तेरी याद में
निकली न बाहर, अपनी चौखट से तू
कह दे आई लव यू, बड़ा मीठा भी तो है
बिन्दास ये जवानी, तू है रूप की रे रानी
पी ले ठण्डा-ठण्डा पानी, बड़ा मीठा भी तो है

बिन्दास तू जो हो के बाहों में

(Base-Mein jahan chala jaoon...)

बिन्दास तू जो हो के ...
बिन्दास तू जो हो के बाहों में मेरी आये
तो आये इस दिल को क़रार जानेबहार,जाने...बहार
बिन्दास तू जो हो के बाहों में मेरी आये
तो आये इस दिल को क़रार जानेबहार,जाने...बहार

जब भी तू ले अँगड़ाई... जां पर मेरी बन आये
जब भी तू ले अँगड़ाई, जां पर मेरी बन आये
भीगी-भीगी रातों में क्यों तू मुझे तड़पाये
नाम तेरे लिख दूँ सब यार जानेबहार,जाने...बहार
बिन्दास तू जो हो के बाहों में मेरी आये
तो आये इस दिल को क़रार जानेबहार,जाने...बहार

नैना दो ये कजरारे... जादू मुझपे हैं डारे
नैना दो ये कजरारे, जादू मुझपे हैं डारे
कितनी हसीनों ने मुझपे हैं दिल हारे
मुझपे है तेरा इख़्तियार जानेबहार,जाने...बहार
बिन्दास तू जो हो के बाहों में मेरी आये
तो आये इस दिल को क़रार जानेबहार,जाने...बहार

लिखूँ तुझे अफ़साना... दूँगा तुझे नज़राना
लिखूँ तुझे अफ़साना, दूँगा तुझे नज़राना
छोड़ मुझे तन्हा यूँ जानेमन मत जाना
अब तेरा ही इन्तज़ार जानेबहार,जाने...बहार
बिन्दास तू जो हो के बाहों में मेरी आये
तो आये इस दिल को क़रार जानेबहार,जाने...बहार

बेवज़ह ही बीता ये जीवन

(Base-Aaj Socha to aansun bhar...)

बेवज़ह ही बीता ये जीवन
बेवज़ह ही बीता ये जीवन
चढ़ सके न कभी हमपे ये रंग
बेवज़ह ही बीता ये जीवन
बेवज़ह ही बीता ये जीवन

दुश्मनों ने किया दम से बेदम
उलझने वो मिली न जी सके हम
ऐसी हुई भी उनसे अन-बन
बेवज़ह ही बीता ये जीवन
बेवज़ह ही बीता ये जीवन

जल रहा है बदन चाँदनीं में
दिखता कुछ नहीं रोशनी में
ऐसा उजड़ा हमारा ये गुलशन
बेवज़ह ही बीता ये जीवन
बेवज़ह ही बीता ये जीवन

कोई साथी न संगी सहेली
हर कदम ज़िंदगी नयी पहेली
ख़ाक़ में मिले सभी फन
बेवज़ह ही बीता ये जीवन
बेवज़ह ही बीता ये जीवन

बेवज़ह ख़त रोज़ उनके

(Base-Mera jeevan kora kagaz...)

बेवज़ह ख़त रोज़ उनके पढ़ते हम रहे
बेवज़ह ख़त रोज़ उनके पढ़ते हम रहे
हर घड़ी...हर घड़ी क्यों ये मन्सूबे गढ़ते हम रहे
बेवज़ह... बेवज़ह ख़त रोज़ उनके पढ़ते हम रहे

लम्हें गुजरे हंसते-गाते~लम्हें गुजरे हंसते-गाते
वो भी क्या थे दिन~वो भी क्या थे दिन
साथ उनके मुस्कुराना
बीते वो पल-छिन~बीते वो पल-छिन
हर जगह...हर जगह बिन्दास उनसे मिलते हम रहे
बेवज़ह... बेवज़ह ख़त रोज़ उनके पढ़ते हम रहे

धड़कनों में नाम उनका~धड़कनों में नाम उनका
लिख गया ऐसे~लिख गया ऐसे
बहती-बहती कोई नदिया
गुम गयी जैसे~गुम गयी जैसे
लेटकर...लेटकर रातों को तारे गिनते हम रहे
बेवज़ह... बेवज़ह ख़त रोज़ उनके पढ़ते हम रहे

गुदगुदाती फिर सुहानी~गुदगुदाती फिर सुहानी
ऋतु नहीं आयी~ऋतु नहीं आयी
न ही भँवरे गुनगुनाये
कलियाँ मुरझाई~कलियाँ मुरझाई
इस तरह...इस तरह लब रोज यूँही सिलते हम रहे
बेवज़ह...बेवज़ह ख़त रोज़ उनके पढ़ते हम रहे

बेवज़ह उठते गये बेख़ुदी में मेरे कदम

(Base-Kitni hasrat hai hume...)

बेवज़ह उठते गये बेख़ुदी में मेरे कदम
बेवज़ह उठते गये बेख़ुदी में मेरे कदम
मैंने समझा ख़ुदा वही रूठे हैं सनम
ग़मों की राह पे हरदम यूँ ही चलता रहा
बेवज़ह उठते गये बेख़ुदी में मेरे कदम
मैंने समझा ख़ुदा वही रूठे हैं सनम

यूँ ही कितने ज़माने गुजरे, दिल को मेरे क़रार दे जा
यूँ ही कितने ज़माने गुजरे, दिल को मेरे क़रार दे जा
अब न तुझसे करूँ शिकवा तन्हा उदास-उदास बैठा
ग़मों की राह पे हरदम यूँ ही चलता रहा
बेवज़ह उठते गये बेख़ुदी में मेरे कदम
मैंने समझा ख़ुदा वही रूठे हैं सनम

कलियाँ रुक-रुक मुझे देखें, मेरा चेहरा निहारती हैं
कलियाँ रुक-रुक मुझे देखें, मेरा चेहरा निहारती हैं
गलियाँ भूले हुए राही को, जाने क्यों भी पुकारती हैं
ग़मों की राह पे हरदम यूँ ही चलता रहा
बेवज़ह उठते गये बेख़ुदी में मेरे कदम
मैंने समझा ख़ुदा वही रूठे हैं सनम

जी नहीं लगता है कहीं अब, मुझपे लायेगी यकीं कब
जी नहीं लगता है कहीं अब, मुझपे लायेगी यकीं कब
दूजी कोई तुझ जैसी हसीना, दिल को भायेगी नहीं अब
ग़मों की राह पे हरदम यूँ ही चलता रहा
बेवज़ह उठते गये बेख़ुदी में मेरे कदम
मैंने समझा ख़ुदा वही रूठे हैं सनम

बैठे हैं कब से पलकें बिछाये

(Base-Do dil tute do dil...)

बैठे हैं कब से पलकें बिछाये
उम्मीद है कि शायद वो आयें
बैठे हैं कब से पलकें बिछाये
उम्मीद है कि शायद वो आयें
बैठे हैं कब से पलकें बिछाये

थके पाँव चलते-चलते आगे चला नहीं जायेगा
अब हाल दिल का अपने सुन कोई नहीं पायेगा
डसने लगे हैं अपने ही साये
बैठे हैं कब से पलकें बिछाये

सदियों से सदियों तक भी मिट न सकेगी ये दास्तां
किसी न किसी जनम में आयेंगे मेरे वो राज़दां
भुला न सकेंगे जो गीत थे गाये
बैठे हैं कब से पलकें बिछाये

याद जो तेरी आयी....
याद जो तेरी आयी मुश्किल हुआ दिल थामना
जज़्बात दिल के बिखरे मुश्किल हुआ अब समेटना
छंट न सके मेघ ग़म के जो छाये
बैठे हैं कब से पलकें बिछाये
उम्मीद है कि शायद वो आयें
बैठे हैं कब से पलकें बिछाये

भला न किया तो बुरा भी न कर

(Base-Kisi ne kaha hai mere dosto...)

भला न किया तो~बुरा भी न कर...2
अरे इस क़द्र~क़यामत न कर~प्रभु से तो डर
सजा बेवज़ह तूने दी है उसे
है इन्सां नहीं~दरिन्दा है तू~ये जग को ख़बर
अरे इस क़द्र~क़यामत न कर~प्रभु से तो डर

हैं जुमले ही जुमले 'ओ' झूठे फ़साने...2
जुवां से निकलते हैं तेरी अँगारे
आज जुल्म 'ओ' सितम कर क्या लगा है जताने
गुलों के संग-संग हैं कॉंटे मगर
अरे इस क़द्र~क़यामत न कर~प्रभु से तो डर~2

घड़ी आज पल-पल क़यामत की आयी...2
न जाने भी कल किसकी होगी तबाही
रोग राज़ लगा है कौन ये दिलजला है...2
कोरे कागज पर ये बसाये शहर
अरे इस क़द्र~क़यामत न कर~प्रभु से तो डर~2

क्यों भोली ये जनता समझती नहीं है...2
मिले मुफ़्त राशन क्या ये ज़िंदगी है
खाली बैठे युवा को नौकरियां दिलाओ...2
गरीबों के घर की करो भी फिकर
अरे इस क़द्र~क़यामत न कर~प्रभु से तो डर~2

भीगी-भीगी रातों में है इन्तज़ार

(Base-Nafrat karne walon ke...)

भीगी-भीगी रातों में है इन्तज़ार तेरा
भीगी-भीगी रातों में है इन्तज़ार तेरा
तू क्या जाने कब से दिल बेक़रार मेरा
भीगी-भीगी रातों में है इन्तज़ार तेरा

अफ़साने दिन-रात मैं तुझे लिखूँगा_
चाहत में तेरी जानेमन मैं मर मिटूँगा_
शब भर तेरी याद में करवट बदलता हूँ...2
बिन पिये जानेजांना मैं तो बहकता हूँ
आ-जा तू बाहों में ले इम्तिहान मेरा
तू क्या जाने कब से दिल बेक़रार मेरा
भीगी-भीगी रातों में है इन्तज़ार तेरा

घटाओं सी ये ज़ुल्फ़ें हंसी-हंसी चेहरा_
मुद्दत से मेरे यार तलबगार मैं तेरा_
आ चूम लूँ मैं नाज़ से तेरे गोरे-गोरे गाल...2
अधरों से अधरों पर मैं लिख दूँ तेरा नाम
ज़ालिम दुनियावाले कर ऐतबार मेरा
तू क्या जाने कब से दिल बेक़रार मेरा
भीगी-भीगी रातों में है इन्तज़ार तेरा

लिखू दूँगा सारी नेमतें तेरे नाम दिलबर जानी_
अब मान भी जा फुलझड़ी करने दे मनमानी_
एक राज़ छिपा दिल में, दिल में रखूँ कब तक...2
तुझे चाहता रहूँगा हैं चाँद-तारे जब तक
तन-मन पे तेरे जानम है इख़्तियार मेरा
तू क्या जाने कब से दिल बेक़रार मेरा
भीगी-भीगी रातों में है इन्तज़ार तेरा

भीगे-भीगे होंठ रसीले

(Base-Pee le pee le O mere raja...)

मान भी जा सपनों की रानी...
(भीगे-भीगे होंठ रसीले, महकी-महकी मस्त जवानी)...2
मान भी जा सपनों की रानी...
(भीगे-भीगे होंठ रसीले, महकी-महकी मस्त जवानी)...2

बड़ी क़ातिल है अँगड़ाई...अँगड़ाई...अँगड़ाई
क़यामत क्या ये ले आयी...ले आयी...ले आयी
बड़ी क़ातिल है अँगड़ाई, क़यामत क्या ये ले आयी
शमा तू मैं परवाना...शमा तू मैं परवाना
तुझे लिखूँ मैं अफ़साना...अफ़साना...अफ़साना
तू मेरी है ज़िन्दगानी...तू मेरी है ज़िन्दगानी
महकी-महकी मस्त जवानी
(भीगे-भीगे होंठ रसीले, महकी-महकी मस्त जवानी)...2

फूल तू है नज़ाक़त का, मैं प्यासा तेरी चाहत का
फूल तू है नज़ाक़त का, मैं प्यासा तेरी चाहत का
दिलरूबा मेरी बन जा तू, मैं दिलबर तेरे सपनों का
न सँभलेगी उम्र सयानी...न सँभलेगी उम्र सयानी
महकी-महकी मस्त जवानी
(भीगे-भीगे होंठ रसीले, महकी-महकी मस्त जवानी)...2

गोरे-गोरे अंग तेरे जैसे नगीना
एक नज़र तू जो देखे आये पसीना
गोरे-गोरे अंग तेरे जैसे नगीना
एक नज़र तू जो देखे आये पसीना,आये पसीना,आये पसीना
देती जा भी कोई निशानी...देती जा भी कोई निशानी
महकी-महकी मस्त जवानी
(भीगे-भीगे होंठ रसीले, महकी-महकी मस्त जवानी)...2

भुला दिया मैंने तेरा नाम जिगर से

(Base-Dushman na kare dost ne...)

भुला दिया मैंने तेरा नाम जिगर से
देखूँगा न मैं कभी तुझे उस नज़र से
भुला दिया मैंने तेरा नाम जिगर से
देखूँगा न मैं कभी तुझे उस नज़र से
भुला दिया मैंने ...

सदियों से कर रहा था मैं तेरी जुस्तजू
अब न करूँगा कभी मैं तेरी आरजू
जला दिये मैंने वो पैग़ाम ही छिप के
देखूँगा न मैं कभी तुझे उस नज़र से
भुला दिया मैंने ...

उल्फ़त के रास्तों में दीवारें खिंच गयीं
रस्म 'ओ' रिवाज़ की बुनियादें मिट गयीं
नहीं है मेरा वास्ता अन्जान शहर से
देखूँगा न मैं कभी तुझे उस नज़र से
भुला दिया मैंने ...

आगे न मुहब्बत की सजेंगी महफ़िलें
दीवाने को अब न मिलेंगी मन्ज़िलें
सुना दिया फ़ैसला ये ख़ून-ए-जिगर से
देखूँगा न मैं कभी तुझे उस नज़र से
भुला दिया मैंने ...

चल कहीं यार तन्हा में

(Base-Mein tere pyar mein pagal)

M- चल कहीं यार तन्हा में, रंगीन वादियों में
बाहों में बाहें डालें खो जायें मस्तियों में
F- चल कहीं यार तन्हा में, रंगीन वादियों में
बाहों में बाहें डालें खो जायें मस्तियों में
M- चल कहीं यार तन्हा मे F--तन्हा में
M- तन्हा में
F- तन्हा में

M- दिल अपना आते-जाते अन्जाने में खो बैठा
जानेतमन्ना तुझसे ही मैं उल्फ़त कर बैठा
बिन्दास तूने ये मुखड़ा ढका चिलमनों में
बाहों में बाहें डालें खो जायें मस्तियों में
चल कहीं यार तन्हा में F--तन्हा में
M- तन्हा में
F- तन्हा में

F- रातों को बैचेन मैं रहती ऋतु कैसी ये आई
तन-मन तेरा क्यों डोले जब-जब लूँ अंगड़ाई
मैं कब तक क़ैद रहूँ यारा बन्दिशों में
बाहों में बाहें डालें खो जायें मस्तियों में
चल कहीं यार तन्हा में M--तन्हा में
F- तन्हा में M--तन्हा में

M- चंद लम्हों को जानेजांना करने दे मनमानी
F- मैं हूँ कमसिन उम्र बाली न भी कर नादानी
हो जायेंगे हम रुसवा यारा बस्तियों में
बाहों में बाहें डालें खो जायें मस्तियों में
M- चल कहीं यार तन्हा में रंगीन वादियों में
F- चल कहीं यार तन्हा में, रंगीन वादियों में

चल दिया मैं उस ज़हां को

(Base-Ye mera diwanapan hai...)

चल दिया मैं उस ज़हां को~है जहां न कोई ग़म
चल दिया मैं उस ज़हां को~है जहां न कोई ग़म
उलझनों का डर नहीं~हैं खुशी के सारे रंग
चल दिया मैं उस ज़हां को...

न ही नफ़रत की दीवारें~न ही हैं झूठे पयाम
न ही नफ़रत की दीवारें~न ही हैं झूठे पयाम
न ही शीशों के महल हैं~न ही हैं ये ताम-झाम
चल दिया मैं उस ज़हां को~है जहां न कोई ग़म
उलझनों का डर नहीं~हैं खुशी के सारे रंग
चल दिया मैं उस ज़हां को...

धरती सोने का बिछौना~आसमां चादर समान
धरती सोने का बिछौना~आसमां चादर समान
संगी साथी ये सितारे~होंगे सब ही एक समान
चल दिया मैं उस ज़हां को~है जहां न कोई ग़म
उलझनों का डर नहीं~हैं खुशी के सारे रंग
चल दिया मैं उस ज़हां को...

भूल जाना मुझको यारों~पन्छी था एक उड़ गया
भूल जाना मुझको यारों~पन्छी था एक उड़ गया
आपकी खुशियों के ख़ातिर~जाने क्या-क्या लिख गया
चल दिया मैं उस ज़हां को~है जहां न कोई ग़म
उलझनों का डर नहीं~हैं खुशी के सारे रंग
चल दिया मैं उस ज़हां को...

चाहा जिसे मैंने बड़े नाज़ से

(Base-Kahe ko bulaya tune...)

चाहा जिसे मैंने बड़े नाज़ से
बेवफ़ा हो गयी...बेवफ़ा हो गयी...
चाहा जिसे मैंने बड़े नाज़ से, बेवफ़ा हो गयी...
गोरा-गोरा मुखड़ा वो नाजुक कली
क्या से क्या हो गयी...क्या से क्या हो गयी

गालों पे शोखियाँ...गालों पे शोखियाँ
आँखों में बिजलियाँ, कानों में झूलें बाली
गालों पे शोखियाँ, आँखों में बिजलियाँ, कानों में झूलें बाली
तोड़ गयी दिल पल में मेरा, अब डालूँ कहाँ जाकर डेरा
मर मैं गया जिसके अन्दाज पे
गुम कहाँ हो गयी...गुम कहाँ हो गयी
गोरा-गोरा मुखड़ा वो नाजुक कली क्या से क्या हो...

रातों की चाँदनीं...रातों की चाँदनीं
ऐसी वो नाज़नीं, साँचे में थी वो ढली
रातों की चाँदनीं, ऐसी वो नाज़नीं, साँचे में थी वो ढली
होंठ थे क्या जैसे अंगारे, नैन थे दो मस्त प्याले
माँगा जिसे रब से उठा हाथ ये
फ़लसफ़ा हो गयी...फ़लसफ़ा हो गयी
गोरा-गोरा मुखड़ा वो नाजुक कली क्या से क्या हो...

गेसू घटाओं से...गेसू घटाओं से
चेहरे पे ताज़गी, जैसे कोई चाँद निकला
गेसू घटाओं से, चेहरे पे ताज़गी, जैसे कोई चाँद निकला
पास वो मेरे आयी जब-जब, कर गई भी बैचेन तब-तब
जाने क्यों उसने किये फ़ासले
इन्तहा हो गयी...इन्तहा हो गयी
गोरा-गोरा मुखड़ा वो नाजुक कली क्या से क्या हो...

चाँद जैसे यौवन ने जाने कैसी आग

(Base-Joban ka bharota...)

M- चाँद जैसे यौवन ने जाने कैसी आग लगाई है----2
झील जैसे नैना दो क़ातिल अँगड़ाई है----2

F- आते-जाते रस्ते में तूने मुझसे आँख लड़ाई है----2
तन-मन में जो आग लगावे कैसी ये पुरबाई है----2

M- बैठ कहीं तन्हाई में मैं तेरे नाम की माला फेरूँगा
साधु जैसा भेष में धरके हाथ कमण्डल ले लूँगा
बाग वाले बाबा ने एक ऐसी बात बताई है
झील जैसे नैना दो क़ातिल अँगड़ाई है----2

F- चाल मेरी है हिरनी सी रे तेरे हाथ न आऊँगी
तुझ संग ब्याह रचाऊँ न मैं कुंवारी मर जाऊँगी
जा दीवाने पूरे गाँव में तूने की रुसवाई है
तन-मन में जो आग लगावे कैसी ये पुरबाई है----2

M- लगता है यूँ कई सदियाँ लगें तुझे समझाने में
ढूँढूँगा मैं दूजी छोकरी जाकर के शहरां में
झूठे तेरे कसमें-वादे न भी सच्चाई है
झील जैसे नैना दो क़ातिल अँगड़ाई है----2

F- सौतन की तू बात न कर तेरे साथ ही चलूंगी
तेरी हर फरमाईश को मैं हरदम पूरा करूंगी
इन मतवाली सांसों ने तुझसे की सगाई है
तन-मन में जो आग लगावे कैसी ये पुरबाई है----2

चुपके से कान में आ के कहा...

(Base-Purab se chali purbai...)

M- चुपके से कान में आ के कहा क्या तूने सनम~2
लबों से यूँ मुस्कुरा के कहा क्या तूने सनम~2
F- चुपके से कान में आ के कहा क्या तूने सनम~2
लबों से यूँ मुस्कुरा के कहा क्या तूने सनम~2

M- नैनों में कजरा, बालों में गज़रा
तुझमें है फूलों की ताज़गी
F- औरों से हटकर, तू है रंगीला
तुझमें है उल्फ़त की सादगी
M- नैनों में कजरा, बालों में गज़रा,तुझमें है फूलों...
F- औरों से हटकर, तू है रंगीला,तुझमें है उल्फ़त...
M- नयनों से नैन लड़ा के कहा क्या तूने सनम~2
F- लबों से यूँ मुस्कुरा के कहा क्या तूने सनम~2

F- हर सू हंसी अब, लगते नज़ारे
तुझसे जुड़े जब से सिलसिले
M- जीने की मुझमें, जागी तमन्ना
जब से दीवाने दो दिल मिले
F- हर सू हंसी अब, लगते नज़ारे, तुझसे जुड़े...
M- जीने की मुझमें, जागी तमन्ना, जब से दीवाने...
F- जानेजां ख़्वावों में आके कहा क्या तूने सनम~2
M- लबों से यूँ मुस्कुरा के कहा क्या तूने सनम~2

F- चुपके से कान में आ के कहा क्या तूने सनम
M- चुपके से कान में आ के कहा क्या तूने सनम
F- लबों से यूँ मुस्कुरा के कहा क्या तूने सनम
M- लबों से यूँ मुस्कुरा के कहा क्या तूने सनम

चूम लेता लबों को तेरे

(Base-Chal akela chal akela...)

चूम लेता लबों को तेरे हर ग़म सहता
मेरी जानेजां तेरा नाम मुहब्बत रख देता
चूम लेता लबों को तेरे हर ग़म सहता
मेरी जानेजां तेरा नाम मुहब्बत रख देता

मचलते दिल के अरमां और तुझको मैं निहारता
बहकते गर जो तेरे ये कदम तुझको संभालता
ए-बिखरे-बिखरे गेसू वाली बाहों में भर लेता
चूम लेता लबों को तेरे हर ग़म सहता
मेरी जानेजां तेरा नाम मुहब्बत रख देता

मैं तेरी झील सी आँखों में हमदम डूब जाता
कि उल्फ़त के तराने नये-नये तुझको सुनाता
चन्द लम्हों में दर्द 'ओ' अलम तेरा मैं हर लेता
चूम लेता लबों को तेरे हर ग़म सहता
मेरी जानेजां तेरा नाम मुहब्बत रख देता

मचाती शोर ये कलियाँ हुआ कोई है दीवाना
शमा की चाह में जलने चला देखो परवाना
ए-जानेतमन्ना अपना मैं सिर सज़दों में रख देता
चूम लेता लबों को तेरे हर ग़म सहता
मेरी जानेजां तेरा नाम मुहब्बत रख देता

मुहब्बत नाम है जिसका वो तुझसे ही हुई
मुड़ा हर रास्ता तेरी तरफ क्या वज़ह हुई
गर होता जो कहीं स्वंयबर लाखों में चुन लेता
चूम लेता लबों को तेरे हर ग़म सहता
मेरी जानेजां तेरा नाम मुहब्बत रख देता

छुक-छुक-छुक चल्ले गाड़ी

(Base-Choli ke peechhe...)

छुक-छुक-छुक चल्ले गाड़ी छुक-छुक-छुक चल्ले
छुक-छुक-छुक चल्ले गाड़ी छुक-छुक-छुक चल्ले
धक-धक दिल बोल्ले मेरा धक-धक दिल बोल्ले
गाड़ी के आगे इन्जन, दिल की बढ़ावे धड़कन
गाड़ी के आगे इन्जन, दिल की बढ़ावे धड़कन
चैन न आवे सारी रात भर... रात भर

बाली उमरिया ज़ालिम बाली उमरिया
पतली कमरिया बाबू पतली कमरिया
कमसिन अदायें तौबा... क़ातिल अँगड़ाई तौबा
दिल से लगा ले मुझे प्यार कर... प्यार कर

ले-ले मजा आ जा इस शाम का
तेरे बिना ये यौवन किस काम का
कर ले जो मन में सोचा, फिर न मिलेगा मौक़ा
इस तरह यूँ न ठण्डी आहें भर...आहें भर

छुक-छुक-छुक चल्ले गाड़ी छुक-छुक-छुक चल्ले
छुक-छुक-छुक चल्ले गाड़ी छुक-छुक-छुक चल्ले
धक-धक दिल बोल्ले मेरा धक-धक दिल बोल्ले
गाड़ी के आगे इन्जन, दिल की बढ़ावे धड़कन
गाड़ी के आगे इन्जन, दिल की बढ़ावे धड़कन
चैन न आवे सारी रात भर... रात भर

छुक-छुक-छुक चल्ले गाड़ी छुक-छुक-छुक चल्ले
धक-धक दिल बोल्ले मेरा धक-धक दिल ....

छोड़ ये बातें बाहों में आ-जा

(Base-Ae meri aankhon ke pahle...)

छोड़ ये बातें बाहों में आ-जा
बाहों में आ-जा दिल में समा जा
पिंजड़े का पंछी रहे कैद कब तक
कब तक...कब तक...जाने जां कब तक
छोड़ ये बातें बाहों में आ-जा,बाहों में आजा...
पिंजड़े का पंछी रहे कैद कब तक, कब तक...

ज़िन्दगी में मेरी एक तू है हंसी
जिससे दिल मिल गया और मिली हर खुशी
आशिक़ी की डगर मैं चलता रहा
सिलसिला थम गया और खिली हर कली
छोड़ ये बातें बाहों में आ-जा,बाहों में आ-जा...
पिंजड़े का पंछी रहे कैद कब तक, कब तक...

बात तो मुझसे कर ए-सनम कम से कम
तुझपे मैं हूँ मिटा दे सिला ए-सनम
तन्हा-तन्हा तू भी लेती अँगड़ाईयाँ
मुझसे क्या है गिला मैं हूँ तेरा सनम
छोड़ ये बातें बाहों में आ-जा,बाहों में आ-जा...
पिंजड़े का पंछी रहे कैद कब तक, कब तक...

जख़्म तूने दिये मैं सहता रहा
कुछ कर न सका जुवां सिलता रहा
दर्द-ए-दिल जानेमन आगे क्या मैं कहूँ
जब भी तुझसे मिला हंस के मिलता रहा
छोड़ ये बातें बाहों में आ-जा,बाहों में आ-जा...
पिंजड़े का पंछी रहे कैद कब तक, कब तक...

दर्देदिल हद से बढ़ा

(Base-Tera mera pyar amar...)

दर्देदिल हद से बढ़ा, उसने दी है ऐसी सजा
दर्देदिल हद से बढ़ा, उसने दी है ऐसी सजा
ऐसे-कैसे भूली है वो, इसमें मेरी क्या है ख़ता

भीगा-भीगा ये समां कर रहा है दिल्लगी
ए-बहार तू बता किस जगह है वो छिपी
नाचे अम्बर झूमे जमीं, सन-सन चलती है हवा
ऐसे-कैसे भूली है वो, इसमें मेरी क्या है ख़ता

जल रही थी जो शमा वो भी अब बुझने चली
जिस गली से गुजरा मैं छूटी अब है वो गली
हमदम मेरे कर भी गिला, सुन भी आकर मेरी सदा
ऐसे-कैसे भूली है वो, इसमें मेरी क्या है ख़ता

रुक गयी ये ज़िंदगी सांसें मेरी थम गयीं
जानेजां ए-दिलरुबा खुशियाँ तेरे संग गयीं
सोया मैं हूँ फिर से जगा, रब तू मेरे उससे मिला
ऐसे-कैसे भूली है वो, इसमें मेरी क्या है ख़ता

जागता मैं रात भर यादें वही सता रहीं
तन्हा वो बैठकर, बातें कहीं बना रही
मिलती नहीं कोई दवा, आती न ही मुझको क़ज़ा
ऐसे-कैसे भूली है वो, इसमें मेरी क्या है ख़ता

दर्द-ए-जिगर ऐसा मिला

(Base-Chhodo sanam kahe ka...)

f- दर्द-ए-जिगर ऐसा मिला जिसकी नहीं कोई दवा
दर्द-ए-जिगर ऐसा मिला जिसकी नहीं कोई दवा
एक डाल के पंछी थे हम हो भी गये क्योंकर जुदा
दर्द-ए-जिगर ऐसा मिला जिसकी नहीं कोई दवा

M- दर्द-ए-जिगर ऐसा मिला जिसकी नहीं कोई दवा
दर्द-ए-जिगर ऐसा मिला जिसकी नहीं कोई दवा
एक डाल के पंछी थे हम हो भी गये क्योंकर जुदा
दर्द-ए-जिगर ऐसा मिला जिसकी नहीं कोई दवा

भूल गयी वो हसीन मंजर
वादे किये थे मुझसे उसने कितने
वो दिलरूबा भूली है पल में खायी सारी कसमें
भूल गयी वो हसीन मंजर
वादे किये थे मुझसे उसने कितने
वो दिलरूबा भूली है पल में खायी सारी कसमें
दर्द-ए-जिगर ऐसा मिला जिसकी नहीं कोई दवा
दर्द-ए-जिगर ऐसा मिला जिसकी नहीं कोई दवा

तीर-ए-नज़र का हुआ निशाना
जवां दिलों के फ़साने सारे गुम गये
जागे-जागे दिल के अरमां सारे ही सो गये
तीर-ए-नज़र का हुआ निशाना
जवां दिलों के फ़साने सारे गुम गये
जागे-जागे दिल के अरमां सारे ही सो गये
दर्द-ए-जिगर ऐसा मिला जिसकी नहीं कोई दवा
दर्द-ए-जिगर ऐसा मिला जिसकी नहीं कोई दवा

दर्द ये मेरा किसी ने न जाना

(Base-Yaad na jaye beete...)

दर्द ये मेरा किसी ने न जाना
लिखता रहा क्यों मैं ये अफ़साना यही राज़ न जाना
दर्द ये मेरा किसी ने न जाना
लिखता रहा क्यों मैं ये अफ़साना यही राज़ न जाना

कहने को सावन जैसी, ऋतु जाने कैसी आई
कहने को सावन जैसी, ऋतु जाने कैसी आई
तन-मन घायल करती, तन-मन घायल करती
कैसी चली पुरबाई, वही ये राग पुराना
दर्द ये मेरा किसी ने न जाना
लिखता रहा क्यों मैं ये अफ़साना यही राज़ न जाना

तन्हा मैं ख़ुद को पाकर, जाने भी क्यों घबराऊँ
तन्हा मैं ख़ुद को पाकर, जाने भी क्यों घबराऊँ
पलकों में बंद वो मेरी, पलकों में बंद वो मेरी
राज़ ये क्या बतलाऊँ, है भी वो गुजरा ज़माना
दर्द ये मेरा किसी ने न जाना
लिखता रहा क्यों मैं ये अफ़साना यही राज़ न जाना

रिश्ता ये कैसा उससे, जुड़कर नहीं जुड़ पाया
रिश्ता ये कैसा उससे, जुड़कर नहीं जुड़ पाया
चाहा है उसको भुलाना, चाहा है उसको भुलाना
अब तक नहीं भूल पाया, पता न उसका ठिकाना
दर्द ये मेरा किसी ने न जाना
लिखता रहा क्यों मैं ये अफ़साना यही राज़ न जाना

दिल बार-बार धड़के ये

(Base-Ek baat dil mein aai hai...)

दिल बार-बार धड़के ये तुझ ही को देखकर
दिल बार-बार धड़के ये तुझ ही को देखकर
मौसम ये बदलते हैं,
गुलशन में गुल खिलते हैं, तुझ ही को देखकर
दिल बार-बार धड़के ये तुझ ही को देखकर...2

नयन नशीले तेरे, बिखरी घटा सी जुल्फ़ें
नयन नशीले तेरे, बिखरी घटा सी जुल्फ़ें
राह में तुझको पाकर, जुवां मेरी गाती नग़में
पँख लगे अरमानों को,
चैन नहीं दिलवालों को तुझ ही को देखकर
दिल बार-बार धड़के ये तुझ ही को देखकर...2

दिल ही दिल में जानेजां, मुहब्बत करने लगा मैं
दिल ही दिल में जानेजां, मुहब्बत करने लगा मैं
हुआ है ये दिल बेकाबू, शरारत करने लगा मैं
मिलने को मन करता है,
तन्हा-तन्हा तड़पा है तुझ ही को देखकर
दिल बार-बार धड़के ये तुझ ही को देखकर...2

कितनी लगेंगी सदियाँ, अभी तुझको पाने में
कितनी लगेंगी सदियाँ, अभी तुझको पाने में
कहीं न ये जीवन गुजरे, तुझे यूं मनाने में
चैन नहीं है दिल को,
आग लगा दूँ जग को तुझ ही को देखकर
दिल बार-बार धड़के ये तुझ ही को देखकर...2

दिल बेक़रार...हमदम जाने क्यों

(Base-Jab se dekha tumko...)

M- दिल बेक़रार...दिल बेक़रार...
हमदम जाने क्यों तुझको दिल दे बैठा
F- दिल बेक़रार...दिल बेक़रार...
हमदम जाने क्यों तुझको दिल दे बैठी
M- दिल की लगी ये होती नहीं कम
F- छिपी बात दिल की कह दे सनम
M- तेरा इन्तज़ार...हरदम जाने क्यों ऐसा ग़म ले बैठा
F- दिल बेक़रार, हमदम जाने क्यों तुझको दिल दे बैठी

M- तेरी याद में ये दुनिया भुलाई है
याद तू आती हर रात तन्हाई में
F- तेरी याद में ये दुनिया भुलाई है
याद तू आता हर रात तन्हाई में
M- नैनों से नैना मिलने दे
F- सांसों में सांसें घुलने दे
M- जन्मों का प्यासा दिल मेरा
F- दिलबर ये बातें चलने दे
कर ऐतबार... कर ऐतबार...
हर ग़म अपना मैं तुझसे ही कह बैठी

F- सोते-जगते अब सपने ही तेरे हैं
दिल 'ओ' जां से जानेजां हम तो तेरे हैं
M- सोते-जगते अब सपने ही तेरे हैं
दिल 'ओ' जां से जानेजां हम तो तेरे हैं
F- डर लगता है ज़माने से
M- आ तन्हा में बहाने से
F- छिप-छिप देखें कलियाँ
M- क्यों उलझी है परवाने से
M- तेरा इन्तज़ार...तेरा इन्तज़ार...
हरदम जाने क्यों ऐसा ग़म ले बैठा
F- दिल बेक़रार, हमदम जाने क्यों तुझको दिल दे बैठी
M- दिल बेक़रार, हमदम जाने क्यों तुझको दिल दे बैठा

दिल दे दे मुझको यार

(Base-Loot liya loot liya-H...)

दिल दे दे मुझको यार मैं तेरे प्यार में पागल
तू बिजुरी तड़-तड़ गरजे आवारा हूँ मैं बादल
आ नैना चार कर ले चुराऊँ मैं काजल
यूँ बीच बजरिया न चल बोले तेरी छम-छम पायल
बोले तेरी छम-छम पायल जियरा को करे ये घायल
हैं दो कजरारे नयना हैं फूल से गाल कोमल
बोले तेरी छम-छम पायल...

गलियों का मैं बन्जारा तू महलों की शहजादी
पिजड़े में रह बन्द-बन्द तूने खो दी अपनी आजादी
धन्यवाद तू मेरा कर मैं हूँ तेरा फ़रियादी
तू कुँवारी और मैं भी कुँवारा कर ले आ मुझसे शादी
हवा चली है सनन-सनन उड़ जायेगा तेरा आँचल
बोले तेरी छम-छम पायल जियरा को करे ये घायल
हैं दो कजरारे नयना हैं फूल से गाल कोमल
बोले तेरी छम-छम पायल...

तेरे नाम जवानी लिख दूँगा गर आये तू मेरी बाहों में
बन जा मुकद्दर तू मेरा बस जा तू मेरी सांसों में
तस्वीर मैं तेरी वर्षों से दिल से लगाकर चलता हूँ
कैसे यकीं ये आये तुझे जाने जां तुझपे मरता हूँ
बोले मेरे मन का पंछी तेरे रूप का मैं क़ायल
बोले तेरी छम-छम पायल जियरा को करे ये घायल
हैं दो कजरारे नयना हैं फूल से गाल कोमल
बोले तेरी छम-छम पायल...

दिल जाने मैं किसको दे बैठी

(Base-Mere hathon mein...)

दिल जाने मैं किसको दे बैठी
हाल-ए-दिल मैं उससे कह बैठी
नहीं उससे जो कहना था वो उससे कह बैठी
दिल जाने मैं किसको दे बैठी

छेड़े मुझको है कैसा बेदर्दी
रंग कितने बदलता है ख़ुदगर्ज़ी
नहीं पढ़ता अकेले में वो मेरी अरजी
छेड़े मुझको है कैसा बेदर्दी

कैसे उससे मिलाऊँ मैं नैना दो
नहीं मिलता वो दिल बहलाने को
बग़ावत भी नहीं करता मुझे वो पाने को
कैसे उससे मिलाऊँ मैं नैना दो

मेरी पायल कहीं जो बज जाये
मैं आयी तभी वो समझ जाये
गले मुझसे नहीं मिलता तन्हा गर मिल जाये
मेरी पायल कहीं जो बज जाये

कैसे करूँ हुस्न की रखवाली
हर कोई दिखता मेरा ही सवाली
नज़ाक़त को वो पुतला है-है जेब भी खाली
कैसे करूँ हुस्न की रखवाली

आग लगी है मेरी जवानी में
रंग आया नया है कहानी में
ज़माना तो यही कहता कि हुई सयानी मैं
आग लगी है मेरी जवानी में

दिल का फ़साना किसे सुनाऊँ

(Base-Aaj se pahle aaj se ...)

दिल का फ़साना किसे सुनाऊँ
दिल का फ़साना किसे सुनाऊँ, इम्तिहान है घड़ी-घड़ी
शब भर सारी नींद न आयी
शब भर सारी नींद न आयी, बेक़रार दिल घड़ी-घड़ी
दिल का फ़साना...

आये सपनों में मेरे वो तो बराबर न जाने क्या चाहती है
आये सपनों में मेरे वो तो बराबर न जाने क्या चाहती है
कजरारे उसके नैना खिलती कली वो मुझसे मुझे माँगती है
ऐसी दीवानी समझ न पाऊँ, ऐसी दीवानी समझ न पाऊँ
सोचती क्या खड़ी-खड़ी
दिल का फ़साना...

अच्छी लगती मुझको क्यों उसकी बातें डूबे हैं मेरे सितारे
अच्छी लगती मुझको क्यों उसकी बातें डूबे हैं मेरे सितारे
करने लगा मैं क्यों उससे मुहब्बत समझे न मेरे इशारे
जब-जब लेती वो अँगड़ाई
जब-जब लेती वो अँगड़ाई आँख ये उससे लड़ी-लड़ी
दिल का फ़साना...

बाँधी है जिस संग डोरी वो न मिली तो कुछ भी नहीं ज़िंदगी में
बाँधी है जिस संग डोरी वो न मिली तो कुछ भी नहीं ज़िंदगी में
मुश्किल है तन्हा-तन्हा राहों में चलना नहीं मजा बेख़ुदी में
लम्हा-लम्हा हुई जुदाई
लम्हा-लम्हा हुई जुदाई शमा रह गयी बुझी-बुझी
दिल का फ़साना...

दिल की हर बात बताऊँ कैसे

(Base-Sare shikve gile bhula...)

M- दिल की हर बात बताऊँ कैसे...2
भरी महफ़िल में सुनाऊँ कैसे
F- मैं ये जज़्बात छिपाऊँ कैसे...2
लगी ये दिल की बुझाऊँ कैसे
M- दिल की हर बात बताऊँ कैसे
F- मैं ये जज़्बात छिपाऊँ कैसे

M- मुझे इस दिल में तू जगह तो दे...2
मुझे जीने की कोई वज़ह तो दे...2
गुजरे लम्हात कहाँ और कैसे...2
भरी महफ़िल में सुनाऊँ कैसे
F- मैं ये जज़्बात छिपाऊँ कैसे

F- बिठलाया है तुमको पलकों में...2
तुमको पाया है मैंने सपनों में
बिठलाया है तुमको पलकों में
तुमको पाया है मैंने सपनों में
तुम बिन तन्हा मैं जी रही कैसे...2
लगी ये दिल की बुझाऊँ कैसे
M- दिल की हर बात बताऊँ कैसे

M- शमा बुझने न देंगे उल्फ़त की
आँधियाँ आयें भी क़यामत की
F- चैन मिलता मुझे है तुझसे मिल
एक तेरे ही वास्ते है दिल
M- तू भी एक बार जुवां से कह दे
F- तू भी एक बार जुवां से कह दे
M- भरी महफ़िल में सुनाऊँ कैसे
F- मैं ये जज़्बात छिपाऊँ कैसे

दिल के जज़्बात सनम

(Base-Bikhri julfon ko sajane ki...)

दिल के जज़्बात सनम तुझको सुनाऊँ कैसे
दिल के जज़्बात सनम तुझको सुनाऊँ कैसे
तन्हा ये रात सनम तुझ बिन बिताऊँ कैसे
शमा की चाह में जल जाये न ये परवाना
मैं हूँ बैचेन तुझे दिल से लगाऊँ कैसे
दिल के जज़्बात सनम तुझको सुनाऊँ कैसे

मिली जब से है नज़र होश खो बैठा मैं
मिली जब से है नज़र होश खो बैठा मैं
ए-मेरी जाने वफ़ा हाल-ए-दिल कहता मैं
लगी जो दिल में सनम है वो बुझाऊँ कैसे
तन्हा ये रात सनम तुझ बिन बिताऊँ कैसे
शमा की चाह में जल जाये न ये परवाना
मैं हूँ बैचेन तुझे दिल से लगाऊँ कैसे
दिल के जज़्बात सनम तुझको सुनाऊँ कैसे

अब तू ही है मेरी एक वज़ह जीने की
अब तू ही है मेरी एक वज़ह जीने की
है भी बस ख़्वाहिश एक संग तेरे चलने की
जब तलक हाँ न कहे हक़ ये जताऊँ कैसे
तन्हा ये रात सनम तुझ बिन बिताऊँ कैसे
शमा की चाह में जल जाये न ये परवाना
मैं हूँ बैचेन तुझे दिल से लगाऊँ कैसे
दिल के जज़्बात सनम तुझको सुनाऊँ कैसे

दिलकश चेहरा सुरीले हैं बोल

(Base-Aankhon mein neendein...)

F- दिलकश चेहरा सुरीले हैं बोल...2
मेरा जानेमन एक ज़िंदा ग़जल...2
M- घटाओं सी जुल्फ़ें अधर हैं कमल...2
मेरी जानेमन एक ज़िंदा ग़ज़ल
F- मेरा जानेमन एक ज़िंदा ग़ज़ल

M- मैं जिसे ढूँढ़ता था तू वही लड़की
चाँद सा मुख गाल गोरे नैनों में बिजुरी
F- आईना निहारती थी देख मैं जिसको
शब भर जागती थी सोचकर तुझको
M- हाल जो दिल का तुझसे क्या कहूँ
F- किस तरह बता तुझको मैं मिलूँ
चन्द ही लम्हों में मैं गयी बदल
M- घटाओं सी जुल्फ़ें अधर हैं कमल
F- दिलकश चेहरा सुरीले हैं बोल
M- मेरी जानेमन एक...
F- मेरा जानेमन एक...

F- कैसे अब संभालूँ मैं दिल की धड़कन
चाहता जी भाग जाऊँ मैं तेरे संग-संग
M- मुद्दतों के बाद जुड़ा है ये बंधन
छोड़ दूँ मैं कैसे अब ये तेरा दामन
F- मुझको बसा ले पिया सांसों में
M- बन्द तू तो है मेरी पलकों में
पाने को तुझको मैं हुआ हूँ बेकल
F- दिलकश चेहरा सुरीले हैं बोल
M- घटाओं सी जुल्फ़ें अधर हैं कमल
F- मेरा जानेमन एक...
M- मेरी जानेमन एक...

दिल कैसे संभालूँ मैं

(Base-Teri nili nili aankhon ke dil...)

दिल कैसे संभालूँ मैं उम्र बाली आ गई
आ गई...आ गई...आ गई...
दिल कैसे संभालूँ मैं उम्र बाली आ गई
आ गई...आ गई...आ गई...

दिल के एक-एक कोने में तूने जगह बनायी
सागर जैसी आँखों वाले मैं ये जान न पायी
दिल के एक-एक कोने में तूने जगह बनायी
सागर जैसी आँखों वाले मैं ये जान न पायी
तुझे दिल से लगा लूँ मैं उम्र बाली आ गई
आ गई...आ गई...आ गई...
दिल कैसे संभालूँ मैं उम्र बाली आ गई
आ गई...आ गई...आ गई...

करवट बदलूँ शब भर मैं कटती नहीं जवानी
साजन मुझको अंग लगा ले कर ये मेहरबानी
करवट बदलूँ शब भर मैं कटती नहीं जवानी
साजन मुझको अंग लगा ले कर ये मेहरबानी
तुझे कैसे बताऊँ मैं उम्र बाली आ गई
आ गई...आ गई...आ गई...
दिल कैसे संभालूँ मैं उम्र बाली आ गई
आ गई...आ गई...आ गई...

जीना मेरा मुश्किल करते नैन चलायें जादू
हरदम दिल मचले ये मेरा कैसे रखे कोई काबू
जीना मेरा मुश्किल करते नैन चलायें जादू
हरदम दिल मचले ये मेरा कैसे रखे कोई काबू
नयनों से पिला दूँ मय उम्र बाली आ गई
आ गई...आ गई...आ गई...
दिल कैसे संभालूँ मैं उम्र बाली आ गई
आ गई...आ गई...आ गई...

दिल लगी अरे तू क्या जाने

(Base-Kaun aaya mere man ke...)

दिल लगी... दिल लगी...
दिल लगी अरे तू क्या जाने, कितना तुझसे प्यार सनम
दिल लगी अरे तू क्या जाने, कितना तुझसे प्यार सनम
दिल लगी...

दिल का तोहफ़ा तुझे दे बैठी
दिल का तोहफ़ा तुझे दे बैठी मैं हूँ प्रेम दीवानी
दिल का तोहफ़ा तुझे दे बैठी मैं हूँ प्रेम दीवानी
कब जाने तेरे रंग में ढल गयी मैं ये रीत न जानी
बात भला ये किससे बोलूँ करती तुझको याद सनम
दिल लगी अरे तू क्या जाने, कितना तुझसे प्यार सनम
दिल लगी...

देख रही मैं क्या-क्या सपने
देख रही मैं क्या-क्या सपने कैसे कटी तन्हाई
देख रही मैं क्या-क्या सपने कैसे कटी तन्हाई
धड़कन मेरी दुश्मन बन गई ऐसी चली पुरबाई
वादा करके तू क्यों भूला लब पे है तेरा नाम सनम
दिल लगी अरे तू क्या जाने, कितना तुझसे प्यार सनम
दिल लगी...

सूनी हो गयी मेरी गलियाँ
सूनी हो गयी मेरी गलियाँ तुम बिन साजन देखो
सूनी हो गयी मेरी गलियाँ तुम बिन साजन देखो
ज़ालिम हो गये दिन बंजारे बिछड़े साथी थे जो
ठहरा तू कैसा परदेसी, करता नहीं इक़रार सनम
दिल लगी अरे तू क्या जाने, कितना तुझसे प्यार सनम
दिल लगी...

दिल मेरा अब तेरे हवाले

(Base-Deewana mein tera deewana...)

M- दिल मेरा अब तेरे हवाले, न समझे तेरे ये इशारे
जानेजिगर आ बाहों में मेरी, है खूब क्या समां
F- दिल मेरा अब तेरे हवाले, न समझे तेरे ये इशारे
जानेजिगर आ बाहों में मेरी, है खूब क्या समां
M- दिल मेरा अब तेरे हवाले
F- दिल मेरा अब तेरे हवाले

M- आकर तू मेरे लग जा गले से
कर न दिल्लगी, कर न दिल्लगी
F- साजन मेरे कटती नहीं अब
तुझ बिन ज़िंदगी, तुझ बिन ज़िंदगी
M- तन्हाई तड़पाये रात भर
F- हूँ तेरी जाने जां उम्र भर
M- जानेजिगर आ बाहों में मेरी, है खूब क्या समां
M- दिल मेरा अब तेरे हवाले F--दिल मेरा अब तेरे हवाले

F- तू ही मेरा बाँका साँवरिया
तू ही दिल-जिगर, तू ही दिल-जिगर
M- तू ही मेरे गीतों की सरगम
तू ही हमसफ़र, तू ही हमसफ़र
F- बेकल है क्यों मेरा तन-मन
M- डर कैसा चल मेरे संग-संग
F- जानेजिगर आ बाहों में मेरी, है खूब क्या समां
M- दिल मेरा अब तेरे हवाले
F- दिल मेरा अब तेरे हवाले
F+M- जानेजिगर आ बाहों में मेरी, है खूब क्या समां

दिल ने दिल से क्या कहा है

(Base- Kyonki itna pyar tumse...)

F- दिल ने दिल से क्या कहा है तुम्हें दे बता
कोई भाता नहीं तुम्हारे सिवा
दिल ने दिल से क्या कहा है तुम्हें दे बता
कोई भाता नहीं तुम्हारे सिवा

M- मिलने का मुझसे जो वादा किया है
निभाना पड़ेगा सनम, निभाना पड़ेगा सनम
F- जो बात दिल में वही बात लब पे
न मिल के जुदा होंगे हम, न मिल के जुदा होंगे हम
M- जानम करीब और आ जज़्बात तेरे पढ़ लूँ
आ प्यार की हर दौलत मैं नाम तेरे कर दूँ~तेरे कर दूँ
दिल ने दिल से क्या कहा है तुम्हें दे बता
कोई भाता नहीं तुम्हारे सिवा
दिल ने दिल से क्या कहा है तुम्हें दे बता

F- तेरे लिये हूँ मैं तेरी रहूँगी भी
सातों जनम में पिया, सातों जनम में पिया
M- ए-जानेजांना तेरे बिन कहीं अब
लगता नहीं ये जिया, लगता नहीं ये जिया
M- आयें भी लाख उलझन आँख न हो ये नम
F- ले थाम मेरा दामन सुख-दुःख बाँटें हम...बाँटें हम
M- दिल ने दिल से क्या कहा है तुम्हें दे बता
कोई भाता नहीं तुम्हारे सिवा
दिल ने दिल से क्या कहा है तुम्हें दे बता
M- कोई भाता नहीं
F- कोई भाता नहीं तुम्हारे सिवा

दिल तुझे दे बैठी

(Base-Aa ja re pardesi...)

दिल तुझे दे बैठी...
हमदम मेरे कर भी ले इक़रार,
है कब से दिल ये बेकरार~दिल तुझे... दे बैठी
हमदम मेरे कर भी ले इक़रार,
है कब से दिल ये बेकरार~दिल तुझे... दे बैठी

सावन बीता भादो बीता~बीत गई यूँ ही सदियाँ कितनी
सावन बीता भादो बीता~बीत गई यूँ ही सदियाँ कितनी
तन्हा कटी हैं रातें कितनी
हमदम मेरे कर भी ले इक़रार,
है कब से दिल ये बेकरार~दिल तुझे... दे बैठी

बेदर्दी हैं ठंडी हवाऐं~ग़म दे रही ये मस्त फ़िज़ायें
बेदर्दी हैं ठंडी हवाऐं~ग़म दे रही ये मस्त फ़िज़ायें
थक सी गयी हैं अब ये निग़ाहें
हमदम मेरे कर भी ले इक़रार,
है कब से दिल ये बेकरार~दिल तुझे... दे बैठी

दर्देदिल का ये अफ़साना~सुनकर भी तू है अन्जाना
दर्देदिल का ये अफ़साना~सुनकर भी तू है अन्जाना
क्यों तूने ये राज़ न जाना
हमदम मेरे कर भी ले इक़रार,
है कब से दिल ये बेकरार~दिल तुझे... दे बैठी

जां ही न ले लें तेरी यादें~तुझ संग की थी कितनी ही बातें
जां ही न ले लें तेरी यादें~तुझ संग की थी कितनी ही बातें
रुकने लगी हैं अब तो सांसें
हमदम मेरे कर भी ले इक़रार,
है कब से दिल ये बेकरार~दिल तुझे... दे बैठी

दिल ये कहता है बाहों में तू आये

(Base- Jane kaisa hai mera diwana...)

दिल ये कहता है बाहों में तू आये
पास आ के लाली होंठों से चुराये
दिल ये कहता है बाहों में तू आये
पास आ के लाली होंठों से चुराये
करने लगी मैं तुझसे मुहब्बत
दिलरूबा क्यों चैन दिल का चुराये, दिल ये...

मुझपे जादू ये क्या कर गयी पहली नज़र
मुझपे जादू ये क्या कर गयी पहली नज़र
बिन तेरे ज़िंदगी...(होगी कैसे ये बशर)...2
हुआ कुछ ऐसा यादों में तू आये
उम्र मेरी ये बाली क्यों तड़पाये
करने लगी मैं तुझसे मुहब्बत
दिलरूबा क्यों चैन दिल का चुराये, दिल ये...

फ़लसफ़ा प्यार का ये जाने समझेगा तू कब
फ़लसफ़ा प्यार का ये जाने समझेगा तू कब
बातें ये प्यार भरी...(मायने समझेगा तू कब)...2
मुझसे जो किये वादे क्यों भुलाये
है दूजा कोई नहीं जिया घबराये
करने लगी मैं तुझसे मुहब्बत
दिलरूबा क्यों चैन दिल का चुराये, दिल ये...

मेरी तक़दीर है तू सच्चा दिलदार सनम
मेरी तक़दीर है तू सच्चा दिलदार सनम
तेरे सपने संजोये...(तू है संसार सनम)...2
कभी मुस्कुरा के डोली ले तू आये
जग वालों से मुझे जीत ले जाये
करने लगी मैं तुझसे मुहब्बत
दिलरूबा क्यों चैन दिल का चुराये, दिल ये...

दिलकश जवानी है जानम तेरी

(Base-Palang Sagwan ke-Bhoj...)

M- दिलकश जवानी है जानम तेरी
सलमा सितारों की चोली तेरी
दिलकश जवानी है जानम तेरी,सलमा सितारों ...
हैं दिलकश नयना दो जाम से...जाम से...जाम से
F- हट भी राजा न छेड़ तू मुझे...2

M- बाली ये उमरिया शोला अँग-अँग है
चाल में नज़ाकत है
F- चली मैं चली रे चली उस गली
नहीं है नीयत तेरी तो भली
M- बाली ये उमरिया शोला अँग-अँग है,चाल में नज़ाकत..
F- चली मैं चली रे चली उस गली, नहीं है नीयत तेरी तो ..
M- एक बारी तो चुम्मा तू दे मुझे...दे मुझे...दे मुझे
F- हट भी राजा न छेड़ तू मुझे...2

M- तेरी ये जवानी, है भी चंद दिन की
मजा तू जवानी का ले
F- ज़माने से लगता मुझे है डर
कहीं रुसवा न हो जायें हम
M- तेरी ये जवानी, है भी चंद दिन की, मजा तू जवानी...
F- ज़माने से लगता मुझे है डर,कहीं रुसवा न हो जायें ...
M- ले जाऊँगा डोली में बिठा तुझे- बिठा तुझे-बिठा तुझे
F- हट भी राजा न छेड़ तू मुझे...2

दिलकश तेरी अदायें

(Base-ye jhumte nazare...)

M- दिलकश तेरी अदायें कर दें मुझे न घायल
भीगा समां सुहाना गुस्ताख़ तेरी पायल
F- आकर मेरी गली में छेड़ न ऐसे साजन
दिल से मुझे लगा ले कहता है कुछ ये सावन
M- दिलकश तेरी अदायें कर दें मुझे न घायल

M- आये जो तुम पास में गिर गयी हैं बिजलियाँ
दीदार तेरा पाने को खुल गयी हैं खिड़कियाँ
F- बाली उमर मेरी अभी करो न दिल्लगी
भंवरों को देख-देख के उड़ गयी हैं तितलियाँ
उड़ गयीं है तितलियाँ
M- सन-सन चली हवाऐं कर दें मुझको घायल
भीगा समां सुहाना गुस्ताख़ तेरी पायल
दिलकश तेरी अदायें कर दें मुझे न घायल

F- तू जो साथ गर भी है आसां हैं मंजिलें
थामे जो हाथ तू मेरा फिर कैसी मुश्किलें
M- लाखों हंसी मिले मगर तुझसे से ये दिल मिला
वीरान थी कभी से जो सज गयी महफ़िलें
सज गयी महफ़िलें
F- देखे जो एक बार तू निखरे मेरा यौवन
दिल से मुझे लगा ले कहता है कुछ ये सावन
आकर मेरी गली में छेड़ न ऐसे साजन
M- दिलकश तेरी अदायें कर दें मुझे न घायल

दिन-दिन कर गुजर गई ज़िंदगी

(Base-Chup-chup khare ho...)

दिन-दिन कर गुजर गई ज़िंदगी...2
याद बस रह गये नग़में 'ओ' शायरी...2
दिन-दिन कर गुजर गई ज़िंदगी...2
याद बस रह गये नग़में 'ओ' शायरी...2

रातों का मैंने कभी चैन गंवाया है
किसी नाज़नीं को दिल में बसाया है
चाहा जिसे मैंने कभी नहीं पाया है
प्रभु तेरे नाम की अज़ब ये माया है
थोड़े-थोड़े ग़म हैं थोड़ी-थोड़ी है ख़ुशी...2
याद बस रह गये नग़में 'ओ' शायरी...2
दिन-दिन कर गुजर गई ज़िंदगी...2
याद बस रह गये नग़में 'ओ' शायरी...2

देखते ही देखते वो मेरी हो गयी
कब वो जाने सांसों में खो गयी
चेहरे पे नूर और फूलों सी ताज़गी
मुझ अन्जान की बाहों में सो गयी
ऐसा क्यों लगा सँवर गई ज़िंदगी...2
याद बस रह गये नग़में 'ओ' शायरी...2
दिन-दिन कर गुजर गई ज़िंदगी...2
याद बस रह गये नग़में 'ओ' शायरी...2

दुश्मन बन ज़माना जब आ गया
ख़्वाब मिलन का आंखों में रह गया
पल में बिखर गये सपने संजोये
प्यार मेरा एक याद बन रह गया
किस-किस राह से गुजरे कभी...2
याद बस रह गये नग़में 'ओ' शायरी...2
दिन-दिन कर गुजर गई ज़िंदगी...2
याद बस रह गये नग़में 'ओ' शायरी...2

दिन याद भी कर वो जानम

(Base-0 Duniya ke rakhwale...)

दिन याद भी कर वो जानम
जब हम-तुम मिले थे तन्हा
जब हम-तुम मिले थे तन्हा

दुःख-सुख सारे झेले मैंने, गले से तुझे लगाया
फिर भी तूने है ठुकराया, समझा मुझे पराया
क्यों इतना मुझे सताया
बन बैठा तेरे प्यार में मजनूं टूटा लम्हा-लम्हा
टूटा लम्हा-लम्हा, टूटा लम्हा-लम्हा
दिन याद भी कर वो जानम
जब हम-तुम मिले थे तन्हा,जब हम-तुम मिले थे तन्हा

झूठ हुए सब कसमें-वादे, झूठे हुए अफ़साने
भूल गयी तू पल में कैसे, दिये थे जो नज़राने
कैसे गुजरे थे वो ज़माने
रूठ गयी तू जाने जांना, टूटा हर एक सपना
टूटा हर एक सपना, टूटा हर एक सपना
दिन याद भी कर वो जानम
जब हम-तुम मिले थे तन्हा,जब हम-तुम मिले थे तन्हा

बिखर गये माला के मोती, जैसे रात के तारे
जुदा हुए एक डाल के पंछी, जैसे उजड़ी बहारें
अब समझे कौन इशारे
दर्द छिपाऊँ कैसे अब मैं, निकला दम अपना
निकला दम अपना, निकला दम अपना
दिन याद भी कर वो जानम
जब हम-तुम मिले थे तन्हा,जब हम-तुम मिले थे तन्हा

दीवानापन ये मेरा मुझे न ले के डूबे

(Base-A meri johra jabi...)

दीवानापन ये मेरा मुझे न ले के डूबे
जुड़े मुद्दत में हैं जो टूटे न ये तार
कर इक़रार जानेमन अब की बार
दीवानापन ये मेरा मुझे न ले के डूबे
जुड़े मुद्दत में हैं जो टूटे न ये तार
कर इक़रार जानेमन अब की बार

जहां-जहां तेरे कदम वहीं रुका तेरे लिये
जहां-जहां तेरे कदम वहीं रुका तेरे लिये
तुझे नहीं भी ये ख़बर की इल्तज़ा तेरे लिये
बेवजह...बेवजह मुझसे न तू रूठे फिर कभी
बेवजह...बेवजह मुझसे न तू रूठे फिर कभी
दीवानापन ये मेरा मुझे न ले के डूबे
जुड़े मुद्दत में हैं जो टूटे न ये तार
कर इक़रार जानेमन अब की बार

लबों की देख ताज़गी मचल रहा है दिल मेरा
लबों की देख ताज़गी मचल रहा है दिल मेरा
घटा सी देख जुल्फ़ को तड़प रहा जिगर मेरा
ए-सनम...ए-सनम बाहों में मेरी आ तो सही
ए-सनम...ए-सनम बाहों में मेरी आ तो सही
दीवानापन ये मेरा मुझे न ले के डूबे
जुड़े मुद्दत में हैं जो टूटे न ये तार
कर इक़रार जानेमन अब की बार

दूर देश से तू तो आई

(Base-Mein bairagi nachun...)

M- दूर देश से तू तो आई, दूर देश से तू तो आई
तू हसीन है माना फूलों सी...2
जा-जा छोरी...जा-जा छोरी तू पराई
जा-जा छोरी तू पराई

F- दूर देश से मैं तो आई, दूर देश से मैं तो आई
तुझ गंवार को कैसे मैं दिल दे दूँ...2
जा-जा छोरे...जा-जा छोरे मैं पराई
जा-जा छोरे मैं पराई

M- गोरे-गोरे गाल पे तेरे तिल ये काला-काला है
नैन शराबी कजरारे लड़की या मधुशाला है

F- सूरत अपनी देख जरा तू लोफर और मलंगा है
शमा मैं हूँ रात की तू उड़ता कोई पतंगा है

M- तू बड़बोली F- तू बड़बोला

M- मैं मनमौजी F- तू रंगीला

M- तूने अभी से आँख चुराई
जा-जा छोरी...जा-जा छोरी तू पराई
जा-जा छोरी तू पराई

F- गाँव की मैं हूँ बंजारन, तू न ही ये बात समझेगा
लड़की मैं हूँ मनचली, छोड़ राह में चल देगा

M- जाने जां दिल-जिगर, नाम तेरे सब लिख दूँगा
थोड़ा तो यकीन कर, तेरी माँग में तारे भर दूँगा

F- तू दिलवाला

M- तू दिलवाली

F- तू मतवाला

M- तू मतवाली

F- मैंने रातों की नींद गंवाई
जा-जा छोरे...जा-जा छोरे मैं पराई
जा-जा छोरे मैं पराई

दे दिल का ये तोहफ़ा

(Base-Nafrat karne walon ke...)

दे दिल का ये तोहफ़ा दिल बेक़रार मेरा
दे दिल का ये तोहफ़ा दिल बेक़रार मेरा
तू क्या जाने कब से करूँ इन्तज़ार तेरा
दे दिल का ये तोहफ़ा दिल बेक़रार मेरा

जुल्फ़ों की साया देकर आबाद मुझे कर दे
जुल्फ़ों की साया देकर आबाद मुझे कर दे
बाहों में मेरी आकर अरमान पूरा कर दे
मय लब से तू पिला दे कर ऐतबार मेरा
तू क्या जाने कब से करूँ इन्तज़ार तेरा
दे दिल का ये तोहफ़ा दिल बेक़रार मेरा

दिल को सकूं मिलेगा मेरे पास तुझे आ के
दिल को सकूं मिलेगा मेरे पास तुझे आ के
गुल नया कोई खिलेगा एहसास तेरा पा के
तू चाहे जिस तरह से ले इम्तिहान मेरा
तू क्या जाने कब से करूँ इन्तज़ार तेरा
दे दिल का ये तोहफ़ा दिल बेक़रार मेरा

कैसे भी सँभालेगी मेरी जान ये जवानी
कैसे भी सँभालेगी मेरी जान ये जवानी
रंगीन है ये मौसम उस पर तू सयानी
तेरे दिल की धड़कनों पर है इख़्तियार मेरा
तू क्या जाने कब से करूँ इन्तज़ार तेरा
दे दिल का ये तोहफ़ा दिल बेक़रार मेरा

देखा भी कई-कई बार मैंने तुझे

(Base-Teri mohabbat ne dil mein...)

M- देखा भी कई-कई बार मैंने तुझे भूलकर
देखा भी कई-कई बार मैंने तुझे भूलकर
F- रोया ये दिल बेचारा गाता रहा टूट कर
देखा भी कई-कई बार मैंने तुझे भूलकर
देखा भी कई-कई बार मैंने तुझे भूलकर
M- रोया ये दिल बेचारा गाता रहा टूट कर
F- देखा भी कई-कई बार मैंने तुझे भूलकर

F- कहूँ अब कैसे दिल का हाल
लब से गया नहीं तेरा नाम
कहूँ अब कैसे दिल का हाल, लब से गया नहीं तेरा नाम
M- खोया मैं तेरे ख़्वाबों में, डूब गया तेरी यादों में
नम हुई अँखियाँ मेरी, गयी जो रूठकर
F- देखा भी कई-कई बार मैंने तुझे भूलकर
M- रोया ये दिल बेचारा गाता रहा टूट कर
F- देखा भी कई-कई बार मैंने तुझे भूलकर

M- लगते हैं फूल शूल सनम
सहा नहीं जाये दर्द सनम
लगते हैं फूल शूल सनम,सहा नहीं जाये दर्द सनम
F- हाल अपना भी ऐसा, बिल्कुल पतझड़ के जैसा
तन्हा-तन्हा रातों में जागी सोचकर
M- देखा भी कई-कई बार मैंने तुझे भूलकर
देखा भी कई-कई बार मैंने तुझे भूलकर
F- रोया ये दिल बेचारा गाता रहा टूट कर
M- देखा भी कई-कई बार F--देखा भी कई-कई बार

देखूँ मैं शब भर तेरे ही सपने

(Base-Sambhala hai meine...)

देखूँ मैं शब भर तेरे ही सपने...2
तेरे बिन सनम अब रहा कैसे जाये
मुहब्बत के समझे न तू ये इशारे...2
हाल-ए-दिल सनम अब कहा कैसे जाये
देखूँ मैं शब भर तेरे ही सपने

कि बागों में गुन्चे महकने लगे हैं
भँवरों के दिल यार मचलने लगे हैं
कि बागों में गुन्चे महकने लगे हैं
भँवरों के दिल यार मचलने लगे हैं...2
क़यामत भरे हैं तेरे ये जल्वे...2
यूँ तन्हाईयों में जिया कैसे जाये
मुहब्बत के समझे न तू ये इशारे
हाल-ए-दिल सनम अब कहा कैसे जाये
देखूँ मैं शब भर तेरे ही सपने
तेरे बिन सनम अब रहा कैसे जाये, देखूँ मैं शब...

शरारत भरा नशीला ये मौसम
रहे कैसे काबू में मेरी जां ये तन-मन
शरारत भरा नशीला ये मौसम
रहे कैसे काबू में मेरी जां ये तन-मन...2
रंग ले मुझे तू अपने ही रंग में...2
दर्द-ए-जिगर अब सहा कैसे जाये
मुहब्बत के समझे न तू ये इशारे
हाल-ए-दिल सनम अब कहा कैसे जाये
देखूँ मैं शब भर तेरे ही सपने
तेरे बिन सनम अब रहा कैसे जाये, देखूँ मैं शब...

देखा जो तेरे हुस्न का जल्वा

(Base-Tu meri jaan se chhori...)

देखा जो तेरे हुस्न का जल्वा
लगी मुझे ख़्वाब की मल्लिका
देखा जो तेरे हुस्न का जल्वा,लगी मुझे ख़्वाब की मल्लिका
मेरी प्यास बुझा दे, आ जा अंग लगा ले...2
दिल कब से मेरा बेक़रार
देखा जो तेरे हुस्न का जल्वा,लगी मुझे ख़्वाब की मल्लिका

लड़की कमाल की तू हो गया दीवाना
चढ़ती जवानी जैसे हीरे का ख़ज़ाना
लड़की कमाल की तू हो गया दीवाना
चढ़ती जवानी जैसे हीरे का ख़ज़ाना
दो नैन मयखाने, लवली होंठ हैं अंगारे...2
तेरा कब से करूँ इन्तज़ार
देखा जो तेरे हुस्न का जल्वा,लगी मुझे ख़्वाब की मल्लिका

बाली उमर कमसिन हैं अदायें
जानेजिगर क़ातिल हैं निग़ाहें
बाली उमर कमसिन हैं अदायें
जानेजिगर क़ातिल हैं निग़ाहें
जब तू ले अँगड़ाई, मुझपे शामत आई...2
जानम तेरा मैं तलबगार
देखा जो तेरे हुस्न का जल्वा,लगी मुझे ख़्वाब की मल्लिका

शीशमहल तेरे नाम से बनवाऊँगा
दुनिया है क्या ये तुझे दिखलाऊँगा
शीशमहल तेरे नाम से बनवाऊँगा
दुनिया है क्या ये तुझे दिखलाऊँगा
कर दे दिल मेरे नाम, आगे जो हो अन्जाम...2
सनम तेरा हूँ गुनाहगार
देखा जो तेरे हुस्न का जल्वा,लगी मुझे ख़्वाब की मल्लिका

देखूँ मैं जब-जब तुझको

(Base-Puchhe jo koi mujhse...)

देखूँ मैं जब-जब तुझको ख़ुमार मुझपे छा जाये
देखूँ मैं जब-जब तुझको ख़ुमार मुझपे छा जाये
क़रार दिल को मिल जाये पास तू जो आ जाये
तन्हा-तन्हा रहता हूँ दिल मेरा घबराये
बैचेनी बढ़ जाती है याद तू जो आ जाये
देखूँ मैं जब-जब तुझको ख़ुमार मुझपे छा जाये

जी चाहे तेरे अधर चूम लूँ
बाहों में तुझको ले झूम लूँ
रहता है बस में नहीं ये जिया
नशीला तेरा यौवन चूम लूँ
चाहूँ मैं कितना तुझको ऐतबार तुझे जो आ जाये
क़रार दिल को मिल जाये पास तू जो आ जाये
तन्हा-तन्हा रहता हूँ दिल मेरा घबराये
बैचेनी बढ़ जाती है याद तू जो आ जाये
देखूँ मैं जब-जब तुझको ख़ुमार मुझपे छा जाये

कदमों में सजदे करूँ मैं तेरे
अफ़साने लिखता रहूँ मैं तुझे
जीवन भर तेरे चलूँ संग-संग
नज़राने देता रहूँ मैं तुझे
पा जाऊँ मैं तुझको वो पल जल्दी आ जाये
क़रार दिल को मिल जाये पास तू जो आ जाये
तन्हा-तन्हा रहता हूँ दिल मेरा घबराये
बैचेनी बढ़ जाती है याद तू जो आ जाये
देखूँ मैं जब-जब तुझको ख़ुमार मुझपे छा जाये

दो घूँट मुझको पीने दे

(Base-Bin galti ke tera ye-H...)

दो घूँट मुझको पीने दे मिट जायेगा ग़म
दो घूँट मुझको पीने दे मिट जायेगा ग़म
पीनी है जब मुझको काहे की शरम
पीनी है जब मुझको काहे की शरम

टकराने दे आज तू मय की ये प्यालियाँ
हो जाऊँ मैं चाहे आज यूँ दिवालिया
पीकर डूब जाने दे आया नया साल है
महफ़िल रंगीन और हुस्न बेमिसाल है
पल दो पल हंस कर जी लूँ चढ़ जाने दे रंग
पल दो पल हंस कर जी लूँ चढ़ जाने दे रंग
पीनी है जब मुझको काहे की शरम...2

छोरा मैं कुँवारा हूँ अपना ज़माना है
छोरी ले मैं संग घूँमूँ नया ये फ़साना है
पीने का मजा है तब साक़ी जब साथ हो
मय की हो बात और ठण्डी-ठण्डी शाम हो
पीने से मुझे मतलब ठर्रा हो या रम
पीने से मुझे मतलब ठर्रा हो या रम
पीनी है जब मुझको काहे की शरम...2

बलखायी कमर और क़ातिल अँगड़ाईयाँ
देख ये नज़ारे दिल में बजती शहनाईयाँ
पी लेने के बाद नयी आस जग आयी है
बल्ला ये हसीन रात किसने सजाई है
आज मुझे रोके कोई किसमें इतना दम
आज मुझे रोके कोई किसमें इतना दम
पीनी है जब मुझको काहे की शरम...2

धीरे से लब पे आया ये सवाल

धीरे से लब पे आया ये सवाल
धीरे से लब पे आया ये सवाल
तू ख़ूबसूरत है... या तेरा ख़्याल
तू ख़ूबसूरत है... या तेरा ख़्याल
धीरे से लब पे आया ये सवाल

शोलों सी तेरी है ये जवानी
ख़्वाबों की मेरे तू तो है रानी
अंग-अंग में तेरे है यौवन का जादू
लगता है ये हुई तू सयानी
लम्हा-लम्हा तेरी यादों में खोया हूँ
तन्हा-तन्हा रातें सपनों में खोया हूँ
जुल्फें घटा सी हुस्न क़माल...2
तू ख़ूबसूरत है... या तेरा ख़्याल...2
धीरे से लब पे आया ये सवाल

मार ही न डाले तेरी अँगड़ाई
प्यारी ये सूरत किसने बनाई
तुझे देख दीवाना दिल मेरा डोला
बुझे आग न ये जो तूने लगाई
भाने लगा मुझको तेरा सजना और सँवरना
चुपके से दिल दे दे बहाना और न करना
निकले जिधर से मचाये धमाल...2
तू ख़ूबसूरत है... या तेरा ख़्याल...2
धीरे से लब पे आया ये सवाल

फ़लसफ़ा ये प्यार का

(Base-Aapke pahlu mein aaker...)

फ़लसफ़ा ये प्यार का न समझे वो
फ़लसफ़ा ये प्यार का न समझे वो
धड़कनों में बेवज़ह आ उलझे वो
फ़लसफ़ा ये प्यार का न समझे वो

रात भर यादें तेरी तड़पा गयीं
रात भर यादें तेरी तड़पा गयीं
बुझी-बुझी सांसें मेरी घबरा गयीं
एक दफ़ा इक़रार करके बदले वो
फ़लसफ़ा ये प्यार का न समझे वो

वो 'ओ' हम मिलते रहे क़रीब से
वो 'ओ' हम मिलते रहे क़रीब से
गुल कई खिलते रहे नसीब से
आज क्यों नज़रें चुराकर निकले वो
फ़लसफ़ा ये प्यार का न समझे वो

धुँधली हुई संगीत की हर शाम
धुँधली हुई संगीत की हर शाम
क्या लिखूँ ख़त मैं अब उसके नाम
हो गये संगदिल हैं कितने वो
फ़लसफ़ा ये प्यार का न समझे वो

रोशनी तारों से होती ठीक था
रोशनी तारों से होती ठीक था
बेबसी ऐसी न होती ठीक था
सिलसिला यादों का न समझे वो
फ़लसफ़ा ये प्यार का न समझे वो

फ़साना है ये दिल का

(Base-Babuji dheere chalna...)

फ़साना है ये दिल का जानेमन जानेतमन्ना
इसे पढ़ना भी...इसे पढ़ना भी तन्हाई में
फ़साना है ये दिल का जानेमन जानेतमन्ना
इसे पढ़ना भी...इसे पढ़ना भी तन्हाई में
फ़साना है ये दिल का...

ख़त्म होंगे कभी न इरादे, प्यारी-प्यारी उल्फ़त की बातें
दिलवाले यूँ लिखते रहेंगे, होंगे तन्हा जब सूनी भी रातें
इसे पढ़ना भी...इसे पढ़ना भी तन्हाई में
फ़साना है ये दिल का जानेमन जानेतमन्ना
इसे पढ़ना भी...इसे पढ़ना भी तन्हाई में
फ़साना है ये दिल का...

संभलेगी न क़ाफ़िर जवानी, बाली तेरी उम्र हुई सयानी
चाहिए तुझको अच्छा साथी, कब तलक करेगी नादानी
इसे पढ़ना भी...इसे पढ़ना भी तन्हाई में
फ़साना है ये दिल का जानेमन जानेतमन्ना
इसे पढ़ना भी...इसे पढ़ना भी तन्हाई में
फ़साना है ये दिल का...

नैना दो ये तेरे कजरारे, जैसे नदिया के हों दो किनारे
एक डाल के हम दो पंछी, जीवन चलता नहीं बिन सहारे
इसे पढ़ना भी...इसे पढ़ना भी तन्हाई में
फ़साना है ये दिल का जानेमन जानेतमन्ना
इसे पढ़ना भी...इसे पढ़ना भी तन्हाई में
फ़साना है ये दिल का...

फ़साना है ये गालों का

फ़साना है ये गालों का, फ़साना तेरी जुल्फ़ों का
फ़साना है ये गालों का, फ़साना तेरी जुल्फ़ों का
फ़साना है ये आंखों का, फ़साना तेरे यौवन का
मेरे सनम नज़दीक आ नज़दीक आ नज़दीक आ
फ़साना है ये गालों का

जी चाहता है ये तेरे रंग में रंग जाऊँ
जी चाहता है ये तेरे रंग में रंग जाऊँ
जी चाहता है ये तेरे ढंग में ढल जाऊँ
जी चाहता है ये तेरी ख़ातिर मिट जाऊँ
फ़साना है ये सांसों का, फ़साना तेरी बातों का
फ़साना है ये आंखों का, फ़साना तेरे यौवन का
मेरे सनम नज़दीक आ नज़दीक आ नज़दीक आ
फ़साना है ये गालों का

बन गया मैं यारा हूँ तेरी गली का बन्जारा
बन गया मैं यारा हूँ तेरी गली का बन्जारा
कितनों का दुनिया में हूँ आँख का मैं तारा
तेरी अदाओं पर मैंने ये दिल हारा
दीवाना मैं अदाओं का, दीवाना मैं निग़ाहों का
फ़साना है ये आंखों का, फ़साना तेरे यौवन का
मेरे सनम नज़दीक आ नज़दीक आ नज़दीक आ
फ़साना है ये गालों का

फिर कभी तुम 'ओ' हम

(Base-Zindagi ban gaye ho tum...)

M- फिर कभी तुम-हम अब मिले न मिले
दो घड़ी तो मिल लें गले, भूलकर सब शिकवे-गिले
भूलकर सब शिकवे-गिले

F- फिर कभी तुम-हम अब मिले न मिले
दो घड़ी तो मिल लें गले,भूलकर सब शिकवे-गिले
भूलकर सब शिकवे-गिले

M- सिलसिले प्यार के थम गये अब कहीं
तार बन्धन के वो जुड़े और कहीं
सिलसिले प्यार के थम गये अब कहीं,तार बन्धन के...
गुम गयीं धुंध में जो चुनी मंजिलें
ज़ख़्म दिल के रहेंगे हरे,भूलकर सब शिकवे-गिले
भूलकर सब शिकवे-गिले

F- फिर कभी तुम-हम अब मिले न मिले
दो घड़ी तो मिल लें गले,भूलकर सब शिकवे-गिले
भूलकर सब शिकवे-गिले

F- इम्तिहां प्यार के यार हो गये बहुत
तेरे एहसानों की यार हो गयी है हद
इम्तिहां प्यार के यार हो गये बहुत,तेरे एहसानों की...
धड़कनें ये मेरी जान ही न लें
गुल रहने दे अधखिले,भूलकर सब शिकवे-गिले
भूलकर सब शिकवे-गिले

M- फिर कभी तुम-हम अब मिले न मिले
दो घड़ी तो मिल लें गले,भूलकर सब शिकवे-गिले
भूलकर सब शिकवे-गिले

फिर से लिख दे दिलकश मुझे वो अफ़साना

(Base-Mein hum Saki tu hai sharabi...)

F- फिर से लिख दे दिलकश मुझे वो अफ़साना
फिर से लिख दे दिलकश मुझे वो अफ़साना
M- तू मेरी जानम दिलजाना लिखूँ तुझको अफ़साना
राज़ न तूने ये जाना समझा मुझको
बेगाना...बेगाना...बेगाना...
F- फिर से लिख दे दिलकश मुझे वो अफ़साना...2

F- यादों में तेरी मैं डूबी, रातों को लेती अँगड़ाई
ठण्डी-ठण्डी भरूँ आहें, लौटकर ऋतु वो न आई
M- हाल मेरा भी कुछ-कुछ है, जानेमन तेरे ही जैसा
कैसे बतलाऊँ ये तुझको, हर लम्हा पतझड़ के जैसा

F- इतनी तुझसे गुजारिस...इतनी तुझसे गुजारिस
दे मुझे दिल नज़राना...नज़राना...नज़राना
M- फिर से लिख दे दिलकश मुझे वो अफ़साना...2

M- इम्तिहां कोई तू ले-ले, न कभी पीछे हटूँगा
ज़िंदगानी ये तेरी है, जान तुझपे मैं दूँगा
F- थाम ले हाथ तू मेरा, बन्दगी तेरी करूँगी
जन्म जनमों तक भी मैं, साथ तेरे चलूँगी

M- कब तलक मैं ये छिपाऊँ...2
राज़ तुझको ये समझाना...समझाना...समझाना
F- फिर से लिख दे दिलकश मुझे वो अफ़साना...

फूल जैसी नाज़ुक-नाज़ुक ए-दिलरुबा

(Base-0 haseena jufonwali...)

M- [फूल जैसी नाज़ुक-नाज़ुक ए-दिलरूबा]
[सुन भी ले अब तो मेरे दिल की सदा]...2
अन्जाने ही हो न जाये मुझसे कोई ख़ता...2

F- तू छेड़ेगा गलियों में... बसा लेगा अँखियों में
तू लोफर है सरफिरा है... उठा लेगा बाहों में

F- हुस्न है ये मेरा आग जैसे कोई
M- ले तुझे जायेगा रास्ते में कोई
F- बातों पे मैं तेरी कैसे कर लूँ यकीं
M- मौसमों की तरह मैं बदलता नहीं
F- दिल को मेरे तड़पाती है कैसी ये सर्द हवा
दर्देदिल जब होता है मिलती नहीं दवा

M- फूल जैसी नाज़ुक-नाज़ुक ए-दिलरूबा
सुन भी ले अब तो मेरे दिल की सदा
अन्जाने ही हो न जाये मुझसे कोई ख़ता...2

F- तू छेड़ेगा गलियों में... बसा लेगा अँखियों में
तू लोफर है सरफिरा है... उठा लेगा बाहों में

F- चाँदनीं सा बदन छूना न जानेजां
M- आज ये मौक़ा है फिर मिलेंगे कहाँ
F- ये घड़ी ये समां फिर से आ जायेगा
M- बातों ही बातों में दिन ढल जायेगा
F- कैसा तू तो दीवाना है कैसे करूँ ये ग़ुनाह
पल दो पल का ये अफ़साना करेगा हमें तबाह

M- फूल जैसी नाज़ुक-नाज़ुक ए-दिलरूबा
सुन भी ले अब तो मेरे दिल की सदा
अन्जाने ही हो न जाये मुझसे कोई ख़ता...2

F- तू छेड़ेगा गलियों में... बसा लेगा अँखियों में
तू लोफर है सरफिरा है... उठा लेगा बाहों में

ग़म का फ़साना है ये

(Base-Panna ki tamanna hai...)

F- ग़म का फ़साना है ये कैसे तुझे समझाऊँ
कितना तुझसे प्यार है कैसे तुझे दिखलाऊँ
ग़म का फ़साना है ये कैसे तुझे समझाऊँ
कितना तुझसे प्यार है कैसे तुझे दिखलाऊँ

M- बातों ही बातों में~जाने कब~दिल खो गया
बातों ही बातों में~जाने कब~दिल खो गया
प्यार का~जाने कब~ये गुल खिल गया
नयनों का~कब तीर~चल गया~जानेजां

F- इतनी हैं बातें कि कैसे तुझे गिनवाऊँ
कितना तुझसे प्यार है कैसे तुझे दिखलाऊँ
ग़म का फ़साना है ये कैसे तुझे समझाऊँ
कितना तुझसे प्यार है कैसे तुझे दिखलाऊँ

F- सुना है प्रेमी दो~सुनते हैं~दिल की आवाज
सुना है प्रेमी दो~सुनते हैं~दिल की आवाज
दोनों को~दोनों का~होता है एहसास
प्रीत का बस यही~जानेजां है रिवाज़

M- ज़ुल्मी ज़माना है ये~कैसे कैस सुलझाऊँ
कितना तुझसे प्यार है कैसे तुझे दिखलाऊँ

F- ग़म का फ़साना है ये कैसे तुझे समझाऊँ

M- कितना तुझसे प्यार है कैसे तुझे दिखलाऊँ

गाल का तेरे चुम्मा माँगूँ

(Base-In chhora ne la baithe...)

M- गाल का तेरे चुम्मा माँगूँ दे-दे मुझे ज़ालिमा
गाल का तेरे चुम्मा माँगूँ दे-दे मुझे ज़ालिमा
हो गयी अब तू सयानी संग चल मेरे ज़ालिमा
हो गयी अब तू सयानी संग चल मेरे ज़ालिमा

F- गाल का मेरे चुम्मा माँगे तू है ज़ुल्मी साजना
गाल का मेरे चुम्मा माँगे तू है ज़ुल्मी साजना
हो गयी अब मैं सयानी संग चलूँ न तेरे ज़ालिमा
हो गयी अब मैं सयानी संग चलूँ न तेरे ज़ालिमा

M- प्यार की बातें रफ़्ता-रफ़्ता तुझको मैं सिखलाऊँगा
प्यार की बातें रफ़्ता-रफ़्ता तुझको मैं सिखलाऊँगा

F- तन्हाई में ले जा के मुझको छेड़ेगा तड़पायेगा
तन्हाई में ले जा के मुझको छेड़ेगा तड़पायेगा

M- और तो तुझसे कुछ न चाहूँ दे बचन ज़ालिमा
हो गयी अब तू सयानी संग चल मेरे ज़ालिमा
हो गयी अब तू सयानी संग चल मेरे ज़ालिमा

F- गश खा के गिर जायेगा देख मेरी अँगड़ाईयाँ
गश खा के गिर जायेगा देख मेरी अँगड़ाईयाँ

M- चैन तुझे भी न आयेगा जब होंगी तन्हाईयाँ
चैन तुझे भी न आयेगा जब होंगी तन्हाईयाँ

F- जनम-जनम साथ तू देगा खा क़सम साजना
हो गयी अब मैं सयानी संग चलूँ न तेरे ज़ालिमा
हो गयी अब मैं सयानी संग चलूँ न तेरे ज़ालिमा

M- जब तक चुम्मा न देगी बैठा भूख हड़ताल पे
जब तक चुम्मा न देगी बैठा भूख हड़ताल पे

F- जो तू चाहे वो मैं दूँगी मानूँगी हर बात मैं
जो तू चाहे वो मैं दूँगी मानूँगी हर बात मैं

M- सांझ-सवेरे कदमों में तेरे सज़दा करूँगा ज़ालिमा

F- हो गयी अब मैं सयानी संग चलूँ तेरे ज़ालिमा

M- हो गयी अब तू सयानी संग चल मेरे ज़ालिमा

गालों पर हैं तेरे शोख़ियाँ

(Base-Mat jaiyo naukariya chhod ke...)

गालों पर हैं तेरे शोख़ियाँ, मीठी-मीठी बतियाँ
गालों पर हैं तेरे शोख़ियाँ, मीठी-मीठी बतियाँ
मीठी बतियाँ तेरी, उम्र बाली तेरी
मीठी बतियाँ तेरी, उम्र बाली तेरी
गालों पर हैं तेरे शोख़ियाँ, मीठी-मीठी बतियाँ
गालों पर हैं तेरे शोख़ियाँ ...

ऐसी नज़ाक़त तुझमें देखी,
फूलों के जैसी छमियां अनोखी
मय के जैसे नैन दो तेरे
पतली कमरिया बलखाये कैसी
तुझ बिन मेरी जानेतमन्ना सूनी-सूनी रतियाँ
गालों पर हैं तेरे शोख़ियाँ, मीठी-मीठी बतियाँ
गालों पर हैं तेरे शोख़ियाँ ...

मान लिया जब रब मैंने तुझको
कदमों में सज़दे करने दे मुझको
गुजरूँ जब-जब तेरी गली से
नैनों से बतियाँ करने दे मुझको
छेड़ें मुझको राह में तेरी प्यारी-प्यारी सखियाँ
गालों पर हैं तेरे शोख़ियाँ,मीठी- मीठी बतियाँ
गालों पर हैं तेरे शोख़ियाँ ...

संग-संग गायें आ गीत मिलन के
झुमका झूले कंगना खनके
बिजुरी दीवानों पे गिर जाये
घर से चले जब बन संवर के
जन्नत से बढ़कर तेरे जल्वे नाज़ुक-नाज़ुक बैंयां
गालों पर हैं तेरे शोख़ियाँ, मीठी-मीठी बतियाँ
गालों पर हैं तेरे शोख़ियाँ ...

गिला तुझसे करूँ कैसे

(Base-Agar mujhse mohabbat Hai...)

गिला तुझसे करूँ कैसे लुटा हूँ मैं मुहब्बत में
गिला तुझसे करूँ कैसे लुटा हूँ मैं मुहब्बत में
ख़ता मुझसे हुई कैसी खड़ा हूँ मैं अदालत में
गिला तुझसे करूँ कैसे...

बनाया बुत है तेरा एक और उसको ही ख़ुदा माना
बनाया बुत है तेरा एक और उसको ही ख़ुदा माना
हुआ गुम मैं ख़्यालों में और बन बैठा हूँ दीवाना
सदा दिल की कहूँ कैसे घुटा है दम इस हालत में
गिला तुझसे करूँ कैसे...

कहीं भी चैन मुझको अब ज़माने में नहीं मिलता
कहीं भी चैन मुझको अब ज़माने में नहीं मिलता
खिला था गुल जो उल्फ़त से अब आँगन में नहीं खिलता
बग़ावत भी करूँ कैसे घिरा हूँ मैं मुसीबत में
गिला तुझसे करूँ कैसे...

कभी हंसते कभी गाते वो दिन फिर नहीं आये
कभी हंसते कभी गाते वो दिन फिर नहीं आये
रही हसरत ही दिल में न घर पंछी लौट आये
ये लफ़्ज़ों में लिखूँ कैसे नहीं करता तिजारत मैं
गिला तुझसे करूँ कैसे...

मुझे लेकर के डूबी है क़यामत की नज़र उसकी
मुझे लेकर के डूबी है क़यामत की नज़र उसकी
नहीं लिखती मुझे वो ख़त न ही मिलती ख़बर उसकी
तन्हा मैं अब रहूँ कैसे लिखा ऐसा ही किस्मत में
गिला तुझसे करूँ कैसे...

गुजरा हुआ ज़माना तेरी बातें

(Base-Tu Jahan Jahan chalega...)

गुजरा हुआ ज़माना तेरी बातें याद आयी
गुजरा हुआ ज़माना तेरी बातें याद आयी
तेरी बातें याद आयी......तेरी बातें याद आयी

बाहों में तेरी गुजरे वो लम्हें याद आए
बाहों में तेरी गुजरे वो लम्हें याद आए
ख़्वाबों में तेरा चेहरा वो सपने याद आए
तन्हा कभी मिले थे मुलाक़ातें याद आयी
गुजरा हुआ ज़माना तेरी बातें याद आयी
तेरी बातें याद आयी......तेरी बातें याद आयी

दो कदम चले भी न थे कि जुदा हुये ऐसे
दो कदम चले भी न थे कि जुदा हुये ऐसे
डाली से दो पंछी उड़े आसमां में जैसे
मुमकिन न लौट आना बरसातें याद आयी
गुजरा हुआ ज़माना तेरी बातें याद आयी
तेरी बातें याद आयी......तेरी बातें याद आयी

अफ़साने मैं हजारों लिखती थी नाम तेरे
अफ़साने मैं हजारों लिखती थी नाम तेरे
लिख-लिख मैं संजोती अब भी हैं पास मेरे
एक-एक वो फ़साना मिली सांसें याद आयी
गुजरा हुआ ज़माना तेरी बातें याद आयी
तेरी बातें याद आयी......तेरी बातें याद आयी

गुजरे कैसे हैं जुदा तुझसे हो...

(Base- Maine chand aur sitaron...)

गुजरे कैसे हैं जुदा तुझसे हो के ये लम्हें
गुजरे कैसे हैं जुदा तुझसे हो के ये लम्हें
जाने क्यों आते हैं अब भी तेरे ही सपने
गुजरे कैसे हैं जुदा तुझसे हो के ये लम्हें

रूठी तू मुझसे किस बात पे बतला तो वज़ह
रूठी तू मुझसे किस बात पे बतला तो वज़ह
जानेमन मेरी वो राज़ भी समझा तो जरा
जानेमन मेरी वो राज़ भी समझा तो जरा
मुझको तड़पाते हैं वो ही जो थे अपने
गुजरे कैसे हैं जुदा तुझसे हो के ये लम्हें

आते-जाते हर बात पे मिलती थी नज़र
आते-जाते हर बात पे मिलती थी नज़र
वही थी तू मेरे हर हाल पे रखती थी नज़र
वही थी तू मेरे हर हाल पे रखती थी नज़र
क्यों भी तूने तो किये हैं भी सितम इतने
गुजरे कैसे हैं जुदा तुझसे हो के ये लम्हें

फ़लसफ़ा प्यार दो पल में कहीं गुम हो गया
फ़लसफ़ा प्यार दो पल में कहीं गुम हो गया
बेवफ़ा और जफ़ादार हमदम हो गया
बेवफ़ा और जफ़ादार हमदम हो गया
आख़िर गुलशन में ये आग लगाई किसने
गुजरे कैसे हैं जुदा तुझसे हो के ये लम्हें

गोरा ये मुखड़ा नैन कटीले

(Base-Chanda O chanda...)

गोरा ये मुखड़ा... गोरा ये मुखड़ा
नैन कटीले... मीठी तेरी बातें
गेसू तेरे बादल...अम्बर तेरा आँचल...2
गोरा ये मुखड़ा... गोरा ये मुखड़ा
नैन कटीले... मीठी तेरी बातें
गेसू तेरे बादल...अम्बर तेरा आँचल ...2

आ-जा तुझे देखूँ मैं जी भर के
नैना मेरे दो ये अब तो हैं बरसे
आ-जा तुझे देखूँ मैं जी भर के, नैना मेरे दो ये...
तुझसे मिलने को दिल मेरा है बेकाबू
गेसू तेरे बादल...अम्बर तेरा आँचल
गोरा ये मुखड़ा... गोरा ये मुखड़ा
नैन कटीले... मीठी तेरी बातें
गेसू तेरे बादल...अम्बर तेरा आँचल

जाने भी क्या ये मुझको हुआ है
मिले हम-तुम यहाँ किसकी दुआ है
जाने भी क्या ये मुझको हुआ है, मिले हम-तुम...
बाँट लूँ जानम ग़म मैं तेरा गर कहे तू
गेसू तेरे बादल...अम्बर तेरा आँचल
गोरा ये मुखड़ा... गोरा ये मुखड़ा
नैन कटीले... मीठी तेरी बातें
गेसू तेरे बादल...अम्बर तेरा आँचल ...2

गोरी तेरे अधरों को चूमूँगा मैं रोज

(Base-Chhoti si umar mein...)

गोरी तेरे अधरों को चूमूँगा मैं रोज, क्या रही सोच
दिल का है मामला...दिल का है मामला...
गोरी तेरे अधरों को चूमूँगा मैं रोज, क्या रही सोच
दिल का है मामला...दिल का है मामला...
मैं हूँ दीवाना तेरे नाम का जानम
सुबह हो या शाम मिलूँगा मै रोज
दिल का है मामला...दिल का है मामला...

सुन सजनिया तेरे बिन अब नींद मुझे नहीं आती
सुन सजनिया तेरे बिन अब नींद मुझे नहीं आती
हाल बुरा है दिल का मेरे याद तेरी सताती
क़ातिल तेरी अंगड़ाईयाँ, मुश्किल मेरी तन्हाईयाँ
चोरी-चोरी आ कर ले मुलाक़ात
दिल का है मामला...दिल का है मामला...

नैन तेरे दो कजरारे उमर तेरी अभी सोलह
नैन तेरे दो कजरारे उमर तेरी अभी सोलह
शीशे जैसी तेरी जवानी तन-मन मेरा डोला
खन-खन बजें तेरी चूड़ियाँ, अब कैसी ये दूरियाँ
बैठे कहीं आ...बैठे कहीं आ कर लें मीठी बात
दिल का है मामला...दिल का है मामला...

चाह में तेरी मजनूं बनकर गलियों-गलियों भटकूँ
चाह में तेरी मजनूं बनकर गलियों-गलियों भटकूँ
प्रीत ये मेरी तू न जाने देखूँ तुझको हर सू
बेक़रार दिल हो रहा, तन्हाई में मैं रो रहा
कब तलक मैं छिपाऊँ यह राज़
दिल का है मामला...दिल का है मामला...

घर से बन संवर के दीवाने

(Base-Do ghunt mujhe bhi pila...)

घर से बन-संवर के दीवाने आयी मैं तेरे लिये
घर से बन संवर के दीवाने आयी मैं तेरे लिये
जाने जांना...अंग लगा सनम-सनम-सनम-सनम
तेरे-मेरे शहर में फ़साने
आयी मैं तेरे लिये जाने जांना अंग लगा

गोरा बदन तीखे नयन नटखट हूँ फुलझड़ी मैं
दीवानी मैं तेरे लिये फूल सी सुन्दरी मैं
गोरा बदन तीखे नयन नटखट हूँ फुलझड़ी मैं
दीवानी मैं तेरे लिये फूल सी सुन्दरी मैं
जाने जांना...अंग लगा सनम-सनम-सनम-सनम
गायें हम मिल कर तराने आयी मैं तेरे लिये
घर से बन-संवर के दीवाने आयी मैं तेरे लिये

मिलता नहीं तन्हाई में कैसा है तू दिलवाला
रातों को लूँ अँगड़ाई मैं कैसे ये दिल संभाला
मिलता नहीं तन्हाई में कैसा है तू दिलवाला
रातों को लूँ अँगड़ाई मैं कैसे ये दिल संभाला
जाने जांना...अंग लगा सनम-सनम-सनम-सनम
दिलबर तेरी मैं हो चुकी आयी मैं तेरे लिये
घर से बन-संवर के दीवाने आयी मैं तेरे लिये

सारा जीवन मेरे पिया कदमों के संग चलूँगी
मर भी गयी तो क्या हुआ फिर से जन्म मैं लूँगी
सारा जीवन मेरे पिया कदमों के संग चलूँगी
मर भी गयी तो क्या हुआ फिर से जन्म मैं लूँगी
जाने जांना...अंग लगा सनम-सनम-सनम-सनम
न भी कर यार अब ये बहाने आयी मैं तेरे लिये
घर से बन-संवर के दीवाने आयी मैं तेरे लिये

घटा जब छाये

(Base-0 babul pyre...)

घटा जब छाये ...
घटा जब छाये ... ...जाये मनवा झूम-झूम
घुंघरवा बाजे रुन-झुन, सजनवा लगी तेरी मुझे धुन
घटा जब छाये ... ...जाये मनवा झूम-झूम
घुंघरवा बाजे रुन-झुन, सजनवा लगी तेरी मुझे धुन
घटा जब छाये ...

धक-धक धड़कता दिल दीवाना तेरा ही नाम पुकारे
धक-धक धड़कता दिल दीवाना तेरा ही नाम पुकारे
आजा आजा ओ साजन, तुझ बिन फीका ये सावन
जुल्मी अब तो सदा मेरी सुन
घटा जब छाये ... ...जाये मनवा झूम-झूम
घुंघरवा बाजे रुन-झुन, सजनवा लगी तेरी मुझे धुन
घटा जब छाये ...

लम्हा-लम्हा ही तड़पाये, कैसा तराना ये छेड़ा
लम्हा-लम्हा ही तड़पाये, कैसा तराना ये छेड़ा
आँसू निकले आँखों से, बदरा बरसे यादों के
क्यों भी सपने तेरे रही बुन
घटा जब छाये ... ...जाये मनवा झूम-झूम
घुंघरवा बाजे रुन-झुन, सजनवा लगी तेरी मुझे धुन
घटा जब छाये ... .

रातों-रातों करवट बदलूँ, जीने न दे तन्हाई
रातों-रातों करवट बदलूँ, जीने न दे तन्हाई
भरती ठण्डी आहें मैं, ले-ले मुझको बाहों में
तुझसे मिलने को करता ये मन
घटा जब छाये ... ...जाये मनवा झूम-झूम
घुंघरवा बाजे रुन-झुन, सजनवा लगी तेरी मुझे धुन
घटा जब छाये ...

हद भी तो ज्यादा तुझको चाहूँ मैं

(Base-ye mausam aaya hai...)

हद से भी तो ज्यादा तुझको चाहूँ मैं
मेरे लिये है तू... तेरे लिये हूँ मैं
मेरे लिये है तू... तेरे लिये हूँ मैं
हद भी तो ज्यादा तुझको चाहूँ मैं
मेरे लिये है तू... तेरे लिये हूँ मैं...2

बुझती नहीं अब दिल की लगी ये
बुझती नहीं अब दिल की लगी ये
तेरे बिना भी क्या ज़िंदगी ये
रातोदिन मैं रब से ए-दिलरूब हाँ तुझे माँगूँ मैं
मेरे लिये है तू... तेरे लिये हूँ मैं...2

F- हद से भी तो ज्यादा तुझको चाहूँ मैं
मेरे लिये है तू... तेरे लिये हूँ मैं
मेरे लिये है तू... तेरे लिये हूँ मैं

बात ये दिल की कब तक छिपाऊँ
बात ये दिल की कब तक छिपाऊँ
सपने तेरे ही पिया मैं सजाऊँ
जानेजां कैसे भी इक़रार की वो घड़ी पाऊँ मैं
मेरे लिये है तू... तेरे लिये हूँ मैं...2
हद से भी तो ज्यादा तुझको चाहूँ मैं
मेरे लिये है तू... तेरे लिये हूँ मैं
मेरे लिये है तू... तेरे लिये हूँ मैं

हमदम आ-जा फिर से करें इक़रार

(Base-Kanha-Kanha aan padi tere...)

हमदम आ-जा फिर से करें इक़रार
हमदम आ-जा फिर से करें इक़रार
मुझे पल-पल आये तू ही याद
हमदम आ-जा फिर से करें इक़रार

तन्हाई में बैठी अकेली
न कोई संगी साथी सहेली
जीवन है कैसी एक पहेली
सजना मेरे तू ही मेरा संसार
हमदम आ-जा फिर से करें इक़रार
हमदम आ-जा फिर से करें इक़रार

देखूँ मैं निसदिन तेरे ही सपने
आजा लगा मुझे दिल से अपने
मुझको जगह दे घर में तू अपने
बलमा यूँ भी न तू ले इम्तिहान
हमदम आ-जा फिर से करें इक़रार
हमदम आ-जा फिर से करें इक़रार

दिल की लगी ये बुझ न सकेगी
दुनिया ये हमको रुसवा करेगी
मेंहदी हाथों में रच के रहेगी
दिलबर तुझपे मेरा ही इख़्तियार
हमदम आ-जा फिर से करें इक़रार
हमदम आ-जा फिर से करें इक़रार

हरदम बैचेन हूँ मैं...

(Base-Suniye jara dekhiye na...)

हरदम...बैचेन हूँ मैं...
जादू तेरी आँखों ने कैसा मुझपे डाला है है है...
हरदम...बैचेन हूँ मैं...
जादू तेरी आँखों ने कैसा मुझपे डाला है है है...
तड़पा...दिन-रात हूँ मैं...
जानेजिगर इक़रार कर मैंने तुझको चाहा है है है...

आग लगी तन-मन में जाने कैसी
आग लगी तन-मन में जाने कैसी
अन्जाने ही दिल मेरा तू ले बैठी
डरने लगा...
डरने लगा अंजाम क्या अब होने वाला है है है...
हरदम...बैचेन हूँ मैं...
जादू तेरी आँखों ने कैसा मुझपे डाला है है है...

चूमने दे गोरा मुखड़ा जी भर के
चूमने दे गोरा मुखड़ा जी भर के
मिलने दे सांसों से सांसें जी भर के
सूनी पड़ी...
सूनी पड़ी गलियाँ मेरी तुझसे उजाला है है है...
हरदम...बैचेन हूँ मैं...
जादू तेरी आँखों ने कैसा मुझपे डाला है है है...

हंसी प्यार का मौसम है

(Base-Mohabbat hi Mohabbat hai...)

हंसी प्यार का मौसम है हलचल है धड़कनों में
हंसी प्यार का मौसम है हलचल है धड़कनों में
तुझे चाहें मेरी बाहें हर रंग है सरगमों में
हंसी प्यार का मौसम है हलचल है धड़कनों में
हंसी प्यार का मौसम है हलचल है धड़कनों में

ऋतु आज अलबेली, है लायी नशा अन्जाना
ऋतु आज अलबेली, है लायी नशा अन्जाना
अरमां जगे नस-नस में हर कोई लगे दीवाना
चली दिल जलाने को सन-सन ये हवाऐं
हंसी प्यार का मौसम है हलचल है धड़कनों में
हंसी प्यार का मौसम है हलचल है धड़कनों में

उल्फ़त में ज़माने की दीवारें तोड़ दूँगा
उल्फ़त में ज़माने की दीवारें तोड़ दूँगा
आयेंगी आंधियाँ गर रुख़ उनका मोड़ दूँगा
आरज़ू में तेरी होंगी पल-पल ये ख़ताएं
हंसी प्यार का मौसम है हलचल है धड़कनों में
हंसी प्यार का मौसम है हलचल है धड़कनों में

शमा प्यार की है ये जल के न बुझ सकेगी
शमा प्यार की है ये जल के न बुझ सकेगी
कश्ती क़रार की ये चल के न रुक सकेगी
पलकों पे ताज़गी है क़ातिल हैं अदाऐं
हंसी प्यार का मौसम है हलचल है धड़कनों में
हंसी प्यार का मौसम है हलचल है धड़कनों में

हंसें शोख़ कलियाँ हंसें गुल ये सारे

(Base-Musafir hain hum to chale...)

हंसें शोख़ कलियाँ, हंसें गुल ये सारे
मचलता-मचलता लगे आज सावन
हंसें शोख़ कलियाँ, हंसें गुल ये सारे
मचलता-मचलता लगे आज सावन
चली जा रही है वो जानेतमन्ना
महकता-महकता लगे आज यौवन
हंसें शोख़ कलियाँ ...

चाहत में जिसकी लुटाये हैं तन-मन
वो नग़मा है कोई सुरीली सी चितवन
हजारों लिखते जिसे अफ़साने
वो जन्नत कोई गुलों का गुलशन
उतर आ गये हैं ज़मीं पर सितारे
रे रफ़्ता ही रफ़्ता उड़े आज आँचल
हंसें शोख़ कलियाँ ...

करूँ उससे कैसे मुहब्बत की बातें
उसे देख कर रुक जाती हैं सांसें
ग़ज़ब की हैं चंचल उसकी अदायें
उसे पास पा मिल जाती हैं आंखें
समझ में न आये अज़ब ये फ़साना
मैं शायर दीवाना उसी के कारन
हंसें शोख़ कलियाँ ...

मिलने को उससे तड़पने लगा मैं
शमा जैसे कोई पिघलने लगा मैं
वो आकर बसी कब मेरी धड़कनों में
उसे क्यों अपना समझने लगा मैं
बने गर वो दुल्हन मिटे ग़म ये सारे
खुशियों से भरता लगे मेरा आँगन
हंसें शोख़ कलियाँ ...

हुई देर बहुत मुझे जाने दे

(Base-Tere Chehre mein wo jadu...)

हुई देर बहुत मुझे जाने दे
हुई देर बहुत मुझे जाने दे... जाने भी दे सनम
कल फिर मिलने मैं आऊँगी
खाती हूँ मैं ये क़सम...खाती हूँ मैं ये क़सम
हुई देर बहुत मुझे जाने दे...

तुझसे मिलने में घबराऊँ, साजन सांझ ढली घर जाऊँ
अब है कुछ दिन की मजबूरी, सच मैं दिल की बात बताऊँ
कब तक यूँ आँखमिचौली, ले जा घर से मेरी डोली
हुई अठरह बरस उमरिया, अंगिया छोटी अब मेरी हो ली
बैचेन बहुत मुझे पाने को ...
जाने भी दे सनम...जाने भी दे सनम
हुई देर बहुत मुझे जाने दे...

हो न जाये कहीं रुसवाई, सन-सन चलती है पुरबाई
छम-छम बोले मेरी पायल, कैसी ज़ालिम ये ऋतु आई
कैसा तू छैलछबीला, माना दिल का है रंगीला
पल-पल करता है इशारे, जा-जा मैं हूँ चीज नगीना
थक गयी बहुत सो जाने दे
जाने भी दे सनम...जाने भी दे सनम
हुई देर बहुत मुझे जाने दे...

लूँ मैं जब-जब अँगड़ाई, तब-तब याद तेरी आई
कैसे कटे ये तन्हाई, मन में बज उठी शहनाई
गलियों घूँमूं मैं मतवाली, साजन कर मेरी रखवाली
चंचल मस्त मेरी जवानी, दिल में तूने जगह बना ली
जज़्बात यहीं थम जाने दे
जाने भी दे सनम...जाने भी दे सनम
हुई देर बहुत मुझे जाने दे...

हुए तन्हा सनम तेरे जाने के बाद

(Base-Tum jao kahin tumko...)

हुए तन्हा सनम तेरे जाने के बाद
है हाल बुरा दिल का
तुम आये बहुत मुझे याद...तुम आये बहुत मुझे याद
हुए तन्हा सनम तेरे जाने के बाद
है हाल बुरा दिल का
तुम आये बहुत मुझे याद...तुम आये बहुत मुझे याद

तीर-ए-नज़र हुआ दिल के पार
तीर-ए-नज़र हुआ दिल के पार
किया क्यों भी था तेरा ऐतबार
जीत के भी मैं गयी रे हार
तुम... तुम आये नहीं फिर पास
तुम आये बहुत मुझे याद...तुम आये बहुत मुझे याद

बहारों के दिन गुजरते गये
बहारों के दिन गुजरते गये
मिलने को तुझसे तरस से गये
बिन बात ही बदरा बरसते गये
रोयी... रोयी मैं हूँ यूँ ज़ार-ज़ार
तुम आये बहुत मुझे याद...तुम आये बहुत मुझे याद

लिखे हैं तुझे कितने पयाम
लिखे हैं तुझे कितने पयाम
तेरी सादगी पर हुई क़ुरबान
माना न फिर भी तूने एहसान
ऐसा... ऐसा तुझमें क्या ख़ास
तुम आये बहुत मुझे याद...तुम आये बहुत मुझे याद

है ग़म का ये फ़साना

(Base-ye zindagi ke mele...)

है ग़म का ये फ़साना...है ग़म का ये फ़साना
किसको भी अब सुनाऊँ, मजबूर हो गया हूँ
है ग़म का ये फ़साना...है ग़म का ये फ़साना...2

सब कुछ लुटा दिया है अपनों की चाह में
सब कुछ लुटा दिया है अपनों की चाह में
बचा भी कुछ नहीं है अब मेरी दास्तां में
बचा भी कुछ नहीं है अब मेरी दास्तां में
है संगदिल ज़माना...है संगदिल ज़माना
है ग़म का ये फ़साना
किसको भी अब सुनाऊँ, मजबूर हो गया हूँ
है ग़म का ये फ़साना...है ग़म का ये फ़साना...2

दुनिया बनाने वाला छिपा कहीं है जाकर
दुनिया बनाने वाला छिपा कहीं है जाकर
थका बहुत हूँ यारों मैं इम्तिहान देकर
थका बहुत हूँ यारों मैं इम्तिहान देकर
है राग ये पुराना...है राग ये पुराना
है ग़म का ये फ़साना
किसको भी अब सुनाऊँ, मजबूर हो गया हूँ
है ग़म का ये फ़साना...है ग़म का ये फ़साना...2

हुआ ख़त्म अब है ये खेल 'ओ' तमाशा
हुआ ख़त्म अब है ये खेल 'ओ' तमाशा
झूठे हैं सारे वादे नहीं है कोई आशा
झूठे हैं सारे वादे नहीं है कोई आशा
न ही मुझे बुलाना...न ही मुझे बुलाना
है ग़म का ये फ़साना
किसको भी अब सुनाऊँ, मजबूर हो गया हूँ
है ग़म का ये फ़साना...है ग़म का ये फ़साना...2

है तेरी आँखों में जादू सनम

(Base-Chhed mere humrahi...)

M- है तेरी आँखों में जादू सनम कैसा
है तेरी आँखों में जादू सनम कैसा
बिन पिये ही कदम लड़खड़ाने लगे
F- है तेरी आँखों में जादू सनम कैसा
है तेरी आँखों में जादू सनम कैसा
बिन पिये ही कदम लड़खड़ाने लगे
M+F- है तेरी आँखों में...

M- रात हो या दिन धक-धक करता मेरा दिल
F- धक-धक करता मेरा दिल
M- बन्दिश कितनी हों अब तो तू ही है मंजिल
F- अब तो तू ही है मंजिल
M- अब तो दिन ही में सपने आने लगे
है तेरी आँखों में जादू सनम कैसा
बिन पिये ही कदम लड़खड़ाने लगे
M+F- है तेरी आँखों में...

M- पल-पल हूँ बैचेन कैसे दिल को बहलाऊँ
F- कैसे दिल को बहलाऊँ
M- दिल का मैं यह राज़ कैसे तुझ को बतलाऊँ
F- कैसे तुझ को बतलाऊँ
M- गेसू तेरे आज मुझपे छाने लगे
है तेरी आँखों में जादू सनम कैसा
बिन पिये ही कदम लड़खड़ाने लगे
M+F- है तेरी आँखों में...

हो गयी एक हैं अब अपनी डगर

(Base-Bare Armano se rakha...)

हो गयी एक हैं अब अपनी डगर
जानेजिगर ओ मेरे नूरेनज़र
मिली है तुमसे जब मेरी नज़र... मेरी नज़र
हो गयी एक हैं अब अपनी डगर, जानेजिगर... ...
मिली है तुमसे जब मेरी नज़र... मेरी नज़र

खिल उठे फूल हैं बागों में ये किसकी सदा
ऐसे लम्हात में हों जुदा किसको पता
ऐसे लम्हात में हों जुदा किसको पता
रही न हमको अब अपनी ख़बर, जानेजिगर ... ...
मिली है तुमसे जब मेरी नज़र... मेरी नज़र
हो गयी एक हैं अब अपनी डगर, जानेजिगर... ...
मिली है तुमसे जब मेरी नज़र... मेरी नज़र

पिलायी तूने मुझे मय बहकेंगे कदम
बदल भी जाये ज़माना बदलें न हम
बदल भी जाये ज़माना बदलें न हम
हुई अब रात है जायें किधर, जानेजिगर ... ...
मिली है तुमसे जब मेरी नज़र... मेरी नज़र
हो गयी एक हैं अब अपनी डगर, जानेजिगर... ...
मिली है तुमसे जब मेरी नज़र... मेरी नज़र

दिल में तुम आये मेरे जानेमन चोरी-चोरी
कजरारे नैन और बैंयां तेरी गोरी-गोरी
कजरारे नैन और बैंयां तेरी गोरी-गोरी
चले भी जाना तुम जब हो सहर जानेजिगर ... ...
मिली है तुमसे जब मेरी नज़र... मेरी नज़र
हो गयी एक हैं अब अपनी डगर, जानेजिगर... ...
मिली है तुमसे जब मेरी नज़र... मेरी नज़र

होने लगी बरसात है सनम

(Base-Kal ki hasi mulaqat ke liya...)

F- होने लगी बरसात है सनम, किस बात का है ग़म
चलें कहीं तन्हाई में हम, मिलके कहीं छिप जायें हम
M- होने लगी बरसात है सनम, किस बात का है ग़म
चलें कहीं तन्हाई में हम, मिलके कहीं छिप जायें हम

M- आज चैन नहीं क्यों आये
F- आ मुझे गले से लगा ले
M- चैन नहीं क्यों आये
F- आ मुझे गले से लगा ले
कारे-कारे मेघा घिर-घिर आये,रात अंधेरी जिया घबराये
M- जाने क्या दिल कहने लगा, तुझपे ग़जल कहने लगा
बस मे नही जज़्बात सनम, किस बात का है ग़म
चलें कहीं तन्हाई में हम, मिलके कहीं छिप जायें हम

F- दे-दे दिल नज़राना
M- छेड़ें आ दिल का तराना
F- दे-दे दिल नज़राना M-छेड़ें आ दिल का तराना
M- होंठ तेरे दो मय के हैं प्याले, कितने हंसी हैं देख नज़ारे
F- छेड़ न मुझे तू इस कद्र, बाली उम्र लगता है डर
रहने भी दे इसे राज़ सनम, किस बात का है ग़म
चलें कहीं तन्हाई में हम, मिलके कहीं छिप जायें हम

M- सुन ओ मेरी रानी
F- कर न ये तू मनमानी
M- फिर न मिलेगा ये हंसी मौका
चढ़ती जवानी किसने है रोका
F- दिलोजिगर तेरे लिये, दिल का कमल तेरे लिये
पहली अभी मुलाक़ात है सनम, इस बात का है ग़म
चलें कैसे तन्हाई में हम, मिलके कहीं छिप जायें हम

होंठ तुम्हारे कमल

(Base- Humse aaya na gaya...)

होंठ तुम्हारे कमल, बोल जैसे हों ग़ज़ल
होंठ तुम्हारे कमल, बोल जैसे हों ग़ज़ल
दिलरूबा जानेजां मय जैसे तुम्हारे दो नयन
होंठ तुम्हारे कमल, बोल जैसे हों ग़ज़ल
होंठ तुम्हारे कमल

उफ ! क्या अंदाज है ज़ुल्फ़ खुल के बिखर जो गई
लब पे कोई राज़ है शमा ये मचल क्यों गई
दिल के अरमान जवां बन-संवर निकल जो गई
मुस्कुरा दो अगर खिल उठे सारा ये चमन
होंठ तुम्हारे कमल, बोल जैसे हों ग़ज़ल
होंठ तुम्हारे कमल

पत्ता-पत्ता बूटा-बूटा करता तेरे चर्चे
आशिक़ तेरा ख़त तुझको लिखता है दिल से
क़तरा-क़तरा ही लहू का वाक़िफ़ हक़ीक़त से
रुके तुझे देख हवा, झुके तुझे देख गगन
होंठ तुम्हारे कमल, बोल जैसे हों ग़ज़ल
होंठ तुम्हारे कमल

हौंसले और बढ़ें बाहों में अगर आन बसो
हमसफर बन के मेरी हर कदम साथ चलो
आओ कुछ इस तरह जाने का फिर नाम न लो
आओ खायें ये कसम, करो तुम हमपे करम
होंठ तुम्हारे कमल, बोल जैसे हों ग़ज़ल
होंठ तुम्हारे कमल

इम्तिहां अब न ले आ जा बाहों में तू

(Base-Duniya walon se dur...)

M- इम्तिहां अब न ले आ जा बाहों में तू
क्या हंसी है समां जानेमन-जानेमन-जानेमन
F- इम्तिहां अब न ले आ जा बाहों में तू
क्या हंसी है समां जानेमन-जानेमन-जानेमन

F- आ रख दे इन लबों को लब पे तू आज मेरे
तुझही से है मुहब्बत रख दिल पे हाथ मेरे
M- ए-नाज़नीं हसीना अब बस तेरी तमन्ना
जुल्फ़ों का साया दे आ और पास मेरे
F- इम्तिहां अब न ले आ जा बाहों में तू
क्या हंसी है समां जानेमन-जानेमन-जानेमन

F- कर प्यार का बहाना न छेड़ भी तू मुझको
तन्हाईयों में चल भी दे दूँगी दिल ये तुझको
M- कैसा ये सिलसिला है कैसी ये उलझनें हैं
अँगड़ाईयाँ ये तेरी जीने न देंगी मुझको
F- इम्तिहां अब न ले आ जा बाहों में तू
क्या हंसी है समां जानेमन-जानेमन-जानेमन

F- गायें भी आ मिलकर मस्ती भरा तराना
क्या भी कर ये लेगा संगदिल है ज़माना
M- मदहोश हो गया मैं पलकें जो तू उठाये
घायल ही न कर दे पलकें तेरा झुकाना
F- इम्तिहां अब न ले आ जा बाहों में तू
क्या हंसी है समां जानेमन-जानेमन-जानेमन

इम्तिहां और न ले मेरा

(Base-Dil mera tod diya usne...)

इम्तिहां और न ले मेरा ए-मेरी जानम
इम्तिहां और न ले मेरा ए-मेरी जानम
मेरी हर सांस में तेरा ही नाम लिखा
इम्तिहां और न ले मेरा ए-मेरी जानम

खुशी तुझको है मिली~मुश्किलें मेरी बढ़ा
बुझे उल्फ़त के दीये हैं~मैं उसी जगह खड़ा
हाल-ए-दिल अब न लिखूँगा तुझे अफसानों में
ले मैंने आग लगा दी है अरमानों में
लब से फिर नाम न ले ए-मेरी जानम
लब से फिर नाम न ले ए-मेरी जानम
मेरी हर सांस में तेरा ही नाम लिखा
इम्तिहां और न ले मेरा ए-मेरी जानम

रूठा संगीत मेरा~गुम गये गीत मेरे
ख़ता क्या ऐसी हुई~बता मनमीत मेरे
जुदा तुझसे हूँ हुआ करूँ अफ़सोस मैं क्या
बेसबब दर्देजिगर रखा इस राज़ में क्या
बेवज़ह रोग ये कैसा ए-मेरी जानम
बेवज़ह रोग ये कैसा ए-मेरी जानम
मेरी हर सांस में तेरा ही नाम लिखा
इम्तिहां और न ले मेरा ए-मेरी जानम

इन्तहा है सितम की

(Base-Do deewane shahar mein...)

इन्तहा है सितम की, हाँ खायी तूने ये कसम थी
ज़िंदगी में फिर मिलेंगे, गुल चाहतों के खिलेंगे
ज़िंदगी में फिर मिलेंगे, गुल चाहतों के खिलेंगे
इन्तहा है सितम की, हाँ खायी तूने ये कसम थी
ज़िंदगी में फिर मिलेंगे, गुल चाहतों के खिलेंगे

दिन-रात तेरी ही यादों में मैं खोया-खोया रहता हूँ
कहीं चैन मुझे मिलता नहीं, जज़्बात दिल में रखता हूँ
दिन-रात तेरी ही यादों में मैं खोया-खोया रहता हूँ
कहीं चैन मुझे मिलता नहीं, जज़्बात दिल में रखता हूँ
तू ख़्वाब ही में मुस्काती है, तू ख़्वाब ही में मुस्काती है
मुस्का के फिर छिप जाती है...छिप जाती है
इन्तहा है सितम की, हाँ खायी तूने ये कसम थी
ज़िंदगी में फिर मिलेंगे, गुल चाहतों के खिलेंगे

दो राहें जहां पर मिलती हैं, एहसास तेरा ही होता है
क्यों यार तुझे दिल दे बैठा, अरमान मेरा जग जाता है
दो राहें जहां पर मिलती हैं, एहसास तेरा ही होता है
क्यों यार तुझे दिल दे बैठा, अरमान मेरा जग जाता है
कदम ये वहीं रुक जाते हैं, कदम ये वहीं रुक जाते हैं
लब फिर वही नग़में गाते है... रे गाते हैं
इन्तहा है सितम की, हाँ खायी तूने ये कसम थी
ज़िंदगी में फिर मिलेंगे, गुल चाहतों के खिलेंगे

इन आंखों में कोई नहीं है दूजा

(Base-Naino wale ne hai mera...)

इन आंखों में कोई नहीं है दूजा
इन आंखों, इन सांसों, इन फ़िज़ाओं में कोई नहीं है दूजा
इन आंखों में इन सांसों में,
कोई नहीं दूजा...कोई नहीं दूजा... कोई नहीं....
इन आंखों में कोई नहीं दूजा...

न पायेगा इस ज़हां में मुझ जैसी अलबेली
न पायेगा इस ज़हां में मुझ जैसी अलबेली
चम्पा और चमेली जैसी मेरी कई सहेली
तुझसे नैन मिला बैठी मैं हूँ वो अकेली
इन आंखों, इन सांसों, इन फ़िज़ाओं में कोई नहीं है दूजा
इन आंखों में कोई नहीं दूजा....

चंचल मस्त जवानी मेरी बैंयां गोरी-गोरी
चंचल मस्त जवानी मेरी बैंयां गोरी-गोरी
जुल्फ़ों को लहराती जाऊँ चाँद सी मैं चकोरी
मेरा चैन चुराया तूने सजना चोरी-चोरी
इन आंखों, इन सांसों, इन फ़िज़ाओं में कोई नहीं है दूजा
इन आंखों में कोई नहीं दूजा....

तितली जैसा मैं इतराऊँ हैं भी शोख़ अदायें
तितली जैसा मैं इतराऊँ हैं भी शोख़ अदायें
यौवन मेरा हीरे जैसा दीवाने घबरायें
है भी प्यार क्या बला कोई मुझे समझाये
इन आंखों, इन सांसों, इन फ़िज़ाओं में कोई नहीं है दूजा
इन आंखों में कोई नहीं दूजा....

इस ज़हां की गर्दिशों से

(Base-Dil ke tukde-tukde karke...)

इस ज़हां की गर्दिशों से डरने वाले हम नहीं
इस ज़हां की गर्दिशों से डरने वाले हम नहीं
झूठे-झूठे तुमसे वादे करने वाले हम नहीं
इस ज़हां की गर्दिशों से डरने वाले हम नहीं
इस ज़हां की गर्दिशों से डरने वाले हम नहीं

लब पे नहीं अब नाम किसी का
आता नहीं पैग़ाम किसी का
याद नहीं उन्हें करने वाला
जुदा हुए जो हमसे कभी के
साथी नहीं हैं वे बेख़ुदी के,ख़त नहीं उन्हें लिखने वाला
दर्दोग़म के बहें भी नाले मिलने वाले हम नहीं
इस ज़हां की गर्दिशों से डरने वाले हम नहीं
झूठे-झूठे तुमसे वादे करने वाले हम नहीं
इस ज़हां की गर्दिशों से डरने वाले हम नहीं
इस ज़हां की गर्दिशों से डरने वाले हम नहीं

जान किसी के लिये दे-दें
दिलरूबा हम किसे भी कह दें
आफ़तों से हम दूर हो गये
रंगरंगीली छैलछबीली दिल अपना किसे दे-दें
चाहतों से हम दूर हो गये
छोड़ चुके हैं ये सब झमेले फंसने वाले हम नहीं
इस ज़हां की गर्दिशों से डरने वाले हम नहीं
झूठे-झूठे तुमसे वादे करने वाले हम नहीं
इस ज़हां की गर्दिशों से डरने वाले हम नहीं
इस ज़हां की गर्दिशों से डरने वाले हम नहीं

इस तरह जुल्म रह–रह के

(Base-Aakhiri geet mohabbat...)

इस तरह जुल्म रह-रह के दीवाने पे न कर
इस तरह जुल्म रह-रह के दीवाने पे न कर
इम्तिहां और ले...
इम्तिहां और ले मिलने से तो इन्कार न कर
इम्तिहां और ले...

सच्चे-झूठे वादे वो तेरे याद आये
सच्चे-झूठे वादे वो तेरे याद आये
मखमली ख़्वाब 'ओ' वो हार तुझे रास आये
इस तरह वक़्त दीवाने का बरबाद न कर
इम्तिहां और ले...

दे दगा गयी है हमदम मेरी तक़दीर मुझे
दे दगा गयी है हमदम मेरी तक़दीर मुझे
अब नहीं भाती है ए-सनम तेरी तस्वीर मुझे
बेवज़ह वार छिप-छिप के इशारों से न कर
इम्तिहां और ले...

भूल जा यार उल्फ़त के उस ज़माने को
भूल जा यार उल्फ़त के उस ज़माने को
गीत 'ओ' साज़ गुरबत के उस फ़साने को
इस तरह याद पल-पल दुआओं में न कर
इस तरह जुल्म रह-रह के दीवाने पे न कर
इम्तिहां और ले...
इम्तिहां और ले मिलने से तो इन्कार न कर
इम्तिहां और ले...

जज़्बात ये बस में नहीं

(Base-Saton janam mein tere...)

M- जज़्बात ये बस में नहीं मुझे प्यार तो करने दे
जी भर के कर शिकवा दिल-दिल से मिलने दे
F- बाली उम्र है कुंवारी कली मैं
जग के रिवाज़ों से वाक़िफ़ नहीं मैं
बात ये अभी रहने दे
M- जज़्बात ये बस में नहीं मुझे प्यार तो करने दे
जी भर के कर शिकवा दिल-दिल से मिलने दे

M- आधी-आधी रातों को आये तू सपनों में
जानेजिगर जानम बसी तू अँखियों में
मुलाक़ात ये पहली नहीं, दूजा कोई जंचता नहीं
पैग़ाम ये लिखने दे
जी भर के कर शिकवा दिल-दिल से मिलने दे
F- बाली उम्र है कुंवारी कली मैं
जग के रिवाज़ों से वाक़िफ़ नहीं मैं
बात ये अभी रहने दे
M- जज़्बात ये बस में नहीं मुझे प्यार तो करने दे
जी भर के कर शिकवा दिल-दिल से मिलने दे

F- ये जिक्र नहीं करती पर मान मैं तेरी हूँ
रातों को भरूँ आहें हर हाल में तेरी हूँ
तन्हाई में आ कहीं चल, यूँही न गुजरें ये पल
मुझे ख़ास वो लम्हें दे
M- जी भर के कर शिकवा दिल-दिल से मिलने दे
F- बाली उम्र है कुंवारी कली मैं
जग के रिवाज़ों से वाक़िफ़ नहीं मैं
बात ये अभी रहने दे
M- जज़्बात ये बस में नहीं मुझे प्यार तो करने दे
जी भर के कर शिकवा दिल-दिल से मिलने दे

जब-जब चल्ले ठण्डी हवा

(Base-Mein English Medium-Sapna...)

F- जब-जब चल्ले ठण्डी हवा मैं लूँ अंगड़ाई यहाँ-वहाँ
जब-जब चल्ले ठण्डी हवा मैं लूँ अंगड़ाई यहाँ-वहाँ
बाहों में मुझे समा ले आ
समझे प्यार न इस मौसम में ऐसा मजनूं देखा न
समझे प्यार न इस मौसम में ऐसा मजनूं देखा न

M- जब देखा तुझको पहली बार रह गया मैं ठगा-ठगा
जब देखा तुझको पहली बार रह गया मैं ठगा-ठगा
नज़दीक थोड़ा आ भी जा
बरसे न सावन में जो ऐसी बदरी देखी न
बरसे न सावन में जो ऐसी बदरी देखी न

F- कितने छोरे पागल हो गये हुस्न में मेरे वो जादू
है हुस्न में मेरे वो जादू
लुंगी पहन के आया है तू देगा क्या तू मैं माँगूँ
देगा क्या तू मैं मांगूं

M- दिल जो मुझको न देगी गर, नज़राना फिर क्या माँगूँ
नज़राना फिर क्या माँगूँ, नज़दीक थोड़ा आ भी जा
बरसे न सावन में जो ऐसी बदरी देखी न
बरसे न सावन में जो ऐसी बदरी देखी न

F- अँग-अँग मेरा अँगारा जिस्म तेरा जल जायेगा
जिस्म तेरा जल जायेगा
बार-बार क्या घूर रहा घर जा के पछतायेगा
घर जा के पछतायेगा

M- चंद दिन की ये मस्त जवानी कुछ दिन में ढल जायेगी
कुछ दिन में ढल जायेगी नज़दीक थोड़ा आ भी जा
बरसे न सावन में जो ऐसी बदरी देखी न
बरसे न सावन में जो ऐसी बदरी देखी न

F- जब-जब चल्ले ठण्डी हवा मैं लूँ अंगड़ाई यहाँ-वहाँ
बाहों में मुझे समा ले आ
समझे प्यार न इस मौसम में ऐसा मजनूं देखा न

जब-जब तेरी याद आई

(Base-Madhuvan Khushboo...)

जब-जब तेरी याद आई दिल को तब-तब थाम लिया
समझा तूने मुझको कब सिर पर हर इल्ज़ाम लिया
जब-जब तेरी याद आई ...

तन्हा-तन्हा बैठा मैं लिखता तुझको अफ़साने
तन्हा-तन्हा बैठा मैं लिखता तुझको अफ़साने
लब के कितने जाम पिये फिर भी हुए अन्जाने
फिर भी हुए अन्जाने...
वैसी फिर न शाम आई किसने न बदनाम किया
समझा तूने मुझको कब सिर पर हर इल्ज़ाम लिया
जब-जब तेरी याद आई दिल को तब-तब थाम लिया
जब-जब तेरी याद आई ...

रोक न ही पाया मैं बढ़ते तेरी ओर कदम
रोक न ही पाया मैं बढ़ते तेरी ओर कदम
जान नहीं सका ये मैं मिल गये तुझसे तन 'ओ' मन
मिल गये तुझसे तन 'ओ' मन
जब-जब सांसें टकराई तूने तब-तब साथ दिया
समझा तूने मुझको कब सिर पर हर इल्ज़ाम लिया
जब-जब तेरी याद आई दिल को तब-तब थाम लिया
जब-जब तेरी याद आई ...

तुझको पाने के जानम ख़्वाब-ख़्वाब ही रहे
तुझको पाने के जानम ख़्वाब-ख़्वाब ही रहे
बन बैठी तू बेगानी पास-पास फिर भी रहे
पास-पास फिर भी रहे...
जब-जब चली पुरवाई लब ने तब तेरा नाम लिया
समझा तूने मुझको कब सिर पर हर इल्ज़ाम लिया
जब-जब तेरी याद आई दिल को तब-तब थाम लिया
जब-जब तेरी याद आई ...

ज़हां से अलग तेरी आँखें

(Base-Mein to chala jidhar chale...)

ज़हां से अलग तेरी आँखें, ज़हां से अलग तेरी आँखें
दिखते हैं इनमें मुझे दो पैमाने
ग़ज़ब रे ग़ज़ब तेरी अदायें~ग़ज़ब रे ग़ज़ब तेरी अदायें
तुझे देख दिल ये गाये तराने
ज़हां से अलग तेरी आँखें, ज़हां से अलग तेरी आँखें

दिल इश्क़ में तेरे खो गया
कब जादू मुझपे ये हो गया
मेरे ख़्वाब की तू चाँदनीं तेरी याद ले के सो गया
जुल्फ़ बिखरी तेरी करे है बेकल...बेकल...बेकल
ज़हां से अलग तेरी आँखें, ज़हां से अलग तेरी आँखें
दिखते हैं इनमें मुझे दो पैमाने
ज़हां से अलग तेरी आँखें, ज़हां से अलग तेरी आँखें

सुन मेरी जो ये हालत है
बस तेरी ही बदौलत है
ये खुशबु गुलाबों में हाँ तेरी ही बदौलत हैं
आरजू में तेरी बना हूँ मैं शायर...शायर... शायर
ज़हां से अलग तेरी आँखें, ज़हां से अलग तेरी आँखें
दिखते हैं इनमें मुझे दो पैमाने
ज़हां से अलग तेरी आँखें, ज़हां से अलग तेरी आँखें

अब मुझसे क्यों ये फ़ासले
आ चुन लें मिल के मंजिलें
जब दो दीवाने मिल गये फिर कैसी ये मुश्किलें
बेक़रार मैं हूँ ए-जानेमन,पल-पल~पल-पल~पल-पल
ज़हां से अलग तेरी आँखें, ज़हां से अलग तेरी आँखें
दिखते हैं इनमें मुझे दो पैमाने
ज़हां से अलग तेरी आँखें, ज़हां से अलग तेरी आँखें

जलवों ने तेरे किया ऐसा जादू

(Base-Tumhe dekhti hun to lagta...)

जलवों ने तेरे किया ऐसा जादू
लुटा सब बैठा तेरी चाह में मैं
मिलने को तुझसे...मिलने को तुझसे गाये तराने
तन्हाई में बैठा कहीं रास्ते में
जलवों ने तेरे...

बहारों की कलियाँ...बहारों की कलियाँ मुझे देखती हैं
सूनी ये गलियाँ मुझे ढूँढती हैं
खुली न वो खिड़की...खुली न वो खिड़की गुजरे ज़माने
शूल ही शूल बिखरे मेरी मंजिलों में
जलवों ने तेरे...

नज़र से हटे न नशीली चितवन
नज़र से हटे न नशीली चितवन
जिगर में बसा वो मचलता यौवन...मचलता यौवन
सुनाऊँ मैं कैसे...सुनाऊँ मैं कैसे कितने फ़साने
खोया वो है चेहरा कहीं वादियों में
जलवों ने तेरे...

पिंजड़े का पंछी...पिंजड़े का पंछी तड़पने लगा है
नयनों का सावन बरसने लगा है
हर बार तुमने...हर बार तुमने किये हैं बहाने
सदा किससे कहता मैं ज़िन्दगी में
जलवों ने तेरे...

जलवों ने तेरे किया ऐसा जादू
लुटा सब बैठा तेरी चाह में मैं
मिलने को तुझसे...मिलने को तुझसे गाये तराने
तन्हाई में बैठा कहीं रास्ते में
जलवों ने तेरे...

ज़माने ने हमको दिये इतने ताने

(Base-Tumhari bhi jai jai hamari...)

ज़माने ने हमको दिये इतने ताने, न माने दो दीवाने
ज़माने ने हमको दिये इतने ताने, न माने दो दीवाने
हद से बढ़कर चली आंधियाँ, लिखे हमने अफ़साने
ज़माने ने हमको दिये इतने ताने...

भूले से भी न भूलेंगे, मौसम बदलते रहें भी
भूले से भी न भूलेंगे, मौसम बदलते रहें भी
प्रेम की राह में अब ये दुनिया, कुछ समझती रहे भी
हम गायेंगे मिल के प्रेम तराने, न माने दो दीवाने
ज़माने ने हमको दिये इतने ताने...

ज़मीं से फलक तक अपने चर्चे
बेकल दिल की धड़कन है
ज़मीं से फलक तक अपने चर्चे, बेकल दिल की...
जानेतमन्ना आ बाहों में, अब तो जरूरी संगम है
हैं किस्से दिलों के अजी पुराने, न माने दो दीवाने
ज़माने ने हमको दिये इतने ताने...

कैसे चलें हम तन्हा-तन्हा,अब तो जीना है मुश्किल
कैसे चलें हम तन्हा-तन्हा,अब तो जीना है मुश्किल
आओ चले तुम भूल के रस्में
जाये उजड़ न ये महफ़िल
न उल्फ़त में ऐसे करो तुम बहाने, न माने दो दीवाने
ज़माने ने हमको दिये इतने ताने...

ज़माने से सारे ये कैसे बतायें

(Base-Kahan le chale ho bata...)

ज़माने से सारे ये कैसे बतायें
हमें तो मुहब्बत हुई है तुम्हीं से
ज़माने से सारे ये कैसे बतायें
हमें तो मुहब्बत हुई है तुम्हीं से
लगा लो दिल से ए-जानेतमन्ना
न कोई शिकवा-गिला है तुम्हीं से
ज़माने से सारे ये कैसे बतायें, हमें तो मुहब्बत...

वो देखो धरा पर गगन झुक गया है
वो देखो धरा पर गगन झुक गया है
सिला ज़िंदगी का हमें मिल गया है
कभी कम न हो भी ये दिल की लगी
कि थोड़ी शरारत हुई है हमीं से
ज़माने से सारे ये कैसे बतायें, हमें तो मुहब्बत...

बदलने लगे हैं हमें देख मौसम
बदलने लगे हैं हमें देख मौसम
पतझड़ है जैसे कहीं कोई सावन
ये अँगड़ाईयाँ भी नहीं आज बस में
कहीं दिल में हल-चल हुई है तुम्हीं से
ज़माने से सारे ये कैसे बतायें, हमें तो मुहब्बत...

दिलों की ये भाषा दिल ही तो जाने
दिलों की ये भाषा दिल ही तो जाने
दो से अब एक हुये अन्जाने
डरना नहीं है हमें अब किसी से
हम तो इनायत करेंगे तुम्हीं पे
ज़माने से सारे ये कैसे बतायें, हमें तो मुहब्बत...

जाओ तुम न तन्हा छोड़कर

(Base-Aadha hai Chandrama...)

जाओ तुम न तन्हा छोड़कर
है नाज़ुक ये दिल यूँ तोड़कर, अरे मुख मोड़कर
जाओ तुम न तन्हा छोड़कर
है नाज़ुक ये दिल यूँ तोड़कर, अरे मुख मोड़कर
जाओ तुम न...

अभी करनी हैं तुमसे कई बातें,अभी करने हैं तुमसे कई वादे
अभी करनी हैं तुमसे कई बातें,अभी करने हैं तुमसे कई वादे
तन्हाई सनम, न कटेगी ऐसे, भीगा-भीगा समां है देख इधर
जाओ तुम न तन्हा छोड़कर
है नाज़ुक ये दिल यूँ तोड़कर, अरे मुख मोड़कर
जाओ तुम न...

चाँद जब तक रहेगा गगन में,अरमां तेरा रहेगा इस मन में
चाँद जब तक रहेगा गगन में,अरमां तेरा रहेगा इस मन में
सदा देखूँगा मैं, यूँ ही सपने तेरे,न हटेगी कभी तुझसे नज़र
जाओ तुम न तन्हा छोड़कर
है नाज़ुक ये दिल यूँ तोड़कर, अरे मुख मोड़कर
जाओ तुम न...

तेरे नैनों का जानम है जादू, मेरा दिल हरदम बेकाबू
तेरे नैनों का जानम है जादू, मेरा दिल हरदम बेकाबू
दे जा दिल का तोहफ़ा, न भी देना धोखा
है भी मेरे बिना अधूरा सफ़र
जाओ तुम न तन्हा छोड़कर
है नाज़ुक ये दिल यूँ तोड़कर, अरे मुख मोड़कर
जाओ तुम न...

जान से भी ज्यादा मैं तुझे चाहता हूँ

(Base-ye zamin gaa rahi hai...)

जान से भी ज्यादा मैं तुझे चाहता हूँ
बात दिल की मैं तेरे सभी जानता हूँ
जान से भी ज्यादा मैं तुझे चाहता हूँ
बात दिल की मैं तेरे सभी जानता हूँ

तेरी ज़ुल्फ़ों के बादल बरस ही न जायें
तेरी ज़ुल्फ़ों के बादल बरस ही न जायें
फूल गजरे के तेरे बिखर ही न जायें
दोनों हाथ उठा मैं रब से माँगता हूँ
बात दिल की मैं तेरे सभी जानता हूँ
जान से भी ज्यादा मैं तुझे चाहता हूँ
बात दिल की मैं तेरे सभी जानता हूँ

क्या क़हर ढ़ा रही है तेरी ये अँगड़ाई
क्या क़हर ढ़ा रही है तेरी ये अँगड़ाई
कब जाने छिप के तू दिल में समाई
मैं प्यार का बन्धन जोड़ना चाहता हूँ
बात दिल की मैं तेरे सभी जानता हूँ
जान से भी ज्यादा मैं तुझे चाहता हूँ
बात दिल की मैं तेरे सभी जानता हूँ

गुलो गुल-गुल के जैसी तेरी ये जवानी
गुलो गुल-गुल के जैसी तेरी ये जवानी
मनचली तू दिल की हुई है सयानी
तू बहारेचमन गर मैं भी गुलिस्तां हूँ
बात दिल की मैं तेरे सभी जानता हूँ
जान से भी ज्यादा मैं तुझे चाहता हूँ
बात दिल की मैं तेरे सभी जानता हूँ

जां भी लुटा दूँगा सनम मैं

(Base-Badi door se aaye hain...)

जां भी लुटा दूँगा सनम मैं तेरी चाहत में
जां भी लुटा दूँगा सनम मैं तेरी चाहत में
ख़ुद को भुला दूँगा सनम मैं तेरी चाहत में
जां भी लुटा दूँगा सनम मैं तेरी चाहत में

दिल अपना था एक जो अब तेरे है हवाले
दिल अपना था एक जो अब तेरे है हवाले
तोड़ इसे तू... या रखना भी सँभाले
ये जग से...ये जग से...ये जग से
राज़ छिपा लूँगा सनम मैं तेरी चाहत में
जां भी लुटा दूँगा सनम मैं तेरी चाहत में

मुझे तो चलना है चलूँगा मैं बराबर
मुझे तो चलना है चलूँगा मैं बराबर
जान भी ले तू... पीऊँगा मैं हलाहल
ए-सजनी... ए-सजनी... ए-सजनी
रंग जमा दूँगा सनम मैं तेरी चाहत में
जां भी लुटा दूँगा सनम मैं तेरी चाहत में

अरमां जो दिल में हैं वो होंगे नहीं पूरे
अरमां जो दिल में हैं वो होंगे नहीं पूरे
ख़्वाब दोनों के... रहेंगे भी अधूरे
किया जो...किया जो...किया जो
वादा निभा दूँगा सनम मैं तेरी चाहत में
जां भी लुटा दूँगा सनम मैं तेरी चाहत में

जाने-अंजाने हुआ उनसे क़रार

(Base-Ye jo mohabbat hai...)

जाने-अंजाने हुआ उनसे क़रार
बस दो घड़ी को हुआ उनसे था प्यार
नादान दिल ये क्यों भी बेक़रार
अब न करूँगा मैं तेरी आस आयेगी जब तू याद
अब न करूँगा मैं तेरी आस आयेगी जब तू याद

जानेजिगर झूठा समझा तूने हर अफ़साना
तू क्या जाने कैसे तुझे भेजा हर नज़राना
जानेजिगर झूठा समझा तूने हर अफ़साना
तू क्या जाने कैसे तुझे भेजा हर नज़राना
है हुस्नवालों का क्या ऐतबार
जाने-अंजाने हुआ उनसे क़रार
बस दो घड़ी को हुआ उनसे था प्यार
नादान दिल ये क्यों भी बेक़रार
अब न करूँगा मैं तेरी आस आयेगी जब तू याद
अब न करूँगा मैं तेरी आस आयेगी जब तू याद

मेरी ही दुश्मन बन गयी मेरी ये तन्हाई
दिल मेरा दुःखाती रही तेरी वो अँगड़ाई
मेरी ही दुश्मन बन गयी मेरी ये तन्हाई
दिल मेरा दुःखाती रही तेरी वो अँगड़ाई
क्यों भी करूँ मैं अब इन्तज़ार
जाने-अंजाने हुआ उनसे क़रार
बस दो घड़ी को हुआ उनसे था प्यार
नादान दिल ये क्यों भी बेक़रार
अब न करूँगा मैं तेरी आस आयेगी जब तू याद
अब न करूँगा मैं तेरी आस आयेगी जब तू याद

जानेजिगर ए-दिलरुबा

(Base-Ye bichhu mujhe kat khayega...)

जानेजिगर~ए-दिलरूबा~बता भी सही~मेरी ख़ता
दिल में मचाये तू हलचल-हलचल
आग लगाये क्यों पल-पल पल-पल
क्यों-क्यों-क्यों हरदम मैं
दीवाना-दीवाना-दीवाना-दीवाना मैं तेरा बन गया
दीवाना-दीवाना-दीवाना-दीवाना
आशिक़ मैं यारों अलबेला फ़साना ये कैसा बन गया
दीवाना-दीवाना-दीवाना-दीवाना,आशिक़ मैं यारों....

कितनी ये प्यारी सूरत है भाई
गोरा बदन और नाज़ुक कलाई
कितनी ये प्यारी सूरत है भाई, गोरा बदन और...
घटा के जैसी जुल्फें हैं यारों
चलती-फिरती ज़न्नत ये यारों
मौसम है हंसी....रंगी हैं नज़ारे ...2
शोला है यारों या शबनम-शबनम
आग लगाये क्यों पल-पल पल-पल
क्यों-क्यों-क्यों हरदम मैं
दीवाना-दीवाना-दीवाना-दीवाना मैं तेरा बन गया
दीवाना-दीवाना-दीवाना-दीवाना
आशिक़ मैं यारों अलबेला फ़साना ये कैसा बन गया
दीवाना-दीवाना-दीवाना-दीवाना,आशिक़ मैं यारों....

क़ातिल अदायें जीने न देंगी
अंधेरी रातों में सोने न देंगी
क़ातिल अदायें जीने न देंगी अंधेरी रातों में सोने...
करने लगा मैं तुझसे मुहब्बत
कर भी ले चाहे कितनी क़यामत
दिल तड़पा..तुझपे मरता, दिल तड़पा..तुझपे मरता
मन को लुभाये ये चितवन-चितवन
आग लगाये क्यों पल-पल पल-पल
क्यों-क्यों-क्यों हरदम मैं
दीवाना-दीवाना-दीवाना-दीवाना मैं तेरा बन गया
दीवाना-दीवाना-दीवाना-दीवाना
आशिक़ मैं यारों अलबेला फ़साना ये कैसा बन गया
दीवाना-दीवाना-दीवाना-दीवाना,आशिक़ मैं यारों....

जानेजिगर लिखूँ तुझे अफ़साना

(Base-0 Saathi re tere bina bhi...)

जानेजिगर लिखूँ तुझे अफ़साना...लिखूँ तुझे अफ़साना
जानेजिगर लिखूँ तुझे अफ़साना...लिखूँ तुझे अफ़साना
याद आये जब तेरी... रातें हों अन्धेरी
याद आये जब तेरी... रातें हों अन्धेरी
मुश्किल दिल समझाना...लिखूँ तुझे अफ़साना
जानेजिगर लिखूँ तुझे अफ़साना...लिखूँ तुझे अफ़साना

ऐसी आंधी...आयी ग़म की
मिलकर भी हम मिल न पाये
दिन पतझड़ के... ऐसे आये
गुल गुलशन के खिल न पाये
दोनों के दिल टूटे...बनते महल टूटे...2
तुझको है बतलाना...लिखूँ तुझे अफ़साना
जानेजिगर लिखूँ तुझे अफ़साना...लिखूँ तुझे अफ़साना

भूली-बिसरी... यादें ही हैं
अब तो मेरी जीवन साथी
वो दिन यारा... क्या दिन थे भी
हम दोनों थे दीपक-बाती
तेरी वो अँगड़ाई... कैसे थी रंग लाई...2
बाहों में वो रोज़ आना...लिखूँ तुझे अफ़साना
जानेजिगर लिखूँ तुझे अफ़साना...लिखूँ तुझे अफ़साना

लम्हा-लम्हा... जान गया मैं
मुश्किल है उस दौर का आना
गलियों में हम... घूमे संग-संग
मुमकिन नहीं उस भोर का आना
आँगन-चौबारे... माटी की दीवारें...2
वो तेरा मुस्कुराना...लिखूँ तुझे अफ़साना
जानेजिगर लिखूँ तुझे अफ़साना...लिखूँ तुझे अफ़साना

जानेजां कर दे भी दिल मेरे नाम

(Base-Dil mein muhabbat hai...)

M- जानेजां कर दे भी दिल मेरे नाम...3
आगे अब जो भी हो इसका अन्जाम...2
F- जानेजां कर दूँगी दिल तेरे नाम
आगे अब जो भी हो इसका अन्जाम...2

M- तुझसे मिलकर मैंने ये जाना है
तुझसे बन्धन कैसा अन्जाना है
तुझसे मिलकर मैंने ये जाना है
तुझसे बन्धन कैसा अन्जाना है
जान ले न कहीं दिल्लगी ये तेरी
बन गयी तू सनम ज़िंदगी है मेरी...2
जानेजां ले-ले भी और इम्तिहान
आगे अब जो भी हो इसका अन्जाम...2

F- रात 'ओ' दिन तेरी ही याद आये
देखे बिन तुझको न चैन आये
रात 'ओ' दिन तेरी ही याद आये
देखे बिन तुझको न चैन आये
तेरी राहों में अब उठ गये ये कदम
हो गयी मैं तेरी ले खायी ये कसम...2
नाम तेरा लब पे है सुबह 'ओ' शाम...2
आगे अब जो भी हो इसका अन्जाम...2

M- जानेजां कर दे भी दिल मेरे नाम...3
आगे अब जो भी हो इसका अन्जाम...2
F- जानेजां कर दूँगी दिल तेरे नाम
आगे अब जो भी हो इसका अन्जाम...2

जाने जां तुमसे मुहब्बत हो गयी

(Base-Chhod do anchal Zamana kya...)

F- जाने जां तुमसे मुहब्बत हो गयी है...2
M- इस जवानी में हो जाती है शरारत
शरारत हो गयी है
F- जाने जां तुमसे मुहब्बत हो गयी है...2
M- इस जवानी में हो जाती है शरारत, शरारत...
F- जाने जां तुमसे मुहब्बत हो गयी है

F- दिलरूबा तुझे याद कर कटती नहीं रातें
भरती हूँ ठण्डी आहें, करती हूँ क्या-क्या बातें
M- तेरा झुमका जब डोले, तेरा झुमका जब डोले
दिल है बेताब क्या हालत आज हो गयी है
F- जाने जां तुमसे मुहब्बत हो गयी है
M- इस जवानी में हो जाती है शरारत, शरारत...
F- जाने जां तुमसे मुहब्बत हो गयी है

F- दस्तकें दे रहा मौसम ये अलबेला
तू कैसा है रे छैला, मैं बन गयी तेरी लैला
M- पास आजा नार-नवेली,पास आजा नार-नवेली
क़ुदरत की जानेमन हमपे इनायत हो गयी है
F- जाने जां तुमसे मुहब्बत हो गयी है
M- इस जवानी में हो जाती है शरारत, शरारत...
F- जाने जां तुमसे मुहब्बत हो गयी है

F- दिल्लगी प्यार में होती नहीं अच्छी
ये बात बिल्कुल सच्ची, करना जो कर जल्दी
M- मेरी चाहत तू ही है जानम...2
दुनिया है संगदिल कैसी मुसीबत हो गयी है
F- जाने जां तुमसे मुहब्बत हो गयी है
M- इस जवानी में हो जाती है शरारत, शरारत...
F- जाने जां तुमसे मुहब्बत हो गयी है

जानेजांना जी भर के देखो

(Base-Milte milte hasin Wadiyon...)

F- जानेजांना जी भर के देखो
जानेजांना जी भर के देखो हम दीवाने आपके हैं
जानेजांना जी भर के देखो हम दीवाने आपके हैं
अँगड़ाईयाँ भरते शब भर हम सयाने हो चुके हैं
M- जानेजांना जी भर के देखो हम दीवाने आपके हैं
चैन खोया हमने दिल का आये ज़माने प्यार के हैं
F- जानेजांना जी भर के देखो हम दीवाने आपके हैं

F- ज़माने ने खींची दीवारें बड़ी
मगर कब रूके हैं दीवाने अरे
ज़माने ने खींची दीवारें बड़ी
मगर कब रूके हैं दीवाने अरे
M- कि आओ फलक पर तुम्हें ले चलें
सितारों से आगे हम-तुम मिलें...2
F- जानेजांना जी भर के देखो
जानेजांना जी भर के देखो हम दीवाने आपके...2

M- हमारी मुहब्बत बनेगी फ़साना
भले भी हो दुश्मन कितना ज़माना
हमारी मुहब्बत बनेगी फ़साना
भले भी हो दुश्मन कितना ज़माना
F- जवां हुई उल्फ़त मेरे साथिया
लग जा गले से दूर अब न जा...2
M- जानेजांना जी भर के देखो
जानेजांना जी भर के देखो हम दीवाने आपके...2
चैन खोया हमने दिल का आये ज़माने प्यार के हैं
F- जानेजांना जी भर के देखो हम दीवाने आपके हैं

जाने क्यों आती है याद तुम्हारी

(Base-Dheere re chalo meri...)

जाने क्यों आती है याद तुम्हारी
जाने क्यों आती है याद तुम्हारी
चुरा के ले जाती नींद हमारी
जाने क्यों आती है याद तुम्हारी...2

जादू कैसा ये डाला तुमने यार
जरा हमका ये समझाना...जरा हमका ये समझाना
तुम्हें रातों में हम जाग-जाग कर
लिखते हैं अफ़साना...लिखते हैं अफ़साना
कैसे आयें तेरे पास... रहता मनवा उदास
जाने कैसी हमरी रामदुलारी
जाने क्यों आती है याद तुम्हारी...2
चुरा के ले जाती नींद हमारी
जाने क्यों आती है याद तुम्हारी...2

आयें जब-जब शामें मस्त-मस्त
दिल कैसे हम बहलायें...दिल कैसे हम बहलायें
ऋतु अलबेली आये रोज-रोज
कहीं प्यासे न मर जायें...कहीं प्यासे न मर जायें
हमसे हुई है ख़ता... देना जो भी सजा
अच्छी क्यों लगती बातें तुम्हारी
जाने क्यों आती है याद तुम्हारी...2
चुरा के ले जाती नींद हमारी
जाने क्यों आती है याद तुम्हारी...2

जाने क्यों तुमसे हम मुहब्बत

(Base-Mausam ki tarah tum bhi...)

F- जाने क्यों तुमसे हम मुहब्बत कर बैठे
जाने क्यों तुमसे हम मुहब्बत कर बैठे
M- सपने तुम्हारे ही आने लगे हमको
यूँ ही जरा तुमसे शरारत कर बैठे
F- जाने क्यों तुमसे हम मुहब्बत कर बैठे
जाने क्यों तुमसे हम मुहब्बत कर बैठे

F- तुम दुआओं में मेरी, तुमसे रोशन ये दुनिया
ज़िंदगी अब तुम्हारी, हैं भी बैचेन अँखियाँ
M- मुझे तेरी पल-पल की ख़बर
तेरी-मेरी अब एक है डगर
हद से ज्यादा तुम भाने लगे दिल को
बिखरायी जो ज़ुल्फ़ें बग़ावत कर बैठे
F- जाने क्यों तुमसे हम मुहब्बत कर बैठे
जाने क्यों तुमसे हम मुहब्बत कर बैठे

F- मुझसे मुझको चुरा लो, आओ बाहों में मेरी
कर लो पूरा इरादा, राजा अब हूँ मैं तेरी
M- हम मिलकर न बिछुड़ें कभी
न करें अब गिले-शिकवे कभी
क्यों प्रेम तराने ही गाने लगे हम तो
सरकायी जो चिलमन तुम्हीं पर मर बैठे
F- जाने क्यों तुमसे हम मुहब्बत कर बैठे
जाने क्यों तुमसे हम मुहब्बत कर बैठे
मुहब्बत कर बैठे...मुहब्बत कर बैठे

जाने क्यों याद तू आ रही

(Base-Kitna sakun kitna aaram hai...)

जाने क्यों...याद...तू आ रही...2
ऐसा लगता साथ मेरे तू गा रही
घड़ी-घड़ी साया बन मुझपे तू छा रही
जाने क्यों...याद...तू आ रही...2
ऐसा लगता साथ मेरे तू गा रही
घड़ी-घड़ी साया बन मुझपे तू छा रही
जाने क्यों...याद...तू आ रही...

बात जो तुझमें है और किसी में नहीं
मुझको ये तो बता क्या भी मुझमें नहीं
बाँध ली डोर है तुझसे उल्फ़त की जब
क्या है मेरी ख़ता यकीं तुझको नहीं, कब से बैचेन हूँ
इतना क्यों...पास... तू आ रही
ऐसा लगता साथ मेरे तू गा रही
घड़ी-घड़ी साया बन मुझपे तू छा रही
जाने क्यों...याद...तू आ रही...

जान ही जाये न दिल्लगी में तेरी
लौटकर आ भी जा ज़िंदगी में मेरी
जी रहा मैं तन्हा एक तेरा नाम ले
अब क्या बाकी रहा शायरी में मेरी, दिल लगता नहीं
झूठी क्यों...आस... दिला रही
ऐसा लगता साथ मेरे तू गा रही
घड़ी-घड़ी साया बन मुझपे तू छा रही
जाने क्यों...याद...तू आ रही...

जानेमन जानेजां दे मुझे दिल में

(Base-Masti bhara hai Sama...)

जानेमन जानेजां दे मुझे दिल में जगह
नैनों में कजरा, बालों में गजरा, ऋतु हंसी दिलरूबा
जानेमन जानेजां दे मुझे दिल में जगह
नैनों में कजरा, बालों में गजरा, ऋतु हंसी दिलरूबा
जानेमन जानेजां...

गीत मिलन के मैं गाता हूँ~आहट हुई चला आता हूँ
गीत मिलन के मैं गाता हूँ~आहट हुई चला आता हूँ
तू इक़रार करेगी कब~चाहत में जिये जाता हूँ
माथे पे बिंदिया, अदा में शोख़ी, तू है परी दिलरूबा
जानेमन जानेजां दे मुझे दिल में जगह
नैनों में कजरा, बालों में गजरा, ऋतु हंसी दिलरूबा
जानेमन जानेजां...

जादू चला न आंखों से~दिल बहला न बातों से
जादू चला न आंखों से~दिल बहला न बातों से
साथ तेरा मैं न छोड़ूंगा~हूँ बैचेन कई रातों से
तेरे ही सपने, लेकर मैं सोया, याद में दिन डूबा
जानेमन जानेजां दे मुझे दिल में जगह
नैनों में कजरा, बालों में गजरा, ऋतु हंसी दिलरूबा
जानेमन जानेजां...

बादल मैं आवारा हूँ~प्यार के लम्हों का मारा हूँ
बादल मैं आवारा हूँ~प्यार के लम्हों का मारा हूँ
ज़िन्दगानी तेरे नाम~जग की आँखियों का तारा हूँ
थोड़ा हूँ लोफर, थोड़ा दीवाना, सुन मेरी महबूबा
जानेमन जानेजां दे मुझे दिल में जगह
नैनों में कजरा, बालों में गजरा, ऋतु हंसी दिलरूबा
जानेमन जानेजां...

जाते-जाते दिल का नज़राना

(Base-Dil pe tere pyar ka paigham...)

M- जाते-जाते दिल का नज़राना तो दे जा
जाते-जाते दिल का नज़राना तो दे जा
जानम जानेजांना इक़रार तो दे जा

F- जाते-जाते दिल का नज़राना तो दे जा
जाते-जाते दिल का नज़राना तो दे जा
जानम जानेजांना इक़रार तो दे जा

M- तुझे देख मेरा दिल क्यों रहता बेक़रार
तुझे देख मेरा दिल क्यों रहता बेक़रार
अब तो सहा जाता नहीं तेरा इन्तज़ार

F- कब तलक मैं छिपाऊँ दिल के इस राज़ को
आहें ठण्डी भरती मैं तन्हा में रात को
दर्द-ए-दिल की यारा दवा तो दे जा...2

M- जानम जानेजांना इक़रार तो दे जा

F- शरमाऊँ घबराऊँ आये जब तेरी याद
शरमाऊँ घबराऊँ आये जब तेरी याद
हुई तेरी मैं दीवानी कैसे आऊँ पास

M- लम्हा हर गुजरता तुझे ही याद कर
आ जा कहीं हम मिलें यूँ ही रात भर
फिर दोबारा मिलने का इशारा तो दे जा...2

F- जानम जानेजांना इक़रार तो दे जा

M- जाते-जाते दिल का नज़राना तो दे जा

F- जाते-जाते दिल का नज़राना तो दे जा

F+M- जानम जानेजांना इक़रार तो दे जा

जायेगी बच कहाँ पलकों में बन्द

(Base-Thhandi hawao ne gori ka...)

M- जायेगी बच कहाँ पलकों में बंद तुझे कर लिया
F- जा-जा दीवाने मैंने पसन्द तुझे कर लिया
M- जायेगी बच कहाँ पलकों में बंद तुझे कर लिया
F- जा-जा दीवाने मैंने पसन्द तुझे कर लिया
M- जायेगी बच के कहाँ पलकों में बंद तुझे कर लिया

F- धक-धक मेरा धड़के जिया
धक-धक पिया धड़के जिया
तेरे बिन साजन अब, तन्हा-तन्हा मुझसे रहा जाता नहीं
ऐसे-कैसे मैं ये कहूँ हालेदिल अब तो कहा जाता नहीं
M- साथिया...साथिया...साथिया मैंने वादा ले कर लिया
पलकों में बंद तुझे कर लिया

M- चल मेरे साथ चल मेरे साथ
चल मेरे साथ आ-जा चल मेरे साथ
गेसू घटाओं से कारे-कारे मय से कजरारे नयन
अधर गुलाबों से महका-महका खुशबू से तेरा बदन
F- जाने जां...जाने जां..जाने जां बाहों में मुझको ले पिया
मैंने पसन्द तुझे कर लिया

F- दिल बेक़रार...दिल बेक़रार
दिल बेकरार क्यों है बेक़रार
किसी भी तरह से नहीं बुझती
जानेजिगर दिल की अगन
M- आ भी तन्हाई में ए-मेरी जानेमन
मिटाऊं तेरे दिल का भरम
F -ना रे ना... ना रे ना...ना रे ना मुझको छेड़ेगा तू पिया
मैंने पसन्द तुझे कर लिया

ज़िंदगी हर मोड़ पर ही

(Base-Aapki nazron ne samjha...)

ज़िंदगी हर मोड़ पर ही दे रही मुझको सजा
क्या कहूँ किससे कहूँ है मेरी क्या भी ख़ता
ज़िंदगी हर मोड़ पर ही...

बेवज़ह ग़म का फ़साना बन गई हर घड़ी
बेवज़ह ग़म का फ़साना बन गई हर घड़ी
देखते ही देखते उम्र मेरी कब ढ़ली
देखिये तो किस ग़ुनाह की मिल रही मुझको सजा
क्या कहूँ किससे कहूँ है मेरी क्या भी ख़ता
ज़िंदगी हर मोड़ पर ही...

जल गया सपनों का घर एक तिनके की तरह
जल गया सपनों का घर एक तिनके की तरह
रह गयीं यादें सुलग एक जंगल की तरह
अनकही मजबूरियाँ कर रही मुझको फ़ना
क्या कहूँ किससे कहूँ है मेरी क्या भी ख़ता
ज़िंदगी हर मोड़ पर ही...

एक कदम आगे बढ़ूँ ऐसा अब मुमकिन नहीं
एक कदम आगे बढ़ूँ ऐसा अब मुमकिन नहीं
गुम गई कहीं भीड़ में मेरी वो मन्जिल कहीं
दर्देदिल हद से बढ़ा है दे कोई मुझको दवा
क्या कहूँ किससे कहूँ है मेरी क्या भी ख़ता
ज़िंदगी हर मोड़ पर ही...

ज़िंदगी थी वो मेरी भूला उसे

(Base-Chhod diya wo rasta...)

ज़िंदगी थी जो मेरी भूला उसे रफ़्ता-रफ़्ता
ज़िंदगी थी जो मेरी भूला उसे रफ़्ता-रफ़्ता
प्यार जिसे हद से दिया रूठा वही लम्हा-लम्हा
बहकने लगा मैं गलियों में, मुझे अपनी रही न ख़बर
मैं करने चला सदा रब से, सदायें हुई बेअसर
रूसवा हुआ जीता ही रहा अफ़सानों में लम्हा-लम्हा
ज़िंदगी थी जो मेरी भूला उसे रफ़्ता-रफ़्ता

दूर वो मुझसे इतनी हुई कि नामोनिशां तक न रहा
दूर वो मुझसे इतनी हुई कि नामोनिशां तक न रहा
कसमें ओ वादे झूठे हुए सब
मिलने को बेबस हो गया,मिलने को बेबस हो गया
हर खुशी थी वो मेरी चुना जिसे रफ़्ता-रफ़्ता
याद उसे दिल क्यों करे तोड़ा दिल लम्हा-लम्हा

नैना उससे मेरे लड़ गये, बन गयी वो हमनशीं
नैना उससे मेरे लड़ गये, बन गयी वो हमनशीं
जाते-जाते मुझसे मिलकर
कर गई ऐसी दिल्लगी, कर गई ऐसी दिल्लगी
बिजलियाँ मुझपे गिरी ये हाल हुआ रफ़्ता-रफ़्ता
बरबादियाँ बढ़ती गयी आकाश से गिरा लम्हा

जियें भी अब मेरे हमदम

(Base-ye dil tum bin kahin...)

F- जियें भी अब मेरे हमदम भला किसके लिये
जियें भी अब मेरे हमदम भला किसके लिये
सहें उल्फ़त में इतने ग़म भला किसके लिये
बने खुशियों के चन्द ये पल भला किसके लिये
M- जियें भी अब मेरे हमदम भला किसके लिये
सहें उल्फ़त में इतने ग़म भला किसके लिये
F- जियें भी अब मेरे हमदम भला किसके लिये

F- समझ उसकी जो आये वो अफ़साना नहीं दिखता
पसन्द उसको जो आये वो नज़राना नहीं दिखता
नज़र मिलके छलक जाये वो पैमाना नहीं दिखता
करें भी अब गिला हमदम भला किसके लिये
सहें उल्फ़त में इतने ग़म भला किसके लिये
M- जियें भी अब मेरे हमदम भला किसके लिये

M- मुहब्बत में हुआ पागल मैं वो बादल हूँ आवारा
मुहब्बत में हुआ पागल मैं वो बादल हूँ आवारा
जहां रहते थे प्रेमी दो मैं उन गलियों का बंजारा
जो लगती थी परियों सी उसी पर मैं दिल हारा
जगें भी अब मेरे हमदम भला किसके लिये
सहें उल्फ़त में इतने ग़म भला किसके लिये
F- जियें भी अब मेरे हमदम भला किसके लिये

F- कभी बेवज़ह उनसे शरारत मैं क्या कर बैठी
कभी बेवज़ह उनसे शरारत मैं क्या कर बैठी
M- कि उल्फ़त में मैं उसको हजारों ख़त लिख बैठा
F- न सोचा भी न समझा भी शिकायत मैं क्या कर बैठी
खिले हैं गुल मेरे हमदम भला किसके लिये
M- सहें उल्फ़त में इतने ग़म भला किसके लिये
F- जियें भी अब मेरे हमदम भला किसके लिये

जी चाहता है मेरा तेरा अँग-अँग

(Base-Jab-Jab tumhe bhulaya...)

जी चाहता है मेरा...तेरा अँग-अँग चूमूँ ...2
तेरा अँग-अँग चूमूँ...तेरा अँग-अँग चूमूँ
बाहों में तुझको लेकर अधरों के जाम पी लूँ...2
जी चाहता है मेरा ...

सोने नहीं देती...
ज़ालिम हुई हवायें~ज़ालिम हुई हवायें
सोने नहीं देती...ज़ालिम हुई हवायें
सोने नहीं देती...ज़ालिम हुई हवायें~ज़ालिम हुई...
शानों पे हाथ रखकर...
शानों पे हाथ रखकर... जुल्फ़ों से तेरी खेलूँ
तेरा अँग-अँग चूमूँ~जी चाहता है मेरा ...

उलझन मेरी बनी... शोलों सी ये जवानी
उलझन मेरी बनी... उलझन मेरी बनी
शोलों सी ये जवानी...शोलों सी ये जवानी
उलझन मेरी बनी...
शोलों सी ये जवानी...शोलों सी ये जवानी
सांसों में तेरी बसकर...
सांसों में तेरी बसकर... एक आग से मैं खेलूँ
तेरा अँग-अँग चूमूँ~जी चाहता है मेरा ...

तू रूप की है गागर...
मैं हुस्न की स्याही...मैं हुस्न की स्याही
तू रूप की है गागर...मैं हुस्न की स्याही
तू रूप की है गागर,मैं हुस्न की स्याही...मैं हुस्न ...
कर ले क़रार मुझसे...
कर ले क़रार मुझसे~दो पल खुशी से जी लूँ
तेरा अँग-अँग चूमूँ~जी चाहता है मेरा ...

जीना भी नहीं आसां मरना भी

(Base- Jitni door raat se din...)

जीना भी नहीं आसां~मरना भी है मुश्किल सा
रोग बुरा ये दिल का...रोग बुरा ये दिल का
दर्द-ए-जिगर समझे न कोई
कहना भी है मुश्किल सा, कहना भी है मुश्किल सा
कहना भी है मुश्किल सा, रोग बुरा ये दिल का

झूठी हैं कसमें और वादे
ज़हर भरी इस जग की बातें
झूठी हैं कसमें और वादे, ज़हर भरी इस जग की बातें
जिसको चाहा उसने लूटा,
स्वप्न ख़ाक़ और दिल भी टूटा
किससे करूँ मैं अब आशा,
हर कोई करता नया तमाशा
रोग बुरा ये दिल का...रोग बुरा ये दिल का
दर्द-ए-जिगर समझे न कोई
कहना भी है मुश्किल सा, कहना भी है मुश्किल सा
कहना भी है मुश्किल सा, रोग बुरा ये दिल का

दौलत का संसार दीवाना
इन्सां भूला व्यवहार पुराना
दौलत का संसार दीवाना, इन्सां भूला व्यवहार पुराना
पल-पल बदले अपनी बातें
कब कर दे हम संग ये घातें
शूल भरी ये राह कठिन, कैसे जिऊँ मैं तारे गिन-गिन
रोग बुरा ये दिल का...रोग बुरा ये दिल का
दर्द-ए-जिगर समझे न कोई
कहना भी है मुश्किल सा, कहना भी है मुश्किल सा
कहना भी है मुश्किल सा, रोग बुरा ये दिल का

जीने न दे ये बेख़ुदी

(Base-Tohfa qubool hai hume...)

जीने न दे ये बेख़ुदी हद से गुजर गयी...2
वर्षों की मेरी आशिक़ी
वर्षों की मेरी आशिक़ी पल में बिखर गयी
जीने न दे ये बेख़ुदी हद से गुजर गयी
(वर्षों की मेरी आशिक़ी)...2...पल में बिखर गयी
जीने न दे ये बेख़ुदी हद से गुजर गयी
जीने न दे ये बेख़ुदी...

वो वक्त भी कोई और था दो दिल जब मिले
कितनी थी हममें चाहतें लाखों थे गुल खिले
(मेरे लिये दो घड़ी)...2... तुम जो संवर गयी
(वर्षों की मेरी आशिक़ी)...2...पल में बिखर गयी
जीने न दे ये बेख़ुदी हद से गुजर गयी
जीने न दे ये बेख़ुदी...

ख़ुद ही से हो गया हूँ मैं जानेजां बेख़बर
कैसी ये बेक़रारियाँ कैसा है ये असर
(मिलने में हुई बेबसी)...2... नज़रें बहक गयीं
(वर्षों की मेरी आशिक़ी)...2...पल में बिखर गयी
जीने न दे ये बेख़ुदी हद से गुजर गयी
जीने न दे ये बेख़ुदी...

भीगी हैं मेरी पलकें क्यों ऐसा भी क्या हुआ
एक था जो मेरा हमसफ़र वह भी जुदा हुआ
(दुनिया ये मेरे प्यार की)...2...कितनी बदल गयी
(वर्षों की मेरी आशिक़ी)...2...पल में बिखर गयी
जीने न दे ये बेख़ुदी हद से गुजर गयी
जीने न दे ये बेख़ुदी...

जुल्फ़ें घटा सी मेरी हैं

(Base-Sab to mila ke pite hain...)

जुल्फ़ें घटा सी मेरी हैं...गोरा-गोरा बदन
जुल्फ़ें घटा सी मेरी हैं...गोरा-गोरा बदन
मैं हूँ शराब वो...मैं हूँ शराब वो खिल जाये अँग-अँग
जुल्फ़ें घटा सी मेरी हैं गोरा-गोरा बदन...2
मैं हूँ शराब वो...मैं हूँ शराब वो खिल जाये अँग-अँग
जुल्फ़ें घटा सी मेरी हैं गोरा-गोरा बदन

सैकड़ों के दिलों की मैं रानी
लड़की यारों मैं हूँ मस्तानी
चढ के न उतरे नशा ऐसा हूँ
मिलाऊँ तुझसे नज़रें दिलजानी
मिलाऊँ तुझसे नज़रें दिलजानी
जुल्फ़ें घटा सी मेरी हैं गोरा-गोरा बदन

अब जो होती हैं होने दे कितनी ही रुसबाईयाँ
तन्हा-तन्हा मैं लेती हूँ अँगड़ाईयाँ
दिल ही दिल में तुझपे मरती हूँ
जान देती हूँ तुझपे मैं दिलजानिया

रंग जमाने तेरी महफ़िल में आज मैं आयी
ग़म के ए-मारो रंगीली मैं शाम ले आयी
दिलरूबा मेरे यौवन में नज़ाक़त ऐसी
देख मेरा जल्वा छबीली पास मैं आयी
देख मेरा जल्वा छबीली पास मैं आयी
जुल्फ़ें घटा सी मेरी हैं गोरा-गोरा बदन
जुल्फ़ें घटा सी मेरी हैं...गोरा-गोरा बदन
मैं हूँ शराब वो...मैं हूँ शराब वो खिल जाये अँग-अँग
जुल्फ़ें घटा सी मेरी हैं गोरा-गोरा बदन

जुल्फ़ें तेरी घटा सी चेहरा तेरा

(Base-Doli saja ke rakhna...)

M- जुल्फ़ें तेरी घटा सी~चेहरा तेरा कमल सा~~2
तुझे देखते ही मुझको~ये रोग लगा दिल का
जुल्फ़ें तेरी घटा सी~चेहरा तेरा कमल सा
F- ए-बांके-बांके छोरे~मैं ख़्वाबों की मल्लिका..2
मेरे गोरे-गोरे गालों~पे निशां है ये तिल का
ए-बांके-बांके छोरे~मैं ख़्वाबों की मल्लिका
M- जुल्फ़ें तेरी घटा सी~चेहरा तेरा कमल सा

M- अरे ओ हसीन लड़की~जरा खोल तू ये खिड़की
दीदार तेरा मुझको~जी भर के है करना
F- उमर मेरी है छोटी~नीयत तेरी है खोटी
ऐतबार तेरा मुझको~पल भर नहीं है करना
M- नयना तेरे शराबी~जलवा तेरा पतंग सा
नयना तेरे शराबी~जलवा तेरा पतंग सा
तुझे देखते ही मुझको~ये रोग लगा दिल का
जुल्फ़ें तेरी घटा सी~चेहरा तेरा कमल सा
F- ए-बांके-बांके छोरे~मैं ख़्वाबों की मल्लिका

F- कर छेड़छाड़ मेरी~हालत बिगाड़ देगा
नादान तू अभी है~न भी क़रार देगा
M- चन्द दिन का है ये मेला~फिर क्या तू करेगी
तन्हा में बैठकर के~आहें ही तो भरेगी
F- रंगत मेरी गुलाबी~दामन मेरा चमन सा
रंगत मेरी गुलाबी~दामन मेरा चमन सा
मेरे गोरे-गोरे गालों~पे निशां है ये तिल का
ए-बांके-बांके छोरे~मैं ख़्वाबों की मल्लिका
M- जुल्फ़ें तेरी घटा सी~चेहरा तेरा कमल सा

जैसे भी तुम जानेजिगर वैसे ही

(Base-Kitna pyar tumhe karte...)

M- जैसे तुम जानेजिगर वैसे ही मन्जूर हमें
जैसे तुम जानेजिगर वैसे ही मन्जूर हमें
जैसे तुम जानेजिगर वैसे ही मन्जूर हमें
पाना तुम्हें अपनी हसरत, करो नहीं मजबूर हमें
F- जैसे तुम जानेजिगर वैसे ही मन्जूर हमें
जैसे तुम जानेजिगर वैसे ही मन्जूर हमें
पाना तुम्हें अपनी हसरत, करो नहीं मजबूर हमें
M- जैसे तुम जानेजिगर वैसे ही मन्जूर हमें

M- तन्हाई में कहीं बैठे, तुम्हें लिखते हैं अफ़साने
तन्हाई में कहीं बैठे, तुम्हें लिखते हैं अफ़साने
F- ज़हां से लगता हमको डर, तुम्हें देते हैं नज़राने
M- रफ़्ता-रफ़्ता जानेजिगर, कर दोगे मशहूर हमें
F- जैसे तुम जानेजिगर वैसे ही मन्जूर हमें
M- पाना तुम्हें अपनी हसरत, करो नहीं मजबूर हमें
F- जैसे तुम जानेजिगर वैसे ही मन्जूर हमें

F- दीवाने हो हमारे गर, यूँही न दिल को बहलाओ
दीवाने हो हमारे गर, यूँही न दिल को बहलाओ
M- हटा दो लाज का घूँघट, घटा जैसे तुम छा जाओ
F- दिल से लगा जानेजिगर, कर दोगे तुम दूर हमें
M- जैसे तुम जानेजिगर वैसे ही मन्जूर हमें
F- जैसे तुम जानेजिगर वैसे ही मन्जूर हमें
M- पाना तुम्हें अपनी हसरत, करो नहीं मजबूर हमें

कब जाने हो गयी मैं सयानी

(Base-Hui aankh nam aur ye dil...)

बदली ज़िंदगी है क्या भी कहानी
बदली ज़िंदगी है क्या भी कहानी
कब जाने हो गयी मैं सयानी...2
जवां धड़कनों में हुई नयी हलचल
जवां धड़कनों में हुई नयी हलचल
ये किसने की मुझपे मेहरबानी...2

क्यों आने लगी मुझको अँगड़ाईयाँ
हैं सताने लगी मुझको तन्हाईयाँ
हैं सताने लगी मुझको तन्हाईयाँ
मुझे दे गया कोई क्या ये निशानी
मुझे दे गया कोई क्या ये निशानी
कब जाने हो गयी मैं सयानी
कब जाने हो गयी मैं सयानी

बहकने लगे क्यों मेरे ये कदम
मैं उड़ने लगी इन हवाओं के संग
मैं उड़ने लगी इन हवाओं के संग
चटख हौसलों में आयी है रवानी
चटख हौसलों में आयी है रवानी
कब जाने हो गयी मैं सयानी
कब जाने हो गयी मैं सयानी

लगे मेरे पीछे कई मनचले
हजारों के दिल यूँ ही हैं जले
हजारों के दिल यूँ ही हैं जले
है नीयत खराब करें बेईमानी
है नीयत खराब करें बेईमानी
कब जाने हो गयी मैं सयानी
कब जाने हो गयी मैं सयानी

कह तो दिया ये तुमसे

(Base-Le to aaye ho hume Sapno...)

कह तो दिया ये तुमसे... तुमसे ही प्यार है
कह तो दिया ये तुमसे... तुमसे ही प्यार है
जब तक अम्बर पे सितारे बेशुमार
दीवाना मैं तेरा...दीवाना मैं तेरा...

तोड़ी हैं मैंने सारी बन्दिशें जग की
तुझको पाने की मैंने कोशिशें सब की
दुनिया मेरी तुझसे मिल के बदल गयी...2
करता दुआ मैं रब से... कर इक़रार ले
कह तो दिया ये तुमसे... तुमसे ही प्यार है
जब तक अम्बर पे सितारे बेशुमार
दीवाना मैं तेरा...दीवाना मैं तेरा...

कदमों में तेरे सदा सज़दे करूँगा
पलकों पे अपनी बिठा के रखूँगा
साजनियां लागी मुझे अब तेरी लगन...2
अब तो लगा दिल से... ये बेक़रार है
कह तो दिया ये तुमसे... तुमसे ही प्यार है
जब तक अम्बर पे सितारे बेशुमार
दीवाना मैं तेरा...दीवाना मैं तेरा...

रंग ले आयी है अब मेरी मुहब्बत
ख़्वाबों की रानी कर मुझपे इनायत
बिन्दिया तेरी चम-चम चमके ग़ज़ब करे...2
अँगना में जानम तुझसे... आयी बहार है
कह तो दिया ये तुमसे... तुमसे ही प्यार है
जब तक अम्बर पे सितारे बेशुमार
दीवाना मैं तेरा...दीवाना मैं तेरा...

क़हर ढा रही मुझपे तेरी नजर

(Base-Bahut pyar aaya hai tumpe...)

M- क़हर ढा रही मुझपे तेरी नजर
ये कैसा है जादू मेरे हमसफ़र
शरारत भरी तेरी अंखियाँ, बदलने लगी मेरी दुनिया
शरारत भरी तेरी अंखियाँ, बदलने लगी मेरी दुनिया

F- क़हर ढा रही मुझपे तेरी नजर
ये कैसा है जादू मेरे हमसफ़र
शरारत भरी तेरी अंखियाँ, बदलने लगी मेरी...2

M- बहारों सा यौवन सुरीला है नग़मा
गठीला बदन कैसा करिश्मा
अदायें बला सी लगें खूबसूरत
क्यों बनने लगी तू मेरी जरूरत
मुझे अब रही नहीं अपनी ख़बर
चली मुझको ले के हवा ये किधर
शरारत भरी तेरी अंखियाँ, बदलने लगी मेरी...2

F- समझने लगी हूँ तेरे इशारे
है दर्द-ए-जिगर जो तू उसकी दवा रे
चुरा ले लबों से सनम तू लाली
उठा ले बाहों में नज़दीक आ के
तेरे बिन कैसे करूँ मैं बशर
है भाने लगा मुझको तेरा शहर
शरारत भरी तेरी अंखियाँ, बदलने लगी मेरी...2

M- क़हर ढा रही मुझपे तेरी नजर
ये कैसा है जादू मेरे हमसफ़र
शरारत भरी तेरी अंखियाँ, बदलने लगी मेरी दुनिया

F- शरारत भरी तेरी अंखियाँ, बदलने लगी मेरी....

कभी हंस लिये कभी रो दिये

(Base-Hai isi mein pyar ki...)

कभी हंस लिये कभी रो दिये
सदा ख़ुद ही ख़ुद में सिमट गये
यूँ ही ज़िंदगी गुजर गयी, सभी मंजिलों से गुजर गये
कभी हंस लिये कभी रो दिये

दो कदम कभी हम साथ थे, अब वो भी तो मिटे निशां
गुलशन में हंसकर हम मिले, अरे वो भी थी कोई दास्ता
अरे वो भी थी कोई दास्तां
मुस्काये हम सारे रास्ते, बिन पिये कदम बहक गये
यूँ ही ज़िंदगी गुजर गयी,सभी मंजिलों से गुजर गये
कभी हंस लिये कभी रो दिये

शिक़वा नहीं तक़दीर से, शिक़वा नहीं तदवीर से
ग़म की घिरी बदरियाँ, शिक़वा नहीं उस सीर से
शिक़वा नहीं उस सीर से
कोई दर्देग़म की दवा नहीं, जख़्म हंसते-हंसते ही सह गये
यूँ ही ज़िंदगी गुजर गयी, सभी मंजिलों से गुजर गये
कभी हंस लिये कभी रो दिये

न ही दिल ये बेक़रार है, न किसी का इंतज़ार है
सभी तोड़ गये दिल मेरा, न किसी का ऐतबार है
न किसी का ऐतबार है
कभी कम न होंगे ये फ़ासले, अब हद से ज्यादा बढ़ गये
यूँ ही ज़िंदगी गुजर गयी, सभी मंजिलों से गुजर गये
कभी हंस लिये कभी रो दिये

कजरारे दो तेरे नयना

(Base-Teri aakhya ka yo kajal...)

कजरारे दो तेरे नयना हीरे सा मचलता यौवन
कजरारे दो तेरे नयना हीरे सा मचलता यौवन
जुल्फ़ें तेरी मतवाली घिर आया जैसे हो सावन
कुछ ख़ास तो है जानम तेरी अँगड़ाई में
तेरी याद सनम मुझे आये भी तन्हाई में
कुछ ख़ास तो है जानम तेरी अँगड़ाई में
तेरी याद सनम मुझे आये भी तन्हाई में
कजरारे दो तेरे नयना

पहली नज़र में दिल...तुझे यार दे बैठा
अपनी जवानी का तोहफ़ा...तेरे नाम लिख बैठा
पहली नज़र में दिल... तुझे यार दे बैठा
अपनी जवानी का तोहफ़ा...तेरे नाम लिख बैठा
तेरी आँख ये जादू... कर गया मुझे बेकाबू
ए-जानेमन दीवानी... है प्यार क्या समझा दूँ
कुछ ख़ास तो है जानम तेरी अँगड़ाई में
तेरी याद सनम मुझे आये भी तन्हाई में
कजरारे दो तेरे नयना

बन गया मैं मजनूं... तेरे प्यार में हमदम
चुपके से दे-दे दिल... इक़रार कर हमदम
बन गया मैं मजनूं... तेरे प्यार में हमदम
चुपके से दे-दे दिल... इक़रार कर हमदम
नहीं जान मैं दे दूँगा... तेरे प्यार में मैं एक दिन
लम्हें नहीं गुजरते... मेरी जां अब तेरे बिन
कुछ ख़ास तो है जानम तेरी अँगड़ाई में
तेरी याद सनम मुझे आये भी तन्हाई में
कजरारे दो तेरे नयना

कजरारे दो नैना तेरे करते हैं बैचेन

(Base-Tumko bhi to aisa he...)

कजरारे दो~नैना तेरे~करते हैं बैचेन सनम
अंग-अंग तेरा जादू है~फूल से कोमल गाल सनम
अंग-अंग तेरा जादू है~फूल से कोमल गाल सनम
कजरारे दो~नैना तेरे~करते हैं बैचेन सनम
अंग-अंग तेरा जादू है~फूल से कोमल गाल सनम
अंग-अंग तेरा जादू है~फूल से कोमल गाल सनम
कजरारे दो~नैना तेरे~करते हैं...

तेरा प्यार पुराना मैं~मुझे समझ न अंजाना
तेरा प्यार पुराना मैं~मुझे समझ न अंजाना
जन्मों का आशिक~बेगाना तूने क्यों मुझे जाना
कजरारे दो~नैना तेरे~करते हैं बैचेन सनम
अंग-अंग तेरा जादू है~फूल से कोमल गाल सनम
अंग-अंग तेरा जादू है~फूल से कोमल गाल सनम
कजरारे दो~नैना तेरे~करते हैं...

इन मस्त लबों से मैं~लाली चुरा लूँगा
इन मस्त लबों से मैं~लाली चुरा लूँगा
बाहों में तुझे ले~ जिया से मैं पार लगा लूँगा
कजरारे दो~नैना तेरे~करते हैं बैचेन सनम
अंग-अंग तेरा जादू है~फूल से कोमल गाल सनम
अंग-अंग तेरा जादू है~फूल से कोमल गाल सनम
कजरारे दो~नैना तेरे~करते हैं...

तुझसे मुहब्बत है~ये बात कहूँ मैं कैसे
तुझसे मुहब्बत है~ये बात कहूँ मैं कैसे
बन मेरी तू जा~दीवाना तुझे याद करे कब से
कजरारे दो~नैना तेरे~करते हैं बैचेन सनम
अंग-अंग तेरा जादू है~फूल से कोमल गाल सनम
अंग-अंग तेरा जादू है~फूल से कोमल गाल सनम
कजरारे दो~नैना तेरे~करते हैं...

कजरारे नैना, नैनों में मस्ती

(Base-Duniya ka mela mele mein...)

कजरारे नैना, नैनों में मस्ती,
छमियाँ वो ऐसी यारों दिल ले गयी
कजरारे नैना, नैनों में मस्ती, छमियाँ वो ऐसी यारों...
दिल में वो समाई, पास मेरे जब आयी
कमरिया लचकती यारों दिल ले गयी
कजरारे नैना, नैनों में मस्ती, छमियाँ वो ऐसी यारों...

जाने क्यों हौसलों में, आने लगी रवानी
जाने क्यों हौसलों में...
अब तक थी एक कली जो, हो गई कब सयानी
अब तक थी एक कली जो...
क्यों उसकी तमन्ना, कर बैठा ये बन्दा
शमा वो पिघलती यारों दिल ले गयी
कजरारे नैना, नैनों में मस्ती, छमियाँ वो ऐसी यारों...

मौसम भी ये सुहाना गाने लगा तराने
मौसम भी ये सुहाना...
सारे शहर में चर्चे वो मैं हुये दीवाने
सारे शहर में चर्चे...
ज़िंदगानी में वो, कब आ भी गयी
पिये बिन बहकती यारों दिल ले गयी
कजरारे नैना, नैनों में मस्ती, छमियाँ वो ऐसी यारों...

पल भर में रूठ जाना, पल भर में मान जाना
पल भर में रूठ जाना...
क्या भी है मेरे दिल में, जज़्बात जान जाना
क्या भी है मेरे दिल में...
चैन दिल का वो मेरे, चन्द लम्हों में ले गयी
गुजरिया वो आली यारों दिल ले गयी
कजरारे नैना, नैनों में मस्ती, छमियाँ वो ऐसी यारों...

कजरारे नयन दिलकश ये बदन

(Base-Dunia walon se dur...)

कजरारे नयन~दिलकश ये बदन~होंठ जैसे कमल
दिलरुबा~जानेमन क्या कहूँ
कजरारे नयन~दिलकश ये बदन~होंठ जैसे कमल
दिलरुबा~जानेमन क्या कहूँ

आ प्यार का तराना~दिलबर तुझे सुनाऊँ
कितनी हसीन दुनिया~जन्नत तुझे दिखाऊँ
जग भूलकर ये सारा~बाहों में मेरी आ जा
मस्ती भरा समां ये~दिल से तुझे लगाऊँ
कजरारे नयन~दिलकश ये बदन~होंठ जैसे कमल
दिलरुबा~जानेमन क्या कहूँ

बेताब दिल की धड़कन~तुझको ही तो चाहे
हरदम दुआ में रब से~तुझको ही तो माँगे
जब एक हो गये हम~फिर ये फ़ासले क्यों
तेरे लिये बैचेन~हरदम मेरी निग़ाहें .
कजरारे नयन~दिलकश ये बदन~होंठ जैसे कमल
दिलरुबा~जानेमन क्या कहूँ

सदियों से जिसको चाहा~वो मेरी रागनी तू
तन-मन को ताज़गी दे~वो मेरी चाँदनीं तू
अम्बर के बादलों का~होता नहीं किनारा
आंखों में है उजाला~वो मेरी रोशनी तू
कजरारे नयन~दिलकश ये बदन~होंठ जैसे कमल
दिलरुबा~जानेमन क्या कहूँ

कजरारे नयन मस्तानी अदा

(Base- Lat Lag jagi... Sapna...)

कजरारे नयन मस्तानी अदा
कजरारे नयन मस्तानी अदा
तुझसे नैन मिलाकर जाना हो जाये न ख़ता
तुझसे नैन मिलाकर जाना हो जाये न ख़ता

लगी हैं रे सदियाँ कई तुझे मनाने में
यूँ ही मैं तो मारा गया दिल बहलाने में
शीशे सा यौवन ज़ुल्फ़ जैसे घटा
शीशे सा यौवन ज़ुल्फ़ जैसे घटा
तुझसे नैन मिलाकर जाना हो जाये न ख़ता
तुझसे नैन मिलाकर जाना हो जाये न ख़ता

सोलह बरस वाली उमर हो गई तू सयानी
दीवाना कब से खड़ा रे देती जा निशानी
अन्जानी डगर है बुरी ये हवा
अन्जानी डगर है बुरी ये हवा
तुझसे नैन मिलाकर जाना हो जाये न ख़ता
तुझसे नैन मिलाकर जाना हो जाये न ख़ता

जान ही न ले-ले कहीं तेरी ये अँगड़ाई
सही भी जाती नहीं अब ये तन्हाई
रेशमी दुपट्टा गोटेदार लहंगा
रेशमी दुपट्टा गोटेदार लहंगा
तुझसे नैन मिलाकर जाना हो जाये न ख़ता
तुझसे नैन मिलाकर जाना हो जाये न ख़ता

नौलखा मैं हार सजनी तुझको दिलवाऊँगा
ऊपर वाली सीट बिठा सिनेमा दिखलाऊँगा
करूंगा उम्र भर रानी मैं वफ़ा
करूंगा उम्र भर रानी मैं वफ़ा
तुझसे नैन मिलाकर जाना हो जाये न ख़ता
तुझसे नैन मिलाकर जाना हो जाये न ख़ता

कजरारे तेरे दो मय से नयन

(Base-Sandal-Hariyanvi)

कजरारे तेरे दो मय से नयन है कमाल कुड़ी तू
अरे कमर न यूँ बलखा करूँ मैं तेरी आरजू
अरे कमर न यूँ बलखा करूँ मैं तेरी आरजू

धक-धक धक-धक दिल ये धड़के ऐसे रूठ तू कहाँ चली
मलमल जैसी काया तेरी अभी तू है नाजुक कली
धक-धक धक-धक दिल ये धड़के ऐसे रूठ तू कहाँ चली
मलमल जैसी काया तेरी अभी तू है नाजुक कली
गदराया तेरा ये गोरा बदन है कमाल कुड़ी तू
अरे कमर न यूँ बलखा करूँ मैं तेरी आरजू
अरे कमर न यूँ बलखा करूँ मैं तेरी आरजू

चोली लहंगा पायल झुमका सब तुझे दिलवा दूँगा
जानेजां मैं तेरे लिये शीशमहल बनबा दूँगा
चोली लहंगा पायल झुमका सब तुझे दिलवा दूँगा
जानेजां मैं तेरे लिये शीशमहल बनबा दूँगा
नखरे न दिखा तू उड़ती पतंग है कमाल कुड़ी तू
अरे कमर न यूँ बलखा करूँ मैं तेरी आरजू
अरे कमर न यूँ बलखा करूँ मैं तेरी आरजू

आधी-आधी रातों को जब तड़पेगी तन्हाई में
तुझको मेरी याद आयेगी नहीं हूँ सौदाई मैं
आधी-आधी रातों को जब तड़पेगी तन्हाई में
तुझको मेरी याद आयेगी नहीं हूँ सौदाई मैं
अभी बाली उम्र बहकेंगे कदम है कमाल कुड़ी तू
अरे कमर न यूँ बलखा करूँ मैं तेरी आरजू
अरे कमर न यूँ बलखा करूँ मैं तेरी आरजू

कजरारे तेरे नैन सनम

(Base-Jaan 0 meri jaan)

कर... ऐतबार~हूँ... बेकरार-बेक़रार
कजरारे तेरे नैन सनम बोलों में सरगम...2
बता ये दिल कैसे बहलाऊँ मस्त तेरे अन्दाज
कजरारे तेरे नैन सनम बोलों में सरगम
बता ये दिल कैसे बहलाऊँ मस्त तेरे अन्दाज
कर... ऐतबार~हूँ... बेकरार-बेक़रार

चूमूँ तेरे लब मैं जानम इतनी तो इज़ाज़त दे
चूमूँ तेरे लब मैं जानम इतनी तो इज़ाज़त दे
छूँ लूँ तेरे गाल गुलाबी कर मुझपे इनायत दे
जन्नत सा है मेरे हमदम तेरा यह एहसास
कर... ऐतबार~हूँ... बेकरार-बेक़रार

तुझको ही चाहूँगा मैं दे दिल ये तेरी मर्जी
तुझको ही चाहूँगा मैं दे दिल ये तेरी मर्जी
मर जाऊँगा एक दिन मैं गर तूने जो हद कर दी
रह जायेगा सीने में छिपा हुआ ये राज़
कर... ऐतबार~हूँ... बेकरार-बेक़रार

कब तक यूँ संभालेगी इस मदमस्त जवानी को
कब तक यूँ संभालेगी इस मदमस्त जवानी को
जाने जांना ए-दिलबर दे कोई मोड़ कहानी को
अब तो यकीं कर मुझपे सनम मैं तेरा हमराज़
कर... ऐतबार~हूँ... बेकरार-बेक़रार

कजरारे तोरे नैन दीवाना कर गये

(Base-Saiyan le gai jiya teri...)

कजरारे तोरे नैन दीवाना कर गये
कजरारे तोरे नैन दीवाना कर गये
तूने देखा मुड़-मुड़ तीर दिल पे चल गये
कजरारे तोरे नैन दीवाना कर गये
तूने देखा मुड़-मुड़ तीर दिल पे चल गये
कजरारे तोरे नैन दीवाना कर गये

क्या है सनम तेरे इस दिल में
कब से फंसा हूँ मुश्किल में
क्या है सनम तेरे इस दिल में~कब से फंसा हूँ...
सुन कर तेरी मीठी बातें गुल खिल गये
कजरारे तोरे नैन दीवाना कर गये
तूने देखा मुड़-मुड़ तीर दिल पे चल गये
कजरारे तोरे नैन दीवाना कर गये

जानम छा रही हरसू तू~दिलबर है मेरी जन्नत तू
जानम छा रही हरसू तू~दिलबर है मेरी जन्नत तू
शहर के जाने कितने छोरे तुझपे मर गये
कजरारे तोरे नैन दीवाना कर गये
तूने देखा मुड़-मुड़ तीर दिल पे चल गये
कजरारे तोरे नैन दीवाना कर गये

जल्वा ग़ज़ब तेरे गालों का~झुमका अलग तेरे कानों का
जल्वा ग़ज़ब तेरे गालों का~झुमका अलग तेरे कानों का
देख तुझे ये दुनिया वाले जल-जल गये
कजरारे तोरे नैन दीवाना कर गये
तूने देखा मुड़-मुड़ तीर दिल पे चल गये
कजरारे तोरे नैन दीवाना कर गये

कजरारे तोरे नैना

(Base-Maine rang li aaj Chunaria...)

कजरारे तोरे नैना क्या जुल्म कर गये
कजरारे तोरे नैना क्या जुल्म कर गये
क्या जुल्म कर गये, क्या सितम कर गये
कजरारे तोरे नैना क्या जुल्म कर गये
कजरारे...

पतली कमर बिन्दास तू लड़की, जुल्फें बिखरी
पतली कमर बिन्दास तू लड़की, जुल्फें बिखरी
गोरा बदन और माथे पे बिन्दिया, चमके बिजुरी
सुध-वुध अपनी मैंने खोई, सुध-वुध अपनी मैंने खोई
जब-जब तूने ली अंगड़ाई
कजरारे तोरे नैना क्या जुल्म कर गये
कजरारे...

तुझसे ही है आबाद ए-जानम, दुनिया दिल की
तुझसे ही है आबाद ए-जानम, दुनिया दिल की
तुझसे ही है संगीत जवां ये, सुन भी मन की
हर खुशी मैं तुझको दूँगा, हर खुशी मैं तुझको दूँगा,
ज़िंदगी भर संग चलूँगा
कजरारे तोरे नैना क्या जुल्म कर गये
कजरारे...

रब से दुआओं में मैं तो हरदम, तुझको माँगूँ
रब से दुआओं में मैं तो हरदम, तुझको माँगूँ
कैसे यकीं ये दिलाऊँ तुझको, कितना चाहूँ
लिख रहा तुझको अफ़साना, लिख रहा तुझको अफ़साना
दे-दे दिल का ये नज़राना
कजरारे तोरे नैना क्या जुल्म कर गये
कजरारे...

करनी हैं मुहब्बत की बातें

(Base-Aankhon mein quayamat ke...)

करनी हैं मुहब्बत की बातें
करनी हैं मुहब्बत की बातें, नज़दीक तो आ ए-जानेजिगर
बाहों में तुझे आ मैं भर लूँ
बाहों में तुझे आ मैं भर लूँ, नज़रें न चुरा ए-जानेजिगर
करनी हैं मुहब्बत की बातें, नज़दीक तो आ ए-जानेजिगर
बाहों में तुझे आ मैं भर लूँ, नज़रें न चुरा ए-जानेजिगर
करनी हैं मुहब्बत की बातें...

दिन-रात...दिन-रात तुझे ख़त लिखता हूँ
मेरे यार तुझे दिल दे बैठा
दिन-रात तुझे ख़त लिखता हूँ, मेरे यार तुझे दिल दे बैठा
चाहा तुझे रंग अपने दूँ, ख़ुद को भी उस रंग-रंग बैठा
करने दे मुझे अब चार आँखें
करने दे मुझे अब चार आँखें, पलकें तो उठा ए-जानेजिगर
बाहों में तुझे आ मैं भर लूँ
बाहों में तुझे आ मैं भर लूँ, नज़रें न चुरा ए-जानेजिगर
करनी हैं मुहब्बत की बातें...

हमराज़... हमराज़ मेरे तू ख़्वाबों में
तू ही तू दिखे मुझे हर सू
हमराज़ मेरे तू ख़्वाबों में, तू ही तू दिखे मुझे हरसू
बन जा सनम तकदीर मेरी, तेरी माँग सितारों से भर दूँ
महकी-महकी तेरी साँसें
महकी-महकी तेरी साँसें, मजबूर हुआ मैं जानेजिगर
बाहों में तुझे आ मैं भर लूँ
बाहों में तुझे आ मैं भर लूँ, नज़रें न चुरा ए-जानेजिगर
करनी हैं मुहब्बत की बातें...

क़रार तुझसे हो गया

(Base-Ek rasta hai Zindage...)

M- क़रार तुझसे हो गया तो जाने जां आ प्यार कर
क़रार तुझसे हो गया तो जाने जां आ प्यार कर
है समां सनम भीगा-भीगा ये दिल न बेक़रार कर
क़रार तुझसे हो गया तो जाने जां आ प्यार कर

F- अरे दिलवाले... अरे मतवाले...
हुई तेरी मैं...क्यों है जल्दी में...
मुहब्बत तुझसे...करूँगी जी भर...
M- रहें क़ैद क्यों पिंजड़े में, कहीं दूर चलें बड़ी दूर
जब प्यार करेंगे हम, होना है हमें मशहूर
चूमूँ तेरी पलकों को, चूमूँ तेरे अधरों को
दीवाना मैं तो हो गया ए-जानेजां स्वीकार कर
क़रार तुझसे हो गया तो जाने जां आ प्यार कर
है समां सनम भीगा-भीगा ये दिल न बेक़रार कर

F- ठंडी चली पुरबाई, कि आये अँगड़ाई सजनवा क्यों
ठंडी चली पुरबाई, कि आये अँगड़ाई सजनवा क्यों
भर ले बाहों में तू मुझको हुई बेकाबू सजनवा क्यों
M- तन्हाई में चल के कहीं आ रात गुजारें हम
हो जायें दो से एक हम भूल के सारे ग़म
जोड़ें नया बन्धन ये... टूटे नहीं जन्मों ये
ज़हां ये सारा सो गया हम-तुम मिलें रात भर
क़रार तुझसे हो गया तो जाने जां आ प्यार कर
है समां सनम भीगा-भीगा ये दिल न बेक़रार कर
क़रार तुझसे हो गया तो जाने जां आ प्यार कर

काला-काला चश्मा गोरे तेरे गाल हैं

(Base-De de gori chumma H....)

काला-काला चश्मा गोरे तेरे गाल हैं
काला-काला चश्मा गोरे तेरे गाल हैं
चुम्मा मुझे दे-दे छोरी तू कमाल है
चुम्मा मुझे दे-दे छोरी तू कमाल है
काला-काला चश्मा गोरे तेरे गाल हैं

आये साल में एक बार जो वही रंगीला सावन तू
देखे जिसको जी न भरे वही नशीला यौवन तू
चढ़ आयी जवानी तुझपे लगा साल सोलहवां रे
भरे बाजार जो तू निकले हो जाये हंगामा रे
कजरारे नैना बिखरे तेरे बाल हैं
चुम्मा मुझे दे-दे छोरी तू कमाल है
काला-काला चश्मा गोरे तेरे गाल हैं

चली हवा जो पुरबाई चुनरिया उड़ जायेगी
आयी जवानी जो तुझपे कुछ दिन में ढल जायेगी
मिलने और मिलाने का मौसम मनभावन है
शरमाना क्या इस मौसम में तू कैसी बंजारन है
गरदन सुराही 'ओ' हिरनी जैसी चाल है
चुम्मा मुझे दे-दे छोरी तू कमाल है
काला-काला चश्मा गोरे तेरे गाल हैं

चैन मिलेगा न क़रार और रातों को तू तड़पेगी
जाऊँगा जब तुझसे दूर मैं बातों को इन समझेगी
मस्तियों का छिपा ज़ख़ीरा है तेरी अँगड़ाई में
मुझको याद सताये तेरी ए-गोरी तन्हाई में
क़ुदरत का क़रिश्मा तू खिलता गुलाब है
चुम्मा मुझे दे-दे छोरी तू कमाल है
काला-काला चश्मा गोरे तेरे गाल हैं

कारे-कारे नयनवा, ले गये जियरवा

(Base-Dhundo dhundo re Sajana...)

कारे-कारे नयनवा, ले गये जियरवा, चैन न पाये मनवा
कारे-कारे नयनवा, ले गये जियरवा, चैन न पाये मनवा
दिन 'ओ' रात खोया मैं तेरे ख़्वाबों में
दिन 'ओ' रात खोया मैं तेरे ख़्वाबों में
जिऊँ मैं ऐसे-कैसे...
जिऊँ मैं ऐसे-कैसे... क़ातिल तेरा है जलवा

पतली-पतली नाजुक कमरिया,अल्हड़ ये तेरी जवानी
गेसू घटा से गोरा अँग-अँग हो गयी रे अब तू सयानी
सनम...दिन 'ओ' रात खोया मैं तेरे ख़्वाबों में
जिऊँ मैं ऐसे-कैसे...
जिऊँ मैं ऐसे-कैसे... क़ातिल तेरा है जलवा
कारे-कारे नयनवा, ले गये जियरवा, चैन न पाये मनवा

होंठ गुलाबी फूल सा चेहरा, नैनों से मय बरसती
ए-रसवन्ती नार-नवेली, मिलने को अँखियाँ तरसती
सनम...दिन 'ओ' रात खोया मैं तेरे ख़्वाबों में
जिऊँ मैं ऐसे-कैसे...
जिऊँ मैं ऐसे-कैसे... क़ातिल तेरा है जलवा
कारे-कारे नयनवा, ले गये जियरवा, चैन न पाये मनवा

रूप की तू है कोई गागर, मिस्री सी मीठी बातें
जाने जांना मेरे हमदम, खुशबू से महकी सांसें
सनम...दिन 'ओ' रात खोया मैं तेरे ख़्वाबों में
जिऊँ मैं ऐसे-कैसे...
जिऊँ मैं ऐसे-कैसे... क़ातिल तेरा है जलवा
कारे-कारे नयनवा, ले गये जियरवा, चैन न पाये मनवा

क़ातिल अँगड़ाई क़ातिल...

(Base-0 mere raja...)

F- शब भर मैं जागी...शब भर मैं जागी
धड़कनों में~तू ही बसा है~कैसी सजा है
बैठे बिठाये जाने कैसी
आग ये लगाई... आग ये लगाई

M- क़ातिल अँगड़ाई~चाँद सा मुखड़ा
रसीली बातें~नशीली आँखें
बैठे बिठाये जाने कैसी आग ये लगाई...आग ये..

M- बेक़रार दिल तेरे प्यार में जीना मुश्किल
इन्तज़ार अब एक-एक पल करना मुश्किल
वादा किया जो तुझसे निभाऊँगा
चाँद सितारे तेरी माँग में सजाऊँगा

F- कैसे करूँ मैं...कैसे करूँ मैं तेरा भरोसा
बैठे बिठाये जाने कैसी आग ये लगाई...आग ये..

M- चाँद सा मुखड़ा~रसीली बातें~नशीली आँखें
बैठे बिठाये जाने कैसी आग ये लगाई...आग ये..

F- शब भर मैं जागी...

F- बीच राह मुझे तू छेड़े है दीवाना
शमा जली आ पहुंचा तू परवाना

M- बाहों में मेरी आ मौसम है प्यार का
जा के न आयेगा झोंका बहार का

F- कैसे तुझे मैं... कैसे तुझे मैं गले लगा लूँ
बैठे बिठाये जाने कैसी आग ये लगाई,शब भर जागी
धड़कनों में~तू ही बसा है~कैसी सजा है
बैठे बिठाये जाने कैसी आग ये लगाई

M- क़ातिल अँगड़ाई...

क़ातिल बड़ी ये तेरी नज़र

(Base-Teri isi ada pe Sanam...)

क़ातिल बड़ी ये तेरी नज़र जीने मुझे न दे
क़ातिल बड़ी ये तेरी नज़र जीने मुझे न दे
दो घूँट मय लबों से
दो घूँट मय लबों से पीने मुझे तो दे
क़ातिल बड़ी ये तेरी नज़र जीने मुझे न दे

बिखरे गेसू...जैसे बादल~अम्बर जैसे...तेरा आँचल
तन-मन में कैसी~तू आग लगाये
बेकल जिया ये~नहीं चैन पाये
दीवाना~मैं तेरा~बाहों में~मेरी आ
खुल के मुझे मनमानियाँ करने भी दे मुझे
क़ातिल बड़ी ये तेरी नज़र जीने मुझे न दे
दो घूँट मय लबों से पीने मुझे तो दे
क़ातिल बड़ी ये तेरी नज़र जीने मुझे न दे

क्या ग़ज़ब सा...तेरा जल्वा
सदियों से...प्यासा मनवा
अँग-अँग तेरा~है फूल जैसा
नज़दीक आ भी~मैं चूम लूँगा
छिप जायें~तन्हा में~खोयें आ~मस्ती में
कब तक भी ये ख़ामोशियाँ ये दिल मुझे तू दे
क़ातिल बड़ी ये तेरी नज़र जीने मुझे न दे
दो घूँट मय लबों से
दो घूँट मय लबों से पीने मुझे तो दे
क़ातिल बड़ी ये तेरी नज़र जीने मुझे न दे

कि दिलकश बड़ी हैं ये तेरी...

(Base-Musafir hun yaron...)

कि दिलकश बड़ी हैं ये तेरी दो आँखें
सनम डूब जाने दे इन अपनी आँखों में
कि दिलकश बड़ी हैं ये तेरी दो आँखें
सनम डूब जाने दे इन अपनी आँखों में

फूल जैसा ये बदन सांसें खुशबुयें
परी जैसा रूप ये बाँकी चिलमनें
फूल जैसा ये बदन सांसें खुशबुयें
परी जैसा रूप ये बाँकी चिलमनें
निकल रही लबों से मिस्री जैसी बातें
कि दिलकश बड़ी हैं ये तेरी दो आँखें
सनम डूब जाने दे इन अपनी आँखों में

मरमरी उभार को क्या मैं नाम दूँ
अन्छुए हर अंग को क्यों न चूम लूँ
मरमरी उभार को क्या मैं नाम दूँ
अन्छुए हर अंग को क्यों न चूम लूँ
करीब आ भी कर दे मेरी हसीन रातें
कि दिलकश बड़ी हैं ये तेरी दो आँखें
सनम डूब जाने दे इन अपनी आँखों में

देख तेरी सादगी मन ये उड़ चला
हो गया बेख़बर मन ये मन्चला
देख तेरी सादगी मन ये उड़ चला
हो गया बेख़बर मन ये मन्चला
भुला सकूँगा कैसे मैं इतनी सारी यादें
कि दिलकश बड़ी हैं ये तेरी दो आँखें
सनम डूब जाने दे इन अपनी आँखों में

किस्मत हमको जाने कैसे मोड़ पे

(Base-Hum tum yug yug se....)

M- किस्मत...किस्मत हमको जाने कैसे मोड़ पे
लेकर है आई...लेकर है आई
F- सदियों...सदियों-सदियों लम्बी लगती
अब ये जुदाई...अब ये जुदाई
M+F- किस्मत हमको जाने कैसे मोड़ पे
लेकर है आई...लेकर है आई...किस्मत...

M- आसां नहीं दो रूहें धरती पे आज उतरीं
देखो भी उस तरफ खुशियाँ हजारों बिखरी
F- किस संगदिल ने आकर उन पे गिरायी बिजुरी
उन पे गिरायी बिजुरी
M- दो प्यार करने वालों को बेवज़ह ही रुसवा किया
एक खिले-खिले गुलशन को
बेवज़ह ही उजाड़ दिया
F- शमा तो सारी रात जली
जला शमा में कोई परवाना
खुशियां मिली संगदिल को
लुटा ज़हां में कोई दीवाना
किस्मत...किस्मत हमको जाने कैसे मोड़ पे
लेकर है आई...लेकर है आई

किस-किस डगर से गुजर गया

(Base-Mujhe dard e dil ka pata...)

किस-किस डगर से गुजर गया
कोई जानेगा क्या मेरा ग़म
सभी तोड़ते रहे दिल मेरा
कोई जानेगा क्या मेरा ग़म
किस-किस डगर से गुजर गया, कोई जानेगा क्या...

लगा दिल का रोग कब मुझे
न ही ये पता चला उसे
लगा दिल का रोग कब मुझे, न ही ये पता चला उसे
अब क्या कहूँ मैं बिना पिये बहक गया
कोई जानेगा क्या मेरा ग़म
किस-किस डगर से गुजर गया, कोई जानेगा क्या...

किये इस ज़हां ने वो सितम
न ही जी सका न निकला दम
किये इस ज़हां ने वो सितम, न ही जी सका न ...
लम्हें मैं गिनूं कि सकून मेरा छिन गया
कोई जानेगा क्या मेरा ग़म
किस-किस डगर से गुजर गया, कोई जानेगा क्या...

मिली आशिक़ी की है ये सजा
तुझे प्यार करना हुआ ख़ता
मिली आशिक़ी की है ये सजा, तुझे प्यार करना...
मेरी जाने जां तेरी याद में मैं मिट गया
कोई जानेगा क्या मेरा ग़म
किस-किस डगर से गुजर गया, कोई जानेगा क्या...

कितना हंसी चेहरा हरसू ही

(Base-Mein tum mein sama jaon...)

कितना हंसी चेहरा हरसू ही तेरी खुशबू
नज़रें जो मिली तुझसे हुआ कैसा मुझपे जादू
नज़रें जो मिली तुझसे हुआ कैसा मुझपे जादू
कितना हंसी चेहरा हरसू ही तेरी खुशबू
नज़रें जो मिली तुझसे हुआ कैसा मुझपे जादू....2

ए-हमदम तेरे-मेरे मिलन की ऋतु अब आई है
ए-हमदम तेरे-मेरे मिलन की ऋतु अब आई है
शीशे सा तेरा ये यौवन, क़ातिल तेरी अँगड़ाई है
शीशे सा तेरा ये यौवन, क़ातिल तेरी अँगड़ाई है
पलकें न झुकाओ हुआ जानम बेकाबू
नज़रें जो मिली तुझसे हुआ कैसा मुझपे जादू

मुझे बाहों के साये दे, तेरी यादों में डूबा हूँ
मुझे बाहों के साये दे, तेरी यादों में डूबा हूँ
मेरी जानम हक़ इतना तो दे दे ख़ुद को ही भूला हूँ
मैं प्रेमी हूँ पागल तू कहे जो वो ला दूँ
नज़रें जो मिली तुझसे हुआ कैसा मुझपे जादू

मैं प्यासा-प्यासा सावन हूँ, तू उड़ती कोई बदरिया है
कैसे भी संभलेगी तुझसे, बाली ये उमरिया है
ऊँची ये दीवारें मैं कैसे भी लाघूँ
नज़रें जो मिली तुझसे हुआ कैसा मुझपे जादू
कितना हंसी चेहरा हरसू ही तेरी खुशबू
नज़रें जो मिली तुझसे हुआ कैसा मुझपे जादू
नज़रें जो मिली तुझसे हुआ कैसा मुझपे जादू

कितनी ही बातें छिपी हैं

(Base-Rasm-e-ulfat ko ...)

कितनी ही बातें छिपी हैं इस धड़कते दिल में
कितनी ही बातें छिपी हैं इस धड़कते दिल में
मेरे हमराज़ कहो बात जो नहीं है हम में
मेरे हमराज़ कहो बात जो नहीं है हम में
कितनी ही बातें छिपी हैं

पी गया मैं हूँ ज़माने में ग़म के सागर
कोशिशें लाख की मैंने नहीं छँटते बादल
कितने अन्दाज छिपे हैं इस मचलते दिल में
कितने अन्दाज छिपे हैं इस मचलते दिल में
कितनी ही बातें छिपी हैं

मेरे हमदम बने आज पत्थर के सनम
भूले पल भर में कैसे खायी जो कसम
जो मुलाक़ातें हुई हैं उस भरी महफ़िल में
जो मुलाक़ातें हुई हैं उस भरी महफ़िल में
कितनी ही बातें छिपी हैं

वो जो सोचा नहीं होगा ये कदम न बढ़ते
राह में छोड़ेंगे साथ संग उनके न चलते
चिट्ठियाँ उसने लिखी हैं हर खुशी और ग़म में
चिट्ठियाँ उसने लिखी हैं हर खुशी और ग़म में
कितनी ही बातें छिपी हैं

कुछ भी मैं कर सकता हूँ

(Base-Chand chura ke Laya...)

कुछ भी मैं कर सकता हूँ~कुछ भी मैं कर सकता हूँ
कुछ भी मैं कर सकता हूँ जानेमन मैं हूँ वो दीवाना
दिल की बातें करता हूँ मैं लाया दिल नज़राना
जानेमन मैं हूँ वो दीवाना
कुछ भी मैं कर सकता हूँ~कुछ भी मैं कर सकता हूँ
जानेमन मैं हूँ वो दीवाना
दिल की बातें करता हूँ मैं लाया दिल नज़राना
जानेमन मैं हूँ वो दीवाना

शब भर सारी जागा हूँ मैं नींद मुझे न आई
राह में तेरी मैं बैठा था तूने नज़र चुराई
शब भर सारी जागा हूँ मैं नींद मुझे न आई
राह में तेरी मैं बैठा था तूने नज़र चुराई
तारे मैं गिन सकता हूँ जानेमन मैं हूँ वो दीवाना
कुछ भी मैं कर सकता हूँ~कुछ भी मैं कर सकता हूँ
जानेमन मैं हूँ वो दीवाना

तन्हाई में मैं ये दिल करूँगा तेरे हवाले
हीरे जैसी मस्त जवानी रखेगी कैसे संभाले
तन्हाई में मैं ये दिल करूँगा तेरे हवाले
हीरे जैसी मस्त जवानी रखेगी कैसे संभाले
इन्सां दिल का मैं सच्चा हूँ जानेमन मैं हूँ वो दीवाना
कुछ भी मैं कर सकता हूँ~कुछ भी मैं कर सकता हूँ
जानेमन मैं हूँ वो दीवाना
दिल की बातें करता हूँ मैं लाया दिल नज़राना
जानेमन मैं हूँ वो दीवाना

कुछ सिला तो मिले मुहब्बत का

(Base-Dil ka rishta bada hi pyara...)

M- कुछ सिला तो मिले मुहब्बत का
कुछ सिला तो मिले मुहब्बत का
गुल नया भी खिले चाहत का
F- ले लो हमको तुम अपनी बाहों में...2
सिलसिला हो शुरू शरारत का
कुछ सिला तो मिले मुहब्बत का

F- वादा तुमसे लो हम ये करते हैं
साथ न छूटे दम ये भरते हैं
एक तुम ही पर हम मरते हैं
चाँद उगने लगा हक़ीक़त का ...2
सिलसिला हो शुरू शरारत का
कुछ सिला तो मिले मुहब्बत का

M- आज इतने करीब हो जायें
जन्मों-जन्मों जुदा न हो पायें
रस्मों-कसमों में ऐसे बंध जायें
फ़ासला तो मिटे ये वर्षों का...2
गुल नया भी खिले चाहत का
कुछ सिला तो मिले मुहब्बत का

F- आंखों-आंखों में बात चलने दो
रफ़्ता-रफ़्ता ये शाम ढलने दो
लब से लब को जी भर मिलने दो
हम फ़साना लिखें जन्नत का...2
सिलसिला हो शुरू शरारत का
कुछ सिला तो मिले मुहब्बत का
M- कुछ सिला तो मिले मुहब्बत का

कैसे गई बदल दिलरुबा आज ज़िंदगी

(Base-Unse mili nazar ki...)

कैसे गई बदल दिलरूबा आज ज़िंदगी
कैसे गई बदल दिलरूबा आज ज़िंदगी
लागी तेरी लगन...लागी तेरी लगन...
लागी तेरी लगन दिलरूबा आज ज़िंदगी
कैसे गई बदल दिलरूबा आज ज़िंदगी

तुझसे मुहब्बत करने लगी, तुझही पर मैं मरने लगी
तुझसे मुहब्बत करने लगी, तुझही पर मैं मरने लगी
खुल के लट मेरी बिखर गई
दिन-दिन मैं निखरने लगी, दिन-दिन मैं निखरने लगी
दिल ये गया मचल...दिल ये गया मचल...
दिल ये गया मचल दिलरूबा आज ज़िंदगी
कैसे गई बदल दिलरूबा आज ज़िंदगी

हो गयी तुझसे अँखियाँ चार, रहने लगा दिल बेक़रार
हो गयी तुझसे अँखियाँ चार, रहने लगा दिल बेक़रार
लेने लगी मैं अँगड़ाई
करने लगी तेरा इन्तज़ार, करने लगी तेरा इन्तज़ार
कर क्यों गया पजल...कर क्यों गया पजल...
कर क्यों गया पजल दिलरूबा आज ज़िंदगी
कैसे गई बदल दिलरूबा आज ज़िंदगी

होने लगा तुझपे विश्वास, लगने लगा तू मुझे ख़ास
होने लगा तुझपे विश्वास, लगने लगा तू मुझे ख़ास
रातों की तन्हाई में
याद आयें मुझे तेरी बात, याद आयें मुझे तेरी बात
शमा रही पिघल...शमा रही पिघल...
शमा रही पिघल दिलरूबा आज ज़िंदगी
कैसे गई बदल दिलरूबा आज ज़िंदगी

कैसे गुजरें अब ये तन्हा लम्हें

(Base-Dil ka alam mein kya ...)

कैसे गुजरें अब ये तन्हा लम्हें...2
(चाहा था जिसे मैने)...2...रूठी वो पल में
कैसे गुजरें अब ये तन्हा लम्हें...2
(चाहा था जिसे मैने)...2...रूठी वो पल में
कैसे गुजरें अब ये तन्हा लम्हें...2

मेरे दिलदार ने दिया है दगा
आग कैसी लगा बैठा मैं
कितने अरमान से पाया उसे
अपना सब-कुछ गंवा बैठा मैं...2
कैसा मुझसे खेल ये खेला उसने...2
कैसे गुजरें अब ये तन्हा लम्हें...2

आंधियाँ ग़म की ऐसी चली
रूप बदला ज़िन्दगानी ने
चैन चाहा मिला दर्द-ए-जिगर
मार डाला क़दरदानी ने...2
वादे झूठे भूली वो सब कसमें...2
कैसे गुजरें अब ये तन्हा लम्हें...2
(चाहा था जिसे मैने)...2...रूठी वो पल में
कैसे गुजरें अब ये तन्हा लम्हें...2

कैसे-कैसे सहे ग़म, हुई आँख मेरी

(Base-Teri Duniya se dur...)

M- कैसे-कैसे सहे ग़म,
हुई आँख मेरी नम, तुझे याद करके
कैसे-कैसे सहे ग़म, हुई आँख मेरी नम, तुझे याद करके
F- टूटे सपने सभी
रोये शब सारी हम, तुझे याद करके
टूटे सपने सभी, रोये शब सारी हम, तुझे याद करके
M- कैसे-कैसे सहे ग़म.........

M- ढूँढा ये ज़माना, नहीं भी मिला कोई तुझसा सनम
F- जुदा हो तुमसे, मैंने भी जाना नहीं तुझसा सनम
नहीं तुझसा सनम, अब जायें कहाँ हम
M- बदले कितने मौसम, तन्हा-तन्हा मिले हम
तुम्हें याद करके
F- टूटे सपने सभी,
रोये शब सारी हम, तुझे याद करके
M- कैसे-कैसे सहे ग़म.......

F- आग मेरे दिल में, लगी है ये कैसी तुझे क्या पता
M- तेरे ही लिये तो, बना हूँ मैं दीवाना ए-जाने वफ़ा
ए-जाने वफ़ा, ज़हां को ये पता
F- चैन पाये कैसे दिल, अब हैं बहके कदम
तुझे याद करके
M- कैसे-कैसे सहे ग़म, हुई आँख मेरी नम, तुझे याद करके
F- टूटे सपने सभी,
रोये शब सारी हम, तुझे याद करके
M- कैसे-कैसे सहे ग़म.........

कैसी भी ये प्रेम कहानी

(Base-Aa ja re mere pyar ke rahi...)

F- कैसी भी ये प्रेम कहानी खेल अज़ब तक़दीर के
कैसी भी ये प्रेम कहानी खेल अज़ब तक़दीर के
कैसी भी...

F- खिलने से पहले मुरझा गये गुल
मिलने से पहले सांसें गयी थम
खिलने से पहले मुरझा गये गुल
मिलने से पहले सांसें गयी थम
जुड़ सके न फिर दुबारा टुकड़े दो तस्वीर के
M- कैसी भी ये प्रेम कहानी खेल अज़ब तक़दीर के
कैसी भी ये...

M- ये दुनिया बेगानी समझ न पाये
सुलझते फ़साने और उलझाये
ये दुनिया बेगानी समझ न पाये
सुलझते फ़साने और उलझाये
टूट गये दो पल में कैसे रिश्ते ये नज़दीक के
F- कैसी भी ये प्रेम कहानी खेल अज़ब तक़दीर के
कैसी भी...

F- दो टूटे दिलों की कहानी यही है
M- जो सोचा हमने वो होता नहीं है
F- दो टूटे दिलों की कहानी यही है
M- जो सोचा हमने वो होता नहीं है
F- बेसुरे क्यों आज हुए हैं सुर तेरे संगीत के
M- कैसी भी ये प्रेम कहानी खेल अज़ब तक़दीर के
F- कैसी भी ये प्रेम कहानी खेल अज़ब तक़दीर के
कैसी भी...

ख़्वाबों की वो रानी

(Base-Ankh se chalka ansoo...)

ख्वाबों की वो...ख्वाबों की वो रानी मिली थी बाजार में
ख्वाबों की वो रानी मिली थी बाजार में
कर गयी वो बेकाबू ...
कर गयी वो बेकाबू ...पहली-पहली बार में
ख्वाबों की वो...ख्वाबों की वो रानी मिली थी बाजार में

वो चाँद का टुकड़ा, थी उम्र भी बाली
हर कोई लगता, उसका सवाली
वो चाँद का टुकड़ा, थी उम्र भी बाली,हर काई ....
दो नैन उसके...खुला मयखाना
ख़ुद को समझाया...पर दिल न माना
बन गई गुल वो प्यारा, कल कली थी जो बाग में
ख्वाबों की वो...ख्वाबों की वो रानी मिली थी बाजार में

फुर्सत से उसको, उस रब ने बनाया
अंग-अंग था शोला, कंचन सी काया
फुर्सत से उसको, उस रब ने बनाया,अंग-अंग था शोला...
क़यामत ढाती...उसकी अँगड़ाई
चाहा था उसको...पर मिलने न आई
तोड़ गयी दिल हजार वो, ये ख़बर छपी अख़बार में
ख्वाबों की वो...ख्वाबों की वो रानी मिली थी बाजार में

शरारत उस संग, मैं ये कर बैठा
गाल का चुम्मा, उसके ले बैठा
शरारत उस संग, मैं ये कर बैठा
गाल का चुम्मा...
पल भर में बन गयी...वो शबनम शोला
कैसी मुसीबत... बचा मुझे मौला
तन्हाई में बैठकर, रोया ज़ार-ज़ार मैं
ख्वाबों की वो...ख्वाबों की वो रानी मिली थी बाजार में

खिड़की से...खिड़की से

(Base-Chunni mein chunni mein...)

खिड़की से...खिड़की से मत झाँक रे मजनूं खिड़की से
खिड़की से...खिड़की से मत झाँक रे मजनूं खिड़की से
खिड़की से...खिड़की से मत झाँक रे मजनूं खिड़की से
खिड़की से...खिड़की से मत झाँक रे मजनूं खिड़की से

ये गोरा-गोरा हुस्न मेरा, तू देख के डर जावेगा
सांचे में ढ़ला यौवन मेरा, तू सोच के घबरावेगा
बिजली से...बिजली से मत खेल रे मजनूं बिजली से
बिजली से...बिजली से मत खेल रे मजनूं बिजली से
बिजली से...बिजली से मत खेल रे मजनूं बिजली से
बिजली से...बिजली से मत खेल रे मजनूं बिजली से

मिल कहीं तन्हाई में, मजा मेरी अँगड़ाई में
अधरों से चुरा लाली, छिप-छिप के मुस्काई मैं
बदरी मैं...बदरी मैं फिर जाने कब बरसूँ मैं
बदरी मैं...बदरी मैं फिर जाने कब बरसूँ मैं
बदरी मैं...बदरी मैं फिर जाने कब बरसूँ मैं
बदरी मैं...बदरी मैं फिर जाने कब बरसूँ मैं

अरमान तेरा कर बैठी, अन्जान को दिल दे बैठी
तू डाल का पंछी अलबेला, सारी उम्र का ग़म ले बैठी
पल्लू से...पल्लू से तुझे बांध लूँ आ मैं पल्लू से
पल्लू से...पल्लू से तुझे बांध लूँ आ मैं पल्लू से
पल्लू से...पल्लू से तुझे बांध लूँ आ मैं पल्लू से
पल्लू से...पल्लू से तुझे बांध लूँ आ मैं पल्लू से

खोयी मैं रहती हूँ तेरी यादों में

(Base-Aayegi barsat kahan jayenge...)

F- खोयी मैं रहती तेरी यादों में...2
M- आता मुझे चैन तेरी बाहों में
F- होगा क्या अंजाम रब जाने...2
M- यारा मुझे डूबने दे साँसों में
F- खोयी मैं रहती तेरी...
M- आता मुझे चैन तेरी...
F- होगा क्या अंजाम...
M- यारा मुझे डूबने दे...

M- तू जो कहे अम्बर से तारे मैं तोड़ के लाऊँ
F- तेरे लिये मैं हुई दीवानी जग ये छोड़ चली आऊँ
इस जनम क्या सात जनम मैं संग तेरे चलूँगी
M- जानेजां बंधा जो बंधन उम्र भर न छूटेगा
तू जो पुकारे कहीं से छिप के सामने तेरे आऊँ
F- दिखते कई सपने तेरी आँखों मे...2
M- छाया है ख़ुमार तेरी बातों में
F- खोयी मैं रहती तेरी...
M- आता मुझे चैन तेरी...
F- होगा क्या अंजाम...
M- यारा मुझे डूबने दे...

F- देख तेरा ये बदन गठीला तन-मन मेरा डोले
M- देख तेरी मस्त जवानी मनवा ले हिचकोले
F- दिल का मेरे चैन चुराया तू चितचोर है लड़का
M- गलियों-गलियों घूमूँ मैं मैं एक बन्जारा
आहट मेरी पाकर तेरी पायलिया बोले
F- करती सज़दा मैं तेरे कदमों में...2
M- पलकें हूँ बिछाये तेरी राहों में
F- खोयी मैं रहती तेरी...
M- आता मुझे चैन तेरी...
F- होगा क्या अंजाम...
M- यारा मुझे डूबने दे...

लब पे ए-मेरे हमदम एक नाम

(Base-Dua karo...)

लब पे ए-मेरे हमदम एक नाम है तेरा...
ठण्डी हवायें लेकर आयी पैगाम तेरा...2
शमा तेरे बहुत से हैं परवाने
लिखा तुझे मैं करता अफ़साने...2
क्यों करता तुझसे प्यार ये मेरा रब जाने
लिखा तुझे मैं करता अफ़साने
क्यों करता तुझसे प्यार ये मेरा रब जाने

ज़िंदगानी में मेरी तू~खुशी वो बन के आयी है...
बात छिपी जो दिल में थी~आज वो लब पे आई है
ज़िंदगानी में मेरी तू~खुशी वो बन के आयी है
बात छिपी जो दिल में थी~आज वो लब पे आई है
जुदा ख़ुद से करूँ कैसे~मुझमें ऐसे समाई है
आग तन-मन में ये कैसी~आज तूने लगाई है
आयेगा अब कौन दिल बहलाने
लिखा तुझे मैं करता अफ़साने
क्यों करता तुझसे प्यार ये मेरा रब जाने

लब पे ए-मेरे हमदम एक नाम है तेरा
ठण्डी हवायें लेकर आयी पैगाम तेरा
शमा तेरे बहुत से हैं परवाने
लिखा तुझे मैं करता अफ़साने
क्यों करता तुझसे प्यार ये मेरा रब जाने

लिखा तुझे मैं करता अफ़साने
क्यों करता तुझसे प्यार ये मेरा रब जाने
लिखा तुझे मैं करता अफ़साने...2
क्यों करता तुझसे प्यार ये मेरा रब जाने
लिखा तुझे मैं करता अफ़साने...

लबों के पैमाने दो छलकने लगे हैं

(Base-Jaha tum rahoge...)

लबों के पैमाने दो छलकने लगे हैं...2
कदम ये हमारे बहकने लगे हैं...2
चाहूँगा तुमको सदा के लिये
तुम्हारे इशारे समझने लगे हैं
लबों के पैमाने दो छलकने लगे हैं, कदम ये हमारे...

गुजरूँगा तेरी गली से मैं यूंही
तन्हा में तुझसे मिलूँगा यूँही
कहूँगा मैं बातें उल्फ़त की सारी
कदमो के संग-संग चलूँगा यूँही
जन्मों के प्यासे दिल तड़पने लगे हैं
कदम ये हमारे बहकने लगे हैं
चाहूँगा तुमको सदा के लिये
तुम्हारे इशारे समझने लगे हैं
लबों के पैमाने दो छलकने लगे हैं, कदम ये हमारे...

करने दो मन की ए-मेरे सनम
धड़कन में पगली चढ़ा तेरा रंग
आ खा लें कसम हम जुदा न कभी हों
चिलमन तुम्हारी करती सितम
जुदा हो के नैना दो बरसने लगे हैं
कदम ये हमारे बहकने लगे हैं
चाहूँगा तुमको सदा के लिये
तुम्हारे इशारे समझने लगे हैं
लबों के पैमाने दो छलकने लगे हैं, कदम ये हमारे...

लगी दिल की बुझाओ मेरे सनम

(Base-Chalo sajna jahan tak...)

लगी दिल की बुझाओ मेरे सनम
लगी दिल की बुझाओ मेरे सनम

दिल का एक-एक क़तरा साजन तुझे पुकारे
दिल का एक-एक क़तरा साजन तुझे पुकारे
तुमसे दूर रहकर कैसे ये दिन गुजारे
तुम मेरे दिलरूबा...
दिलरूबा तुम मेरे ऐसे में कहाँ हो तुम
लगी दिल की बुझाओ मेरे सनम

उल्फ़त का मेरी कुछ तो ईनाम दे-दे
उल्फ़त का मेरी कुछ तो ईनाम दे-दे
अन्जाने बन्धन को कोई तो नाम दे-दे
संग मुझे ले तू चल...
ले तू चल संग मुझे ऐसे में कहाँ हो गुम
लगी दिल की बुझाओ मेरे सनम

अब तेरी बाहें ही जीने का हैं सहारा
अब तेरी बाहें ही जीने का हैं सहारा
कब तक यूँ ही तड़पें कर लें आ ये गवारा
रात भर जागूँ मैं...
जागूँ मैं रात भर देते सजा क्यों तुम
लगी दिल की बुझाओ मेरे सनम
शरारत करो नहीं...
लगी दिल की बुझाओ मेरे सनम

लगें मिस्री के जैसी जानेमन तेरी बातें

(Base-Teri aankhon ke siva duniya...)

लगें मिस्री के जैसी जानेमन तेरी बातें
लगें मिस्री के जैसी जानेमन तेरी बातें
देती पैग़ाम मुझे, हर घड़ी लिखता रहूँ
तू जो चाहे मैं सुबहोशाम सज़दे यूँ करूँ
लगें मिस्री के जैसी जानेमन तेरी बातें

छिप कर दुनिया से मेरे सनम संग चल मेरे
दूजा कोई न हो अन्जान राहें हमदम मेरे
छिप कर दुनिया से मेरे सनम संग चल मेरे
मेरे हमराज़ यूँ ही तुझसे मैं मिलता रहूँ
तू जो चाहे मैं सुबहोशाम सज़दे यूँ करूँ
लगें मिस्री के जैसी जानेमन तेरी बातें

मिलकर न बिछुड़ेंगे सातों जनम ये खा लें कसम
कितने सितम हों हम पर चढ़ेंगे न जग के ये रंग
मिलकर न बिछुड़ेंगे सातों जनम ये खा लें कसम
मैं तेरा हाथ पकड़ मन्जिलें चढ़ता रहूँ
तू जो चाहे मैं सुबहोशाम सज़दे यूँ करूँ
लगें मिस्री के जैसी जानेमन तेरी बातें

चाहा ज़माने में दूजा नहीं कोई तेरे सिवा
क्यों इस तरह तू रूठी सी रहती क्या है गिला
चाहा ज़माने में दूजा नहीं कोई तेरे सिवा
एक दिलकश है गुलाब मैं तुझे कहता रहूँ
तू जो चाहे मैं सुबहोशाम सज़दे यूँ करूँ
लगें मिस्री के जैसी जानेमन तेरी बातें

लम्हा-लम्हा याद तुम्हीं तो आये

(Base-Lagti tum ho chand chakori...)

लम्हा-लम्हा याद तुम्हीं तो आये
लम्हा-लम्हा याद तुम्हीं तो आये... आये
तन्हा-तन्हा होकर हम घबराये
आये...लम्हा-लम्हा याद तुम्हीं तो आये

वो भी क्या ज़माने थे हम और तुम सयाने थे
एक-दूजे के वास्ते लिखते अफ़साने थे
वो भी क्या ज़माने थे हम और तुम सयाने थे
एक-दूजे के वास्ते लिखते अफ़साने थे
अब तो वे बस ख़्वाबों में मुस्काये...2
आये...लम्हा-लम्हा याद तुम्हीं तो आये

मुझको दिल वो दे बैठी मिल गईं सांसें सांसों में
एक दिन ऐसा आया जब बंध गये कच्चे धागों में
मुझको दिल वो दे बैठी मिल गईं सांसें सांसों में
एक दिन ऐसा आया जब बंध गये कच्चे धागों में
जीवन भर न साथ हम चल पाये...2
आये...लम्हा-लम्हा याद तुम्हीं तो आये

भीगी-भीगी रातों में तन 'ओ' मन का था संगम
लब पे दोनों के ही तो मीठी-मीठी थी सरगम
भीगी-भीगी रातों में तन 'ओ' मन का था संगम
लब पे दोनों के ही तो मीठी-मीठी थी सरगम
हुआ क्या इसके आगे समझ न पाये...2
आये...लम्हा-लम्हा याद तुम्हीं तो आये

लम्हा-लम्हा याद तुम्हीं तो आये

(Base-Baigan lela-Bhojpuri)

लड़की वो मुझपे जाने क्यों मर गई
बिन पिये मुझको तो यार चढ़ गई
लड़की वो मुझपे जाने क्यों मर गई
बिन पिये मुझको तो यारो चढ़ गई
वो तो जाने-अंजाने क़माल कर गई
आदत मेरी खराब पड़ गयी...2

बन बैठा उसके लिये मैं तो मजनूँ
मिलने को उससे मैं रातों को तड़पूँ
कमसिन उमर और मचलती अदायें
ऐसी जवानी कदम डगमगायें
चिंगारी थी शोला ये कब बन गई
आदत मेरी खराब पड़ गयी...2

धक-धक धड़कने लगा दिल ये हरदम
मन को भा गयी चंचल वो चितवन
ये आग कैसी लगी तन-बदन में
उसको मैं अपना लगा क्यों समझने
चंद लम्हों में अपना ग़ुलाम कर गई
आदत मेरी खराब पड़ गयी...2

जन्नत से जैसे परी कोई हो उतरी
रंग रूप ऐसा गुलाबों सी निखरी
बैचेन हुआ आज पिंजड़े का पंछी
कैसे करूँ आज मैं अपने मन की
जंग कैसी उसे पाने की छिड़ गयी
आदत मेरी खराब पड़ गयी...2

लिख बैठी मैं नाम तेरा इस दिल पे

(Base-Pahli-pahli bar mohabbat ki...)

F- लिख बैठी मैं नाम तेरा इस दिल पे...2
चैन मुझे न आये तन्हाई में
M- लिख बैठा मैं नाम तेरा इस दिल पे...2
F- लिख बैठी मैं नाम तेरा इस दिल पे, चैन मुझे...
M- लिख बैठा मैं नाम तेरा इस दिल पे, चैन मुझे..
F- लिख बैठी मैं नाम तेरा इस दिल पे, चैन मुझे...

M- प्यार कब हो जाता है, मालूम कुछ नहीं होता
राहे उल्फ़त है मुश्किल आसां कुछ नहीं होता
F- प्यार का एहसास मैंने तुझसे मिलकर जाना
जानेजांना दिलबर मेरे तुझको हमदम माना
M- कहता हूँ मैं हाल अपने दिल का...2
चैन मुझे न आये तन्हाई में
F- लिख बैठी मैं नाम तेरा इस दिल पे, चैन मुझे...

F- आग बता कैसी ये तूने दिल में मेरे लगाई
लोफर है दीवाना तू~तू तो है सौदाई
M- मनमौजी मतवाला मैं हूँ~दिल का हूँ शहजादा
जाने और अंजाने मैं करता नहीं कोई वादा
रातोदिन देखा करता हूँ तेरे ही सपने
F- अपने इस मिलन में अभी लगेंगे दिन कितने
M- पैरों में जंजीर बनी दुनिया की ये रस्में
F- प्यार किया जब तुझसे है फिर कैसी ये रस्में
M- आ जा इन बाहों में
F- आगे की रब जाने
M- भीगा ये मौसम है
F- कर लें आ मनमानी
छोड़ न देना आ मुझे मंजिल पे~~2, चैन मुझे...
M- लिख बैठा मैं नाम तेरा इस दिल पे~~2,चैन मुझे...
F- लिख बैठी मैं नाम तेरा इस दिल पे, चैन मुझे...

लिखूँ भला मैं कब तक

(Base-Mere dil mein aaj kya...)

लिखूँ भला मैं कब तक ग़म के भरे फ़साने
लिखूँ भला मैं कब तक ग़म के भरे फ़साने
तुझसे थी मुहब्बत गुजरे कई ज़माने
लिखूँ भला मैं कब तक ग़म के भरे फ़साने

खुल के कभी मैं अपने जज़्बात कह न पाया
तुझसे कभी बिछुड़ के दिलशाद रह न पाया
ढूँढूँ भला मैं कब तक कई तेरे ठिकाने
ढूँढूँ भला मैं कब तक कई तेरे ठिकाने
लिखूँ भला मैं कब तक ग़म के भरे फ़साने

तेरी अँखड़ियों का जादू मुझपे क्यों चढ़ गया
मेरी हसरतों का झरना हद से गुजर गया
गाऊँ भला मैं कैसे मस्ती भरे तराने
गाऊँ भला मैं कैसे मस्ती भरे तराने
लिखूँ भला मैं कब तक ग़म के भरे फ़साने

तू मेरी हमसफर है ऐतबार हो ये कैसे
भूला मैं रहगुजर हूँ आगे बढ़ूँ भी कैसे
तन्हा चलूँ मैं कब तक रोका मुझे हवा ने
तन्हा चलूँ मैं कब तक रोका मुझे हवा ने
लिखूँ भला मैं कब तक ग़म के भरे फ़साने

मचलती शाम ये अरमां हजार

(Base-chaman ke phool bhi...)

M- मचलती शाम ये अरमां हजारों लाई है...2
तू ज़िंदगी में मेरी...
तू ज़िंदगी में मेरी...मेहमां बन के आई है
F- मचलती शाम ये...
मचलती शाम ये...अरमां हजारों लाई है
लबों पे नाम तेरा...
लबों पे नाम तेरा...वाह क्या ख़ुदाई है
M- मचलती शाम ये अरमां...

F- जो है मंजिल तेरी...वही मंजिल है मेरी...2
बहके-बहके हैं कदम मैं हूँ हमदम तेरी
M- है कोई बात जो...2...तूने सनम छिपाई है
F- लबों पे नाम... लबों पे नाम...
M- लबों पे नाम तेरा वाह क्या ख़ुदाई है
मचलती शाम ये अरमां...

M- बिखरी जुल्फ़ों की घटा बरसे न आज कहीं~~2
कैसा शरमाना सनम आ भी जा बाहों में मेरी
F- ये कैसी आग पिया...2.. तूने लगाई है
M- तू ज़िंदगी...तू ज़िंदगी ...
तू ज़िंदगी में मेरी मेहमां बन के आई है
मचलती शाम ये अरमां...

F- बात कहने की नहीं ये इशारा करती हूँ...2
M- जानेमन जानेजिगर मैं तुझ ही पे मरता हूँ
F- मिलन है लम्हों का...2... फिर बुरी जुदाई है
M- तू ज़िंदगी...तू ज़िंदगी ...
तू ज़िंदगी में मेरी मेहमां बन के आई है
मचलती शाम ये अरमां...

मचलती हैं कलियाँ निकले जिधर हम

(Base-Jo wada kiya wo...)

मचलती हैं कलियाँ निकले जिधर हम
हमें है मुहब्बत तुमसे
कहें ये कैसे तुमसे जायें किधर हम
मचलती हैं कलियाँ निकले जिधर हम

गिनायें यें कैसे मिले कितने ग़म हैं
कि अम्बर में चमके सितारे भी कम हैं
भला तुमने यूँ रुसवा किया
यूँ तोड़ा दिल है जानम जायें किधर हम
मचलती हैं कलियाँ निकले जिधर हम

लगाती है तोहमत हमपे ये दुनिया
तड़पते दीवानों को सताती है दुनिया
लिये शमशीर खड़ी है हमेशा
हुई भी मुश्किल जानम जायें किधर हम
मचलती हैं कलियाँ निकले जिधर हम

पतंगे शमा में यूँ जलते रहेंगे
हस्र कुछ भी हो पर मिल के रहेंगे
लगी दिल की ये बुझ न सकेगी
उजड़ी महफ़िल जानम जायें किधर हम
मचलती हैं कलियाँ निकले जिधर हम

ख़बर भी तुम्हें क्या मेरी गर्दिशों की
है सुलझन नहीं अब कोई उलझनों की
टूटा है दिल जैसे खिलौना
ख़त्म ये खेल जानम जायें किधर हम
मचलती हैं कलियाँ निकले जिधर हम

महफ़िल में तेरी आया हूँ

(Base-Do ghunt pila de Sakiya...)

महफ़िल में तेरी आया हूँ कैसे तेरा मैं नाम लूँ
ग़म से भरा है दिल मेरा कैसे तुझे आवाज दूँ
नग़में सुनाऊंगा तू रूठ तो न जायेगी
मैं हूँ दीवाना तेरा भूल तो न जायेगी
महफ़िल में तेरी आया हूँ कैसे तेरा मैं नाम लूँ
महफ़िल में तेरी आया हूँ

छोड़ा जग ये सारा, ये मुहब्बत तेरी
छोड़ा जग ये सारा, ये मुहब्बत तेरी
मुझको फ़ना कर देंगी, ये अदायें तेरी
जिसकी नहीं है माफ़ी, क्या ख़ता है मेरी
नज़राना ले मैं आया हूँ, कैसे तुझे ये आज दूँ
महफ़िल में तेरी आया हूँ कैसे तेरा मैं नाम लूँ...2
महफ़िल में तेरी आया हूँ

इश्क़ का मुझपे कैसा ख़ुमार है जानम~जानम~जानम
सदियों से हमदम दिल बेक़रार है जानम~जानम~जानम
मय सी निग़ाहों का जादू, दिलकश से हुस्न का जादू
दिलरूबा तेरी महकी सांसों की गुदगुदाती हवाओं का जादू
इश्क़ का मुझपे कैसा ख़ुमार है जानम~जानम~जानम
सदियों से हमदम दिल बेक़रार है जानम~जानम~जानम
क़फ़न मैं बांध आया हूँ क्यों न तुझे मैं जीत लूँ
महफ़िल में तेरी आया हूँ कैसे तेरा मैं नाम लूँ...2
महफ़िल में तेरी आया हूँ

खा कसम जानेमन न करेगी दिल्लगी
खा कसम जानेमन न करेगी दिल्लगी
कैसे मैं बतलाऊँ तुझको तू मेरी ज़िंदगी
सोते-जगते खाते-पीते मैं करूंगा बंदगी
कैसे मैं तुझको पाया हूँ जिसकी मैं मिसाल दूँ
महफ़िल में तेरी आया हूँ कैसे तेरा मैं नाम लूँ...2
महफ़िल में तेरी आया हूँ

मुख मेरा गुलाब सा हैं रेशमी ये जुल्फ़ें

(Base-Churiyaan bazar se mangwa...)

मुख मेरा गुलाब सा हैं रेशमी ये जुल्फ़ें
नैन कजरारे...नैन कजरारे...नैन कजरारे...
मुख मेरा गुलाब सा हैं रेशमी ये जुल्फ़ें
नैन कजरारे...नैन कजरारे...नैन कजरारे...
अधखिली मैं हूँ कली हैं होंठ ये अंगारे
नैन कजरारे...नैन कजरारे...नैन कजरारे...

M- लड़की तुझसी न देखी अलबेली
लड़की तुझसी न देखी अलबेली मिलन से डरती है
कमसिन उम्र नार-नवेली जो मुझपे मरती है
F- मैं नाज़ोंनख़रों में पली
मत कर ऐसे दिल्लगी
रूप मेरा है हीर सा है निखरा मेरा यौवन
नैन कजरारे...नैन कजरारे...नैन कजरारे...
मुख मेरा गुलाब सा हैं रेशमी ये जुल्फ़ें
नैन कजरारे...नैन कजरारे...नैन कजरारे...

M- जानम याद में तेरी बेकल
जानम याद में तेरी बेकल रातों को आहें भरूँ
कितनी मुद्दत से जानेजांना तुझे मैं याद करूँ
F- मौसम है तू कब जाये बदल
रखूँ कदम मैं संभल-संभल
अंग-अंग मेरा नशा हैं महकी मेरी सांसें
नैन कजरारे...नैन कजरारे...नैन कजरारे...
मुख मेरा गुलाब सा हैं रेशमी ये जुल्फ़ें
नैन कजरारे...नैन कजरारे...नैन कजरारे...

मय जो जरा सी मैं पी गया

(Base-Thodi thodi piya karo...)

मय जो जरा सी पी गया जीना मेरा बदल गया
दुनिया मेरी रंगीन हुई दिल ये मेरा मचल गया
जीना मेरा बदल गया...जीना मेरा बदल गया
मय जो जरा सी पी गया जीना मेरा बदल गया
दुनिया मेरी रंगीन हुई दिल ये मेरा मचल गया
जीना मेरा बदल गया...जीना मेरा बदल गया

ऐसा लगता नया सफर हुआ ज़िंदगी का शुरू
आयी बोतल जो हाथ...हुआ ख़ुद पे मुझे गुरूर
आयी बोतल जो हाथ...हुआ ख़ुद पे मुझे गुरूर
उलझन सभी हल हुईं मसलों का हल मिल गया
मसलों का हल मिल गया...जीना मेरा बदल गया
जीना मेरा बदल गया...जीना मेरा बदल गया

जिसको मैं ढूँढ़ा करता हरसू वो ही दिख रही
पतझड़ के दीवाने को अब...सावन की ऋतु दिख रही
पतझड़ के दीवाने को अब...सावन की ऋतु दिख रही
मरते से मैं जी गया...गिरते से मैं संभल गया
गिरते से मैं संभल गया...जीना मेरा बदल गया
जीना मेरा बदल गया...जीना मेरा बदल गया

हर ग़म की है एक दवा, पियो भी मय रहो जवां
संगी 'ओ' साथी नये-नये, बिछड़े तो फिर मिलें कहाँ
संगी 'ओ' साथी नये-नये, बिछड़े तो फिर मिलें कहाँ
दिल के जो मेरे पास थी...उसका पता ही गुम गया
उसका पता ही गुम गया...जीना मेरा बदल गया
जीना मेरा बदल गया...जीना मेरा बदल गया

मालूम नहीं क्या नाम तेरा

(Base- Aaj hume maloom hua...)

M- मालूम नहीं क्या नाम तेरा
फिर भी क्यों मुहब्बत तुझसे है
मालूम नहीं क्या नाम तेरा फिर भी क्यों ....
तस्वीर तेरी देखी है बस....2
ऐसी भी क्या आदत मुझमें है

F- मालूम नहीं क्या नाम तेरा
फिर भी क्यों मुहब्बत तुझसे है
मालूम नहीं क्या नाम तेरा फिर भी क्यों ....
तस्वीर तेरी देखी है बस....2
ऐसी भी क्या आदत मुझमें है

M- मालूम नहीं क्या नाम तेरा फिर भी क्यों ....

F- लम्हा-लम्हा यादों में तू है,
दिल तूने ये जीत लिया है

M- रातोदिन मैं तेरा दीवाना,
ग़म तूने ये कैसा दिया है
तहरीर तेरी मैं पढ़ता हूँ बस...2
ऐसी भी क्या जन्नत तुझमें है

F- मालूम नहीं क्या नाम तेरा फिर भी क्यों ....

M- मालूम नहीं क्या नाम तेरा फिर भी क्यों ....

M- कैसे लबों से लाली चुराऊँ
राज-ए-उल्फ़त कैसे बताऊँ

F- मैं भी तेरे रंग में रंग गयी
नज़दीक ऐसे कैसे आऊँ
जंजीर खुले जाने ये कब...2
ऐसी क्या लगावट तुझसे है

M- मालूम नहीं क्या नाम तेरा फिर भी क्यों ....

F- मालूम नहीं क्या नाम तेरा फिर भी क्यों ....

M+F- तस्वीर तेरी देखी है बस ऐसी भी क्या आदत ...

मान ले कहना तू क्यों भी...

(Base-Utha le jaunga tujhe mein...)

M- मान ले कहना तू~क्यों भी तड़पाती है...2
बेवज़ह रातों की नींद उड़ाये
दिल पे मैंने लिख लिया तेरा नाम...2
F- मान ले कहना तू~क्यों भी तड़पाता है...2
बेवज़ह दिल का तू चैन चुराये
दिल पे मैंने लिख लिया तेरा नाम...2

M- बहक रही है नज़र ये मेरी देख तेरी अँगड़ाई
करीब आ के गिरायी चिलमन देख मुझे शरमाई
F- क़रार तुझसे कर लिया मैंने यारा पल दो पल में
रुसवा न करना मुझको आज भरी महफ़िल में
M- आगे अब कुछ भी हो अंजाम...2
मान ले कहना तू~क्यों भी तड़पाती है
बेवज़ह रातों की नींद उड़ाये
दिल पे मैंने लिख लिया तेरा नाम...2

F- प्यार भी कर आँगन मैं तेरा खुशियों से भर दूँगी
रंज़ोग़म एक-एक मैं तेरा हंस-हंस के सह लूँगी
M- टूटेगा न बन्धन ये जानम चाहे कसम तू ले-ले
साथ अगर जो तेरा रहा तो नहीं होंगे झमेले
F- दिलरूबा प्यार का दे ईनाम...2
मान ले कहना तू~क्यों भी तड़पाता है...2
बेवज़ह दिल का तू चैन चुराये
दिल पे मैंने लिख लिया तेरा नाम...2

माने भी तू या न माने

(Base-Aaj pahli bar dil ki baat...)

M- माने तू न माने, दिल के ये हैं अफसाने
सच्चा है ये प्यार मेरा, आ-जा दिल बहलाने
मुझपे जानेजां इख़्तियार है तेरा
और मेरी जान इम्तिहान ले मेरा...4

F- माने तू न माने, दिल के ये हैं अफसाने
सच्चा है ये प्यार मेरा, आ-जा दिल बहलाने
मुझपे जानेजां इख़्तियार है तेरा
और मेरी जान इम्तिहान ले मेरा...4

M- तन्हा जीना नहीं अब मुझे एक साथी तो चाहिए
तन्हा जीना नहीं अब मुझे एक साथी तो चाहिए
मिलने दे नज़रें सनम अब बहाना नहीं चाहिए
दिल का हाल जानेजां, मैं बतलाऊँ तुझे क्या
उल्फ़त से तू अंजानी, मैं समझाऊँ तुझे क्या
तुझसे जानेजां इक़रार है मेरा
और मेरी जान इम्तिहान ले मेरा...4

F- तुम मिले न घबराई मैं, तुम मिले तो शरमाई मैं
तुम मिले न घबराई मैं, तुम मिले तो शरमाई मैं
जाने क्या ये हुआ है मुझे, तुमसे छिप के मुस्काई मैं
कह दूँ दिल की मैं ये बात, देना जीवन भर साथ
होंगे सपने सारे सच, है जब हाथों में ये हाथ
मुझको जानेजां इन्तज़ार है तेरा
और मेरी जान इम्तिहान ले मेरा...4

M- माने तू न माने, दिल के ये हैं अफसाने
F- सच्चा है ये प्यार मेरा, आ-जा दिल बहलाने
M- मुझपे जानेजां इख़्तियार है तेरा
F- और मेरी जान इम्तिहान ले मेरा...2
M- और मेरी जान इम्तिहान ले मेरा...2

माने न मतवाला जिया

(Base-Mai ri mein kase kahun...)

माने न मतवाला जिया आज करे छेड़खानी
माने न मतवाला जिया आज करे छेड़खानी
माने न...

तन्हा मैं बैठी-बैठी डूब गयी जज़्बात में
क्यों भी दीवानी हुई पहली ही मुलाक़ात में
चैन भी दिल का खोया सो न सकी सारी रात मैं
तन्हा मैं बैठी-बैठी डूब गयी जज़्बात में
क्यों सजना की बात न मानी
माने न मतवाला जिया आज करे छेड़खानी
माने न...

उजड़ा है गुलशन मेरा ग़म की चली वो आँधियाँ
सदा मैं कहूँ ये किससे सुनता नहीं कोई दास्तां
चले जिन रस्ते पर हम मिट भी गये सब वो निशां
उजड़ा है गुलशन मेरा ग़म की चली वो आँधियाँ
बीत गयी बस यूँ ही जवानी
माने न मतवाला जिया आज करे छेड़खानी
माने न...

बातों का अब वो मेरी करते नहीं हैं सामना
दिन-रात धड़के दिल ये मुश्किल हुआ है थामना
घूमे वो गलियों-गलियों ऐसे ही मेरे हैं राज़दां
बातों का अब वो मेरी करते नहीं हैं सामना
राजेदिल कभी मैं न जानी
माने न मतवाला जिया आज करे छेड़खानी
माने न...

मिलकर के न बिछुड़ें हम

(Base-Tere sur aur mere...)

मिलकर के न बिछुड़ें हम
मिलकर के न बिछुड़ें हम
दुनिया कर ले लाख सितम
मिलकर के न बिछुड़ें हम

कदम उठे जो बराबर चलें, आंधियां ग़म की कितनी चलें
कदम उठे जो बराबर चलें, आंधियां ग़म की कितनी चलें
संग-संग तेरे ही गुजरे जीवन, होवें न ओझल ये मन्जिलें
गुजरें यूँ ही सातों जनम,दुनिया कर ले लाख सितम
मिलकर के न बिछुड़ें हम

अधरों के खिलते रहें ये कमल,चेहरे पे लिखता रहूँ मैं ग़ज़ल
अधरों के खिलते रहें ये कमल, चेहरे पे लिखता रहूँ मैं ग़ज़ल
न हों कम कभी हौसले, कोशिशें अपनी हों भी सफल
खा लें दोनों आज कसम, दुनिया कर ले लाख सितम
मिलकर के न बिछुड़ें हम

उतरे न मुझसे ये तेरा जुनून, है भी अमर मेरा मज़मून
उतरे न मुझसे ये तेरा जुनून,है भी अमर मेरा मज़मून
यादों के मंजर में जीता रहूँ, लागी मुझे है तेरी ही धुन
करते रहना मुझपे करम, दुनिया कर ले लाख सितम
मिलकर के न बिछुड़ें हम

मिलना यूं मुझसे रोज-रोज

(Base-Rassa chid jyaga...)

मिलना यूं मुझसे रोज-रोज, काँपे है मेरा रोम-रोम
मिलना यूं मुझसे रोज-रोज, काँपे है मेरा रोम-रोम
जाने क्या होगा...
न कर मुझसे छेड़छाड़ पगले दूर तू जा
न कर मुझसे छेड़छाड़ पगले दूर तू जा

M- निखरा है तेरा अँग-अँग, मनवा में उठी है उमंग
निखरा है तेरा अँग-अँग, मनवा में उठी है उमंग
जाने क्या होगा...
करने दे मुझे छेड़छाड़ चल्ली पास आ
करने दे मुझे छेड़छाड़ चल्ली पास आ

F- ये दुनिया सारी दुश्मन है, अभी मिलन हमारा मुश्किल है
तुझे दिल कैसे ये दे दूँ मैं, तेरी बाहों में आना मुश्किल है
जब लूँगी अंगड़ाई मैं जाने क्या होगा...
न कर मुझसे छेड़छाड़ पगले दूर तू जा
न कर मुझसे छेड़छाड़ पगले दूर तू जा

M- बन कजरा मैं जानेमन, तेरी आँखों में बस जाऊँगा
अधरों से तेरी लाली को, इन अधरों से चुराऊँगा
जब तड़पेगी तन्हाई में जाने क्या होगा...
करने दे मुझे छेड़छाड़ चल्ली पास आ
करने दे मुझे छेड़छाड़ चल्ली पास आ

F- इतनी जल्दी गर तुझको, रे बात मेरी ये मान भी ले
बाबुल से आ के हाथ मेरा, खुशी-खुशी माँग भी ले
लगता डर रुसवाई से जाने क्या होगा...
न कर मुझसे छेड़छाड़ पगले दूर तू जा
न कर मुझसे छेड़छाड़ पगले दूर तू जा

मिट गये सारे आज फ़ासले

(Base-Humne tumko dil ye de diya...)

F- मिट गये सारे आज फ़ासले, बाहों में तुम आ जो गये
मिट गये सारे आज फ़ासले, बाहों में तुम आ जो गये
खिले हजारों गुल बाग में...2
खिले हजारों गुल बाग में सांसों में समा जो गये
M- मिट गये सारे आज फ़ासले, बाहों में तुम आ जो गये

M- सदियों सी लम्बी दास्तां कैसे दो पल में मैं कहूँ
ये तो बता ए-साथिया बिन तेरे कैसे मैं रहूँ
F- तन्हा में बैठ-बैठ के लिखे हैं तुमको अफ़साने
भूले हो क्या ये भी तुम दिये हैं कितने नज़राने
M- खुल गये सारे बंद बंधे जो घटा से तुम छा जो गये
F- मिट गये सारे आज फ़ासले, बाहों में तुम आ जो गये
M- खिले हजारों गुल बाग में...2
खिले हजारों गुल बाग में सांसों में समा जो गये

F- मौसम भीगा-भीगा कुछ हमसे कह रहा सनम
नज़दीक़ और आओ भी क्यों तुमको हो रहा भ्रम
M- नाज़ुक ये होंठ फूल से खुशबू भरा ये बदन
जानेमन ले मस्तियाँ बुझने दे आज ये अगन
F- प्यारे-प्यारे सिलसिले राहों में तुम आ जो गये
M- मिट गये सारे आज फ़ासले, बाहों में तुम आ जो गये
खिले हजारों गुल बाग में...2
खिले हजारों गुल बाग में सांसों में समा जो गये

मुद्दतों से तेरा इन्तज़ार है मुझे

(Base-Aaj mausam bada beiman...)

मुद्दतों से तेरा~इन्तज़ार है मुझे
इन्तज़ार है मेरे हमदम
मुद्दतों से तेरा~इन्तज़ार है मुझे
इन्तज़ार है मेरे हमदम
जानेजांना सनम~दिलरूबा मैं हूँ तेरा
दिलरूबा मैं तेरा हमदम
मुद्दतों से तेरा~इन्तज़ार है मुझे~इन्तज़ार है ....

आ-जा ख़्वाब हक़ीक़त बना लें
आ-जा ख़्वाब हक़ीक़त बना लें
रंग-बिरंगी नयी दुनिया बसा लें
रंग अपने ज़मीं पर बिखेरें
अधखिली हैं जो कलियाँ खिला दें
तुझसे मिलने को दिल बेक़रार है
मुद्दतों से...
मुद्दतों से तेरा~इन्तज़ार है मुझे~इन्तज़ार है ....

जिस्म की तेरे गर्मी अलग है
जिस्म की तेरे गर्मी अलग है
हुस्न का तेरे जादू अलग है
लब तेरे ये मय के दो प्याले
चूमूं जी भर मजा कुछ अलग है
तेरे तन-मन पे मेरा इख़्तियार है
मुद्दतों से...
मुद्दतों से तेरा~इन्तज़ार है मुझे~इन्तज़ार है ....

मुझे क्या ये हो गया है

(Base-Kahin pyar na ho jaye...)

F- मुझे क्या ये हो गया है, मुझे क्या ये हो गया है
जाता नहीं ये दर्देजिगर, है कैसा ये रोग दिल का~~2
मुझे क्या ये हो गया है, मुझे क्या ये हो गया है~~2
M- जाता नहीं ये दर्देजिगर, है कैसा ये रोग दिल का~~2
मुझे क्या ये हो गया है, मुझे क्या ये हो गया है~~2

F- करने लगी मैं उससे मुहब्बत सजती सँवरती मैं उसके लिये
जब भी गुजरती मैं उसकी गली से हद से गुजरती मैं उसके लिये
मुझे आये लाज, कहूँ कैसे राज़ लगता पास क्यों
M- मुझे क्या ये हो गया है, मुझे क्या ये हो गया है
F- मुझे क्या ये हो गया है, मुझे क्या ये हो गया है
M- जाता नहीं ये दर्देजिगर, है कैसा ये रोग दिल का

M- आये अगर मेरे सामने वो
सज़दे मैं कदमों में उसके करूँ
रहती है हरदम ख़्यालों में जो
जुदा अपनी पलकों से कैसे करूँ
है बेशुमार मुझे उससे प्यार हुई आँख नम क्यों
F- मुझे क्या ये हो गया है, मुझे क्या ये हो गया है
M- मुझे क्या ये हो गया है, मुझे क्या ये हो गया है
F- जाता नहीं ये दर्देजिगर, है कैसा ये रोग दिल का
M- मुझे क्या ये हो गया है, मुझे क्या ये हो गया है
F- मुझे क्या ये हो गया है, मुझे क्या ये हो गया है

मुझे तुम अच्छे लगते हो

(Base-Mujhe teri mohabbat ka...)

F- मुझे तुम अच्छे लगते हो कि तुम बिन जी नहीं सकती
मुझे तुम अच्छे लगते हो कि तुम बिन जी नहीं सकती
जो दिल की आज हालत है उसे मैं कह नहीं सकती

M- मुझे तुम अच्छे लगते हो कि तुम बिन जी नहीं सकता
जो दिल की आज हालत है उसे मैं कह नहीं सकता
मुझे तुम अच्छे लगते हो कि तुम बिन जी नहीं सकता

F- नहीं कटती हैं अब रतियाँ, कहाँ तक दिल को समझाऊँ
हुई भी मैं हूँ जज़्बाती...
हुई भी मैं हूँ जज़्बाती... तुम ही कह दो कहाँ जाऊँ
उठा लो मुझको बाहों में, कदम दो चल नहीं सकती
जो दिल की आज हालत है उसे मैं कह नहीं सकती

M- मुझे तुम अच्छे लगते हो कि तुम बिन जी सकता

M- ये गहरी झील सी आँखें, दीवाना मुझको करती हैं
रसीली ये तेरी बातें...
रसीली ये तेरी बातें, फ़साना कैसा करती हैं
मुझे तुम ही तो जंचते हो कि दूजा चुन नहीं सकता
जो दिल की आज हालत है उसे मैं कह नहीं सकता

F- मुझे तुम अच्छे लगते हो कि तुम बिन जी नहीं सकती

मेरे पास न बैठे पल भर वो

(Base- Ek dil ke tukde hazar Hua...)

मेरे पास न बैठे पल भर वो ...2
मेरा दिल दुःखाकर चले गये ...2
इस दिल को सकून क्या मिलता ...2
ग़म और बढ़ाकर चले गये ...2

थी हुस्न की एक शहजादी
मैं उससे मुहब्बत कर बैठा
मालूम नहीं क्यों उससे
दो पल शरारत कर बैठा
क्यों याद आये रात में वो ...2
मेरा दिल दुःखाकर चले गये ...2
इस दिल को सकून क्या मिलता ...2
ग़म और बढ़ाकर चले गये ...2

जाने वो कैसे भूल गये
लगी सदियाँ जिन्हें मनाने में
कसमें वो वादे क्या हुए
छीनी खुशियाँ सभी ज़माने ने
पहचानते थे मेरी दस्तक जो ...2
मेरा दिल दुःखाकर चले गये ...2
इस दिल को सकून क्या मिलता ...2
ग़म और बढ़ाकर चले गये ...2

मेरे सनम पाने का तुझको

(Base-Wajah tum ho...)

मेरे सनम पाने का तुझको अरमान है
मुद्दत से दिल में मेरे तू मेहमान है
मिटने लगे फ़ासले~सच हो रहा वो सब
सांसों में तू ही तू लम्हा-लम्हा लम्हा-लम्हा
सांसों में तू ही तू लम्हा-लम्हा लम्हा-लम्हा

आंखें तेरी मय से भरी, चेहरा तेरा फूलों सा
आंखें तेरी मय से भरी, चेहरा तेरा फूलों सा
गोरा बदन खुशबू जुदा, जलवा तेरा सबसे जुदा
दिखती है तू हर सू दिखती है तू हर सू
मुझे और तड़पा लम्हा-लम्हा
सांसों में तू ही तू लम्हा-लम्हा लम्हा-लम्हा

लब को मुझे चूमने दे, मदमस्त हैं अंगड़ाईयाँ
लब को मुझे चूमने दे, मदमस्त हैं अंगड़ाईयाँ
रातें तन्हा बैचेन मैं, कटती नहीं तन्हाईयाँ
लग जा मेरे दिल से, लग जा मेरे दिल से
चिलमन तो सरका लम्हा-लम्हा
सांसों में तू ही तू लम्हा-लम्हा लम्हा-लम्हा

मेरे वास्ते कुछ और है तेरे वास्ते...

(Base-Insaf ka mandir hai ye...)

मेरे वास्ते कुछ और है~तेरे वास्ते कुछ और
बदला-बदला इन्सान~ये कैसा है अब दौर
मेरे वास्ते कुछ और है~तेरे वास्ते कुछ और

करता है सियासत अरे प्रभु का ले के नाम
करता है सियासत अरे प्रभु का ले के नाम
सोचा ये नहीं...सोचा ये नहीं इसका क्या
होगा भी अन्जाम...होगा भी अन्जाम
दिखता तू बेईमान है~नहीं तेरा कोई ठौर
मेरे वास्ते कुछ और है~तेरे वास्ते कुछ और

सब बेच दिया तूने जो तेरा नहीं था
सब बेच दिया तूने जो तेरा नहीं था
इन्सान क्या... इन्सान क्या प्रभु को भी
तुझ पे तो यकीं था...तुझ पे तो यकीं था
किस बात का अभिमान~झूठा है सब ये शोर
मेरे वास्ते कुछ और है~तेरे वास्ते कुछ और

दुनिया की हक़ीक़त से जो कोसों भी है दूर
दुनिया की हक़ीक़त से जो कोसों भी है दूर
ख़ुद-ख़ुद ही में...ख़ुद-ख़ुद ही में है खोया
ख़ुद-ख़ुद ही में मगरूर...ख़ुद-ख़ुद ही में मगरूर
बिगड़ा-बिगड़ा सब हाल है~करता नहीं क्यों गौर
मेरे वास्ते कुछ और है~तेरे वास्ते कुछ और

जुमलों से नहीं चलता हर काम मेरे दोस्त
जुमलों से नहीं चलता हर काम मेरे दोस्त
कभी न कभी...कभी न कभी खुलना है
ये राज़ मेरे दोस्त...ये राज़ मेरे दोस्त
चन्द रोज का मेहमान है~कितना लगा ले जोर
मेरे वास्ते कुछ और है~तेरे वास्ते कुछ और

मेरी चढ़ती जवानी हट भी परे

(Base-Mera dhol kue mein...)

F- मेरी चढ़ती जवानी हट भी परे...2
दिल धक-धक धक-धक क्यों भी करे...2
जा-जा ऐसा चलाऊँ मैं तीर शरारत क्यों भी करे...2

M- तेरी पतली कमरिया लचके रे...2
दिल धक-धक धक-धक क्यों भी करे...2
तेरा यौवन है वो चीज शरारत दिल ये करे....2

F- इस तरह दिल तुझे न दूँगी
न भी तन्हा तुझ संग चल्लूँगी
जा-जा मैं न बनूँ तेरी हीर इनायत काहे करे....2

M- तेरे गजरे में फूल सजाऊँगा
बालकनी में सिनेमा दिखाऊंगा
तेरे गजरे में फूल सजाऊँगा
बालकनी में सिनेमा दिखाऊंगा
जानम तू है मेरी तक़दीर क़यामत काहे करे....2

F- जब तू ख़्वावों में मेरे आयेगा
जाने क्या-क्या भी लिखवायेगा
जा-जा मैं न लिखूँ ये तहरीर बग़ावत काहे करे....2

M- गोरी मतवाला हूँ आशिक मैं
तेरी नस-नस से हूँ वाक़िफ़ मैं
हाथों में मेरे वो लक़ीर शिक़ायत काहे करे....2

F- मेरी चढ़ती जवानी हट भी परे.....

मैं तेरा हो जाऊँगा

(Base-Bheed mein tahai mein...)

M- मैं तेरा हो जाऊँगा~सांसों में बस जाऊँगा
राह में रुक जाऊँगा, कुछ दिन इंतज़ार करो
कुछ दिन इंतज़ार करो

F- मैं तेरी हो जाऊँगी~सांसों में बस जाऊँगी
राह में रुक जाऊँगी, कुछ दिन इंतज़ार करो
कुछ दिन इंतज़ार करो

M- मैं तेरा हो जाऊँगा~सांसों में बस जाऊँगा
राह में रुक जाऊँगा, कुछ दिन इंतज़ार करो, कुछ...

M- एक तू ही है मेरी दिलरूबा
जिसे मैंने ख़ुद से ज्यादा चाहा
तुझे ग़म में देख हुआ ग़मज़दा
तुझे मैंने रब से माँगा सदा
न तुझे तड़पाऊँगा, दूर न तुझसे जाऊँगा
राह में रुक जाऊँगा, कुछ दिन इंतज़ार करो, कुछ...

F- मुझे भा गयी तेरी सादगी
करूँ मैं बराबर तेरी बन्दगी
मैं करने लगी तमन्ना तेरी
तू ही बन गया मेरी ज़िन्दगी
बैठकर अब डोली में, घर तेरे मैं आऊँगी
साथ तेरा निभाऊँगी, कुछ दिन इंतज़ार करो
कुछ दिन इंतज़ार करो

M- मैं तेरा हो जाऊँगा~सांसों में बस जाऊँगा
राह में रुक जाऊँगा, कुछ दिन इंतज़ार करो, कुछ...

मैंने तुझको सनम चुन लिया

(Base-Mere Mehboob mein kya...)

मैंने तुझको सनम चुन लिया...चुन लिया
मैंने तुझको सनम चुन लिया
कोई तुझसा दिखता है नहीं
कोई तुझसा दिखता है नहीं...है नहीं
मैंने तुझको सनम चुन लिया ...2
कोई दूजा जंचता है नहीं
कोई दूजा जंचता है नहीं... है नहीं
मैंने तुझको सनम चुन लिया,चुन लिया,मैंने तुझको..

गोरा मुखड़ा है चाँद सा, जुल्फ़ बिखरी है जैसे घटा
साँचे में ढला यौवन, तेरा जलवा है सबसे जुदा
कोई तुझमें नहीं है कमी
कोई तुझमें नहीं है कमी... है कमी
मैंने तुझको सनम चुन लिया...चुन लिया
मय जैसे नशीले नयन, बोल जैसे लिखी हो ग़ज़ल
चेहरे पे ग़ज़ब का है नूर, होंठ जैसे खिला हो कमल
साथिया मुझपे कर यकीं
साथिया मुझपे कर यकीं...कर यकीं
मैंने तुझको सनम चुन लिया...चुन लिया

गर कहे तो सितारे भी मैं तेरे कदमों में ला दूँ सनम
तेरे सज़दों में रख दूं सिर तेरी ख़ातिर मैं जां दूँ सनम
तू मेरी है मेरी गुलबदन तुझसे महका मेरा ये चमन
तू मसीहा है दिल का मेरे तुझसे महके मेरा आँगन
मैं गगन तू है मेरी ज़मीं कोई दूजा जंचता है नहीं
कोई दूजा जंचता है नहीं... है नहीं
मैंने तुझको सनम चुन लिया,चुन लिया,मैंने तुझको..

मुहब्बत है तुझसे, हाँ तुझ से

(Base-Tujhe pyar karte hain karte...)

M- मुहब्बत है तुझसे, हाँ तुझसे-तुझसे
कि इक़रार तुझसे, है तुझसे-तुझसे
F- लगा मुझको दिल से, है इन्तज़ार कब से
ये ऐतबार तुझपे, है तुझपे-तुझपे
M- मुहब्बत है तुझसे, हाँ तुझसे-तुझसे कि इक़रार...

M- मैं कदमों में तेरे सज़दे करूँगा
जहाँ तू कहेगी वहाँ मै चलूँगा
तमन्ना तेरी मैं हमेशा से करता
परवाना शमा का जल-जल मरूँगा
शिकायत ये तुझसे, है तुझसे-तुझसे
कि इक़रार तुझसे, है तुझसे-तुझसे
F- लगा मुझको दिल से, है इन्तज़ार कब से
ये ऐतबार तुझपे, है तुझपे-तुझपे
M- मुहब्बत है तुझसे, हाँ तुझसे-तुझसे कि इक़रार...

F- कहीं रोऊँ न मैं तुझे याद करके
न रुसवा तू करना मुझे प्यार करके
नहीं ऐसा करना ए-जानेतमन्ना
हैं उल्फ़त की राहें मुश्किल गुजरना
गिला ये बता मैं करूँगी किससे
हाँ किससे-किससे हाँ किससे-किससे
लगा मुझको दिल से, है इन्तज़ार कब से
ये ऐतबार तुझपे, है तुझपे-तुझपे
M- मुहब्बत है तुझसे, हाँ तुझसे-तुझसे कि इक़रार...

मुझको बैचेन करें तेरे दो मस्त नयन

(Base-Sabse hum dur hue..)

मुझको बैचेन करें तेरे दो मस्त नयन
मुझको बैचेन करें तेरे दो मस्त नयन
कितना दिलकश है तेरा गोरा ये बदन
मुझको बैचेन करें तेरे दो मस्त
कितना दिलकश है तेरा गोरा ये बदन
मुझको बैचेन करें तेरे दो मस्त नमन

बिखरी तेरी जुल्फ़ों का मैं बन बैठा दीवाना
तन्हा कहीं छिप-छिप के लिख बैठा अफ़साना
जाने क्यों तू लगने लगी है जीने की वज़ह
दिल को मेरे छुआ है तूने पहली ही दफ़ा
कई हजारों में किया तेरा मैंने है चयन
मुझको बैचेन करें तेरे दो मस्त नयन
मुझको बैचेन करें तेरे दो मस्त नयन

सिलसिला ये प्यार का ऐसे यूँही चलने दे
धड़कनें हुई जवां दिल से दिल मिलने दे
लब पे अपने लाना न शिकवा और ग़िला
आ मिल के उल्फ़त में कोई गुल दें नया खिला
ऐसी तहरीर लिखें झूमे धरती 'ओ' गगन
मुझको बैचेन करें तेरे दो मस्त नयन
मुझको बैचेन करें तेरे दो मस्त नयन

मुझसे करती थी जो प्यार

(Base-Hum to jate apne gaon...)

मुझसे करती थी जो प्यार दे गई दगा मुझे यार
मुझसे करती थी जो प्यार दे गई दगा मुझे यार
दे गई दगा मुझे यार ले गयी चैन 'ओ' करार
दे गई दगा मुझे यार ले गयी चैन 'ओ' करार
मुझसे करती थी जो प्यार दे गई दगा मुझे यार
दे गई दगा मुझे यार ...

समां था महका-महका सा
हंसी ऋतु थी अलेबली...हंसी ऋतु थी अलेबली
समां था महका-महका सा हंसी ऋतु थी अलेबली...
कहीं तन्हाई में छिपकर
मुझे आवाज उसने दी...मुझे आवाज उसने दी
मुझसे करती थी जो प्यार दे गई दगा मुझे यार
दे गई दगा मुझे यार ले गयी चैन 'ओ' करार
मुझसे करती थी जो प्यार दे गई दगा मुझे यार
दे गई दगा मुझे यार ...

जुड़े थे जन्मों-जन्मों को न जाने
कितने ही नाते...कितने ही नाते
जुड़े थे जन्मों-जन्मों को न जाने कितने ही नाते...
किये थे वादे जितने सब
हुये हैं वो तो सब झूठे...हुये हैं वो तो सब झूठे
मुझसे करती थी जो प्यार दे गई दगा मुझे यार
दे गई दगा मुझे यार ले गयी चैन 'ओ' करार
मुझसे करती थी जो प्यार दे गई दगा मुझे यार
दे गई दगा मुझे यार ...

मुझे हर बात तेरी आज

(Base-Meri aankhon se koi neend...)

मुझे हर बात तेरी आज याद आई है
मुझे हर बात तेरी आज याद आई है
बेवज़ह रोज हर सू ही तन्हाई है
मुझे हर बात तेरी आज याद आई है

होश हमको न रहा~मिली तुमसे जब नज़र
होश हमको न रहा~मिली तुमसे जब नज़र
शोला चिंगारी बनी~हुआ कुछ ऐसा असर
न वो सुबह न ही वो शाम आयी है
बेवज़ह रोज हर सू ही तन्हाई है
मुझे हर बात तेरी आज याद आई है

उनके अफ़साने मेरे~दिल को छू जैसे गये
उनके अफ़साने मेरे~दिल को छू जैसे गये
हालेदिल हम भी यूँही~उन्हें लिखते ही गये
किया था प्यार मिली आज रुसवाई है
बेवज़ह रोज हर सू ही तन्हाई है
मुझे हर बात तेरी आज याद आई है

आंधी कुछ ऐसी चली~उजड़ा मेरा चमन
आंधी कुछ ऐसी चली~उजड़ा मेरा चमन
स्वप्न सब राख हुए~बदले सब प्यार के रंग
बदरी कोई ग़म फिर से घिर आयी है
बेवज़ह रोज हर सू ही तन्हाई है
मुझे हर बात तेरी आज याद आई है

मुझे पल-पल तुम याद आने लगे

(Base-Sare shikve gile bhula...)

M- मुझे पल-पल तुम याद आने लगे...2
हर घड़ी तुम पास आने लगे
F- मुझे पल-पल तुम याद आने लगे...2
हर घड़ी तुम पास आने लगे
M- मुझे पल-पल तुम याद आने लगे
F- हर घड़ी तुम पास आने लगे

M- दिल के पन्नों में मुस्कुराये तुम...2
लिखे नग़मों में गुनगुनाये तुम...2
क्यों ये लगता तुम साथ गाने लगे...2
हर घड़ी तुम पास आने लगे
F- मुझे पल-पल तुम याद आने लगे

F- की है तूने जो मुझपे मेहरबानी,
कर दी तेरे हवाले ज़िंदगानी...2
तन्हा आलम मुँह मोड़ जाने लगे...2
हर घड़ी तुम पास आने लगे
M- मुझे पल-पल तुम याद आने लगे

M- सिला दे यार इस मुहब्बत का
न चला तीर भी क़यामत का
F- बिन तेरे एक पल जिऊँ कैसे
लम्हा-लम्हा ये ग़म सहूँ कैसे
M- मेरी आँखों में तुम समाने लगे
F- मेरी आँखों में तुम समाने लगे
M- हर घड़ी तुम पास आने लगे
F- मुझे पल-पल तुम याद आने लगे, हर घड़ी...
M- मुझे पल-पल तुम याद आने लगे
F- हर घड़ी...

मौसम की तरह जो बदली है

(Base-Aanchal mein saja lena...)

मौसम की तरह जो बदली है मैं उससे मुहब्बत कर बैठा
मौसम की तरह जो बदली है मैं उससे मुहब्बत कर बैठा
समझे न इशारे उल्फ़त के मैं उसकी तमन्ना कर बैठा
मौसम की तरह जो बदली है...

नज़रों में सदा उसके सपने...2
बस उसकी ही सूरत है दिल में...2
एक चलती-फिरती बदरी जो मैं उससे चार आंखें कर बैठा
समझे न इशारे उल्फ़त के मैं उसकी तमन्ना कर बैठा
मौसम की तरह जो बदली है...

यौवन में शोलों सी गर्मी...2
बिखरे थे अदाओं के जल्वे...2
बिन पिये बराबर मचली जो मैं उसपे इनायत कर बैठा
समझे न इशारे उल्फ़त के मैं उसकी तमन्ना कर बैठा
मौसम की तरह जो बदली है...

लिखता मैं रहा अफ़साने उसे...2
क्यों देता रहा नज़राने उसे...2
पग-पग वो चलते संभली है मैं उसकी हिफ़ाज़त कर बैठा
समझे न इशारे उल्फ़त के मैं उसकी तमन्ना कर बैठा
मौसम की तरह जो बदली है...

औरों से अलग थी वो अलबेली...2
छुई-मुई के जैसी वो शर्मीली...2
निकले सड़कों पर तितली सी मैं उसकी चाहत कर बैठा
समझे न इशारे उल्फ़त के मैं उसकी तमन्ना कर बैठा
मौसम की तरह जो बदली है...

न इतना याद तुम आया करो भी

(Base-ye jhuke jhuke naina...)

न इतना याद तुम आया करो भी
कि दिल की बैचेनी कही भी न जाये
न इतना याद तुम आया करो भी
कि दिल की बैचेनी कही भी न जाये
न इतना याद...

कब भोर से हो गई शाम ख़बर न तेरी आई...2
न ही ऐसी हुई कोई बात मिली ये लम्बी जुदाई
लगा दिल का है रोग, क्या भी मैं रहा सोच...2
जानम तुम बिन एक पल रहा अब न जाये
न इतना याद तुम आया करो भी
कि दिल की बैचेनी कही भी न जाये
न इतना याद...

बिन्दास तेरा वो चेहरा कमरिया लचकी-लचकी...2
शोलों सा दहकता यौवन वो सांसें महकी-महकी
जुल्फ़ जैसे घटा, खिल उठा ये समां...2
हरदम ऐसा नज़ारा कहा भी न जाये
न इतना याद तुम आया करो भी
कि दिल की बैचेनी कही भी न जाये
न इतना याद...

वो रूप तेरा सादा-सादा पागल कर गया मुझको...2
तन्हाई में तेरा मिलना, घायल दिल कर गया कब को
मिलते ही नज़र, मुझे रही न ख़बर...2
छिड़ा ऐसा तराना सुनाया भी न जाये
न इतना याद तुम आया करो भी
कि दिल की बैचेनी कही भी न जाये
न इतना याद...

न जाने क्या तूने ये ऐसा कर दिया

(Base-Milne se darta hai dil...)

F- न जाने क्या तूने ये ऐसा कर दिया
जानेमन-जानेमन-जानेमन दिल मैंने
ले तुझे दिया... ले तुझे दिया...ले तुझे दिया...
M- न जाने क्या तूने ये ऐसा कह दिया
जानेमन-जानेमन-जानेमन दिल मैंने
ले तुझे दिया... ले तुझे दिया...ले तुझे दिया...

F- रातोदिन खोयी मैं तेरे ही तो सपनों में
काटे से कटते न ये पल
M- ख़ुद से अब मैं हूँ बेख़बर
नज़रों से घायल हूँ इस क़दर
F- इस क़रार का कोई नाम दे
M- लम्बी दास्तां अब अंजाम दे
F- न जाने क्या तूने ये ऐसा लिख दिया
जानेमन-जानेमन-जानेमन दिल मैंने
ले तुझे दिया... ले तुझे दिया...ले तुझे दिया...

M- मस्ती में खो जायें आ भी सनम मेरे
भूलकर दर्द ओ अलम
F- तन-मन तड़पे मेरे सनम, दो से एक हो जायें हम
M- सारी नेमतें तेरे वास्ते
F- ए हमसफर क्यों ये फ़ासले
M- पलकों में ले मैंने तुझे बन्द कर लिया
जानेमन-जानेमन-जानेमन दिल मैंने
ले तुझे दिया... ले तुझे दिया...ले तुझे दिया...

न जाने कब से तेरा मुन्तज़िर

(Base-Jhuki-Jhuki si nazar...)

न जाने कब से तेरा मुन्तज़िर मैं हूँ सनम
न जाने कब से तेरा मुन्तज़िर मैं हूँ सनम
खिला न गुल कोई वो बहार मैं हूँ सनम
न जाने कब से तेरा...

हुआ मैं क्या से भी क्या ज़िंदगी में तेरी वज़ह
हुआ मैं क्या से भी क्या ज़िंदगी में तेरी वज़ह
कि ख़ाक़ सपने हुए आशिक़ी का ये है सिला
रे उजड़ा घर है मेरा वो शिकार मैं हूँ सनम
खिला न गुल कोई वो बहार मैं हूँ सनम
न जाने कब से तेरा...

लिखे हैं नग़में हजारों तुझे मनाने को
लिखे हैं नग़में हजारों तुझे मनाने को
रखे हैं ढेर से तोहफ़े तुझे दिखाने को
उदास दिल है मेरा ग़मगुसार मैं हूँ सनम
खिला न गुल कोई वो बहार मैं हूँ सनम
न जाने कब से तेरा...

छिपा लिया तूने क्यों है जो राज़ खुलता नहीं
छिपा लिया तूने क्यों है जो राज़ खुलता नहीं
बजा सकूँ जिसे मैं अब वो साज़ मिलता नहीं
है क्या क़सूर मेरा ख़तावार मैं हूँ सनम
खिला न गुल कोई वो बहार मैं हूँ सनम
न जाने कब से तेरा... .

न रे न दिल तुझे दूँ ना

(Base-A hawa mere sang-sang chal...)

न रे न दिल तुझे दूँ ना~तू बेदर्दी बड़ा बलमा
न रे न दिल तुझे दूँ ना~तू बेदर्दी बड़ा बलमा
मेरी रातों का चैं ले लिया~हुआ मुश्किल तुझे मिलना
न रे न दिल तुझे दूँ ना~तू बेदर्दी बड़ा बलमा

नर्म मुलायम मेरी कलाई, छेड़ेगा तू करेगा ढिठाई
सोलह वर्ष की बाली उमरिया,जा रे जा भी मैं हूँ पराई
न रे न दिल तुझे दूँ ना~तू बेदर्दी बड़ा बलमा
मेरी रातों का चैं ले लिया~हुआ मुश्किल तुझे मिलना
न रे न दिल तुझे दूँ ना~तू बेदर्दी बड़ा बलमा

छूना न गोरे गालों को मेरे, क्यों भी लगावे गलियों में फेरे
बिल्कुल फ़रेबी बातें हैं तेरी,बस में नहीं जज़्बात तेरे
न रे न दिल तुझे दूँ ना~तू बेदर्दी बड़ा बलमा
मेरी रातों का चैं ले लिया~हुआ मुश्किल तुझे मिलना
न रे न दिल तुझे दूँ ना~तू बेदर्दी बड़ा बलमा

जब-जब भी मैं लूँ अँगड़ाई,शामत कितनों पर है आई
गोरा-गोरा बदन नशीला देखेगा जब करेगा हाय
न रे न दिल तुझे दूँ ना~तू बेदर्दी बड़ा बलमा
मेरी रातों का चैं ले लिया~हुआ मुश्किल तुझे मिलना
न रे न दिल तुझे दूँ ना~तू बेदर्दी बड़ा बलमा

नहीं आज तुमसे शिकवा करेंगे

(Base-Tera naam lene ki chahat...)

M- नहीं आज तुमसे शिकवा करेंगे...2
पसन्द जो तुमको वही हम करेंगे...2
F- यूँ ही रोज तुमसे मिलते रहेंगे...2
पसन्द जो तुमको वही हम करेंगे...2
M- नहीं आज तुमसे शिकवा करेंगे...2
पसन्द जो तुमको वही हम करेंगे

M- तुम्हारे लिये हैं हंसी ये नज़ारे
तुम्हारे लिये हैं रंगी ये बहारें
ज़माना भुलाकर बाहों में आओ
हमारे लिये हैं ज़मीं पे सितारे
कदमों में तेरे सज़दा करेंगे...2
पसन्द जो तुमको वही हम करेंगे
F- यूँ ही रोज तुमसे मिलते रहेंगे,
पसन्द जो तुमको वही हम करेंगे

F- तन्हा में बैठे करते क्या तुम हो
न जाने भी किसके ख़्यालों में गुम हो
बड़ी हसरतों से तुम्हें चाहते हैं
छिपाते क्या दिल में जज़्बात तुम हो
हम हाल दिल का तुमसे कहेंगे...2
पसन्द जो तुमको वही हम करेंगे
यूँ ही रोज तुमसे मिलते रहेंगे
पसन्द जो तुमको वही हम करेंगे

नशीली आँखें हसीन चेहरा

(Base-Kise ne apna banake mujhko...)

नशीली आँखें हसीन चेहरा
दीवाना मुझको वो कर गई
क़रार मैंने दिल का खोया फ़साना कैसा वो कर गई
नशीली आँखें हसीन चेहरा दीवाना मुझको....

कमर लचकती बदन में शोले
जुवां में मिस्री जियरवा डोले
निशाना दिल वो कर गई
गेसू बिखरते रंगीली चितवन
याराना मुझसे क्यों कर गई
नशीली आँखें हसीन चेहरा दीवाना मुझको....

थी गुल के जैसी भरी जवानी
शराब जैसे हो कोई पुरानी
शिकार मुझको वो कर गई
अदा में जादू हीरे सा यौवन गली से मेरी गुजर गई
नशीली आँखें हसीन चेहरा दीवाना मुझको....

सोलह वर्ष की बाली उमरिया
अदा से चलती वो गुजरिया
कली जो कल थी वो खिल गई
गालों पे शोख़ी कदम बहकते नैनों में मेरे वो बस गई
नशीली आँखें हसीन चेहरा दीवाना मुझको....

धड़कता दिल अब उसे ही चाहे
दुआ में रब से उसे ही माँगे
चुरा के दिल मेरा किधर गई
कि चैन दिल को नहीं भी आये
दे मुझको क्या वो ग़म गई
नशीली आँखें हसीन चेहरा दीवाना मुझको....

नींद भी आती नहीं चैन भी...

(Base-Jab chali thandi hawa...)

नींद भी आती नहीं~चैन भी मिलता नहीं
हर खुशी मुश्किल हुई ए-जानेमन
नींद भी आती नहीं~चैन भी मिलता नहीं
हर खुशी मुश्किल हुई ए-जानेमन

इस ज़हां में उल्फ़तें~एक तिजारत बन गयी
बेवज़ह दीवानगी~कितनी बातें बन गयी
दोस्ती और प्यार के~गये हैं अब मायने बदल
हर कदम पर उलझनें~है नहीं जिनका भी हल
अब करूँ किसपे यकीं~अपना कोई जंचता नहीं
हर खुशी मुश्किल हुई ए-जानेमन
नींद भी आती नहीं~चैन भी मिलता नहीं
हर खुशी मुश्किल हुई ए-जानेमन

जाने अन्जाने ही क्यों~मिल जाते हैं दो ये दिल
समझा अब तक कोई नहीं~खिल जाते हैं क्यों ये गुल
कर मुहब्बत पे गुमां~इन्सां हर बरबाद है
जो सुनी जाती न हो~कैसी ये फ़रियाद है
थम गयी हैं आँधियाँ~पत्ता भी हिलता नहीं
हर खुशी मुश्किल हुई ए-जानेमन
नींद भी आती नहीं~चैन भी मिलता नहीं
हर खुशी मुश्किल हुई ए-जानेमन

दिल लगाने के लिये~एक हमदम चाहिए
गीत हो भी या ग़ज़ल~कुछ तो सरगम चाहिए
चाहा जिसको था कभी~बन गयी वो एक शिला
ग़म की लम्बी राह में~कर गयी कैसा गिला
याद वो आती रही~जिससे कोई रिश्ता नहीं
हर खुशी मुश्किल हुई ए-जानेमन
नींद भी आती नहीं~चैन भी मिलता नहीं
हर खुशी मुश्किल हुई ए-जानेमन

नैन तेरे कजरारे जैसे मस्ती के

(Base-Neend mujhe na aaye...)

नैन तेरे कजरारे~जैसे मस्ती के प्याले
जुल्फ़ें तेरी हैं घटा सी~एक नदी दो किनारे
नैन तेरे कजरारे~जैसे मस्ती के प्याले
जुल्फ़ें तेरी हैं घटा सी~एक नदी दो किनारे
नैन तेरे कजरारे...

अपनी ज़मीं अपना गगन गर तू करे इक़रार
जनम-जनम जानेजिगर तेरा ही इन्तज़ार
ठंडी-ठंडी हवा मतवाली फ़िज़ा हैं हरसू मस्त नज़ारे
नैन तेरे कजरारे~जैसे मस्ती के प्याले
जुल्फ़ें तेरी हैं घटा सी~एक नदी दो किनारे
नैन तेरे कजरारे...

दिल पर लिखा तेरा नाम है मेरी जां भी तेरे नाम
लिखता तुझे मैं रोज हूँ दिलबर मेरे पैग़ाम
कभी ढूँढूँ इधर कभी ढूँढूँ उधर है भी तू तो कहाँ रे
नैन तेरे कजरारे~जैसे मस्ती के प्याले
जुल्फ़ें तेरी हैं घटा सी~एक नदी दो किनारे
नैन तेरे कजरारे...

लम्हा-लम्हा आती रही तन्हाई में तेरी याद
पुकारता तुझे रह गया तू आयी न मेरे पास
दिल खोया मेरा, चैन मेरा गया, तू समझ सकी न इशारे
नैन तेरे कजरारे~जैसे मस्ती के प्याले
जुल्फ़ें तेरी हैं घटा सी~एक नदी दो किनारे
नैन तेरे कजरारे...

नैना दो मस्ती के धारे

(Base-Duniya ne sun li chupke...)

नैना दो मस्ती के धारे आँचल से मुस्कायें
दिलक़श जानम हैं भी ये अदायें
दिलक़श जानम हैं भी ये अदायें
नैना दो मस्ती के धारे आँचल से मुस्कायें
दिलक़श जानम हैं भी ये अदायें
चहक उठी बागों में कलियाँ भँवरे गुन-गुन गायें
दिलक़श जानम हैं भी ये अदायें,दिलक़श जानम....

कैसे दिल को संभाला मैंने... ... ...
कैसे दिल को संभाला मैंने
मेरे ग़म को बढ़ाया तूने, क्यों ये न समझे
कैसे दिल को संभाला मैंने...
घटा के जैसे बिखरे गेसू ...
घटा के जैसे बिखरे गेसू दिल मेरा धड़कायें
दिलक़श जानम हैं भी ये अदायें,दिलक़श जानम....

होंठ मस्ती भरे पैमाने... ... ...
होंठ मस्ती भरे पैमाने
पागल मनवा ये कैसे माने, जियरा ये तरसे
होंठ मस्ती भरे पैमाने... ... ...
देख तुझे दिन-रात तराने...
देख तुझे दिन-रात तराने ख़ुद ही जुवां पर आयें
दिलक़श जानम हैं भी ये अदायें,दिलक़श जानम....

आ भी जोड़ ले मुझसे बंधन... ... ...
आ भी जोड़ ले मुझसे बंधन
हो भी खुशियों भरा ये जीवन, बेक़रार मैं हूँ
आ भी जोड़ ले मुझसे बंधन... ... ...
दो से एक हो जायें गर जो ....
दो से एक हो जायें गर जो हर मन्जिल पा जायें
दिलक़श जानम हैं भी ये अदायें,दिलक़श जानम....

ओ रे मोरे पिया काहे धड़के जिया

(Base-Chhai barkha bahar...)

ओ रे मोरे पिया काहे धड़के जिया
सजना रोग बुरा दिल का... दिल का
ओ रे मोरे पिया काहे धड़के जिया
सजना रोग बुरा दिल का... दिल का
ओ रे मोरे पिया काहे धड़के जिया
सजना रोग बुरा दिल का... दिल का
ओ रे मोरे पिया काहे धड़के जिया

रातों को तन्हा लूँ अँगड़ाई, रातों को तन्हा लूँ अँगड़ाई
शब सारी मुझे नींद न आई
पिया तू तो है हरजाई, दी है उल्फ़त में रुसबाई
कैसा है तू सौदाई
ओ रे मोरे पिया काहे धड़के जिया
सजना रोग बुरा दिल का... दिल का
ओ रे मोरे पिया काहे धड़के जिया

आग ये कैसी दिल में लगी है, आग ये कैसी दिल में लगी है
ऐसी लगी कि बुझ न सकी है
बता मुझमें क्या कमी है, शमा कब से ये जली है
एक बस तेरी कमी है
ओ रे मोरे पिया काहे धड़के जिया
सजना रोग बुरा दिल का... दिल का
ओ रे मोरे पिया काहे धड़के जिया

दिल नज़राना तेरे लिये है, दिल नज़राना तेरे लिए है
हुई ये दीवानी तेरे लिये है
कि जीना तेरे लिये है, रे मरना तेरे लिये है
हर खुशी तेरे लिये है
ओ रे मोरे पिया काहे धड़के जिया
सजना रोग बुरा दिल का... दिल का
ओ रे मोरे पिया काहे धड़के जिया

पहली-पहली है मुलाक़ात

(Base-Ye din ye mahine Saal...)

M- पहली-पहली है मुलाक़ात, रफ़्ता-रफ़्ता बढ़ेगी बात
कहूँ कैसे मैं जज़्बात
आ चलें तन्हाई में...आ चलें तन्हाई में
आ चलें तन्हाई में...आ चलें तन्हाई में

F- पहली-पहली है मुलाक़ात, रफ़्ता-रफ़्ता बढ़ेगी बात
कहूँ कैसे मैं जज़्बात
आ चलें तन्हाई में...आ चलें तन्हाई में...2

M- कोई घटा से लगते बिखरे तेरे गेसू
क्या हुआ मुझे है दिखती तू हर सू

F- बुझ न पाये कैसी आग लगी तन-मन में
चन्द ही लम्हों में आन बसा नस-नस में
बता भी ए-जानेजिगर कटे कैसे तन्हा रात
कहूँ कैसे मैं जज़्बात
आ चलें तन्हाई में...आ चलें तन्हाई में

M- आ चलें तन्हाई में...आ चलें तन्हाई में

F- दिल की मैंने चाबी तेरे पास रख दी
इम्तिहां कोई ले न ही है जल्दी

M- गोरे गाल वाली नैन तेरे मधुशाला
अधर तेरे ये दो मय का कोई प्याला
अभी घर जायेगी तू आयेगी शब भर याद
कहूँ कैसे मैं जज़्बात
आ चलें तन्हाई में...आ चलें तन्हाई में...2

F- पहली-पहली है मुलाक़ात, रफ़्ता-रफ़्ता बढ़ेगी...
कहूँ कैसे मैं जज़्बात, आ चलें तन्हाई में...

पल दो पल आ मुझसे नयना ले लड़ाई

(Base-Badli-badli lage-Sapna...)

M- पल दो पल आ मुझसे नयना ले लड़ाई
पल दो पल आ मुझसे नयना ले लड़ाई
जिस्म तेरा ये मखमल शक्ल किसने बनाई
जिस्म तेरा ये मखमल शक्ल किसने बनाई

F- दिल क्यों तेरा मचले जब मैं लूँ अंगड़ाई
दिल क्यों तेरा मचले जब मैं लूँ अंगड़ाई
जिस पर चढ़ जाये मेरा रंग उसकी शामत आई
जिस पर चढ़ जाये मेरा रंग उसकी शामत आई

M- छोड़ूँ तेरा साथ न गोरी लिख दूँ कोरे काग़ज़ पे
F- कैसा बुद्धू पल्ले गया राम बचा इस आफ़त से
कैसा बुद्धू पल्ले गया राम बचा इस आफ़त से
M- समझे तू मुझे बुद्धू न जाने मेरी आशिक़ी
F- दिल मेरा नाजुक अभी खा तरस मेरी हालत पे
दिल मेरा नाजुक अभी खा तरस मेरी हालत पे
M- सदियों से तू मेरे दिल में है समाई
सदियों से तू मेरे दिल में है समाई
जिस्म तेरा ये मखमल शक्ल किसने बनाई
जिस्म तेरा ये मखमल शक्ल किसने बनाई

F- छेड़छाड ऐसे न कर मुझसे मेरे साँवरिया
M- इंतजाम सब किया रखा है बनजा मेरी दुल्हनियाँ
इंतजाम सब किया रखा है बनजा मेरी दुल्हनियाँ
F- बाली अभी उमरिया न कर ऐसे दिल्लगी
M- संग-संग मेरे साथ तू चल आये तेरे साँवरिया
F- पगला तू है मजनूं... तू जाने क्या लुगाई
जिस पर चढ़ जाये मेरा रंग उसकी शामत आई
जिस पर चढ़ जाये मेरा रंग उसकी शामत आई

पत्थर दिल सनम से

(Base-Mere Pyar ki umar ho...)

पत्थर दिल सनम से लगा बैठा दिल...2
हर मोड़ पे खड़ी नयी-नयी मुश्किल
पत्थर दिल सनम से लगा बैठा दिल...2
हर मोड़ पे खड़ी नयी-नयी मुश्किल
नज़रें वो चुराकर चली जा रही...2
हर मोड़ पे खड़ी नयी-नयी मुश्किल
पत्थर दिल सनम से लगा बैठा दिल

कितनी दिलकश है तेरे इन गेसू की छटा...2
देखा जो तेरे चेहरे को ...देखा जो तेरे चेहरे को
ये हो गई ख़ता
तुझही से है ये सिलसिला तू ही मंजिल...2
हर मोड़ पे खड़ी नयी-नयी मुश्किल
पत्थर दिल सनम से लगा बैठा दिल

जां न ले लें कहीं मेरी अँगड़ाईयाँ तेरी...2
हजारों इस राह में...हजारों इस राह में
हैं उलझनें खड़ी
एक तू ही मेरी दिलरूबा तू हासिल...2
हर मोड़ पे खड़ी नयी-नयी मुश्किल
पत्थर दिल सनम से लगा बैठा दिल

दिल तुझको दिया है किया मैंने इक़रार...2
बातों ही बातों में...बातों ही बातों में
न करना इन्कार
तुझसे ही रंग लायी मेरी महफिल...2
हर मोड़ पे खड़ी नयी-नयी मुश्किल
पत्थर दिल सनम से लगा बैठा दिल

पतली कमरिया बिखरे बाल

(Base-Ja re kare badra balam...)

पतली कमरिया बिखरे बाल
पतली कमरिया बिखरे बाल
हुआ मैं दीवाना ऐसा तुझमें है क्या मेरी जानेमन...
पतली कमरिया बिखरे बाल
हुआ मैं दीवाना ऐसा तुझमें है क्या मेरी जानेमन...
पतली कमरिया बिखरे बाल, हुआ मैं दीवाना ऐसा...

फूल के जैसी नाज़ुक है कलाई
फूल के जैसी नाज़ुक है कलाई
करे भी क़यामत ये तेरी अँगड़ाई
बाली उमरिया हिरनी सी चाल
हुआ मैं दीवाना ऐसा तुझमें है क्या मेरी जानेमन...
पतली कमरिया बिखरे बाल, हुआ मैं दीवाना ऐसा...

संगमरमर सा बदन गोरा-गोरा
संगमरमर सा बदन गोरा-गोरा
डोले बिन कैसे रहे जिया मोरा
पहन के चली तू नौ-लख हार
हुआ मैं दीवाना ऐसा तुझमें है क्या मेरी जानेमन...
पतली कमरिया बिखरे बाल, हुआ मैं दीवाना ऐसा...

पास आ मेरे गले से लगा लूँ
पास आ मेरे गले से लगा लूँ
जनमों की तेरी ये प्यास बुझा दूँ
हुस्न तेरा ये है भी क़माल
हुआ मैं दीवाना ऐसा तुझमें है क्या मेरी जानेमन...
पतली कमरिया बिखरे बाल, हुआ मैं दीवाना ऐसा...

पास आ...पास आ...चढ़ती जवानी मेरी

(Base-Aam ke swad Bhojpuri)

F- पास आ...पास आ...चढ़ती जवानी मेरी है राजा
शरमाना क्या बाहर आ,खिड़की से झांके काहे राजा
दीवाना दिल मेरा चाहे तुझे
कब से बैचेन..कब से बैचेन,कब से बैचेन..कब से बैचेन

M- न हैं मम्मी पापा आज मेरे घर में तू आ
मेरे घर में तू आ...मेरे घर में तू आ

F- खेल ये जवानी का आता नहीं क्या तुझको
छोरा है क्या किसी गाँव का
जा-जा तुझसे मेरा क्या वास्ता

M- तेरी आयेगी याद न कटेंगी रातें
न कटेंगी रातें...न कटेंगी रातें

F- सदाओं में हरदम माँगूँ तुझे
दिन हो या रैन...दिन हो या रैन...

M- दिन हो या रैन...दिन हो या रैन...
न हैं मम्मी पापा आज मेरे घर में तू आ
मेरे घर में तू आ...मेरे घर में तू आ

F- नैना मेरे कजरारे, गेसू मेरे लहराते
ले-ले मजा इस शाम का
वरना जीवन भला किस काम का

M- तेरी मिस्री के जैसी, लाजबाब बातें
लाजबाब बातें...लाजबाब बातें

F- कर दिया रे तूने पागल मुझे
मिला मुझसे नैन...मिला मुझसे नैन

M- मिला मुझसे नैन...मिला मुझसे नैन
न हैं मम्मी पापा आज मेरे घर में तू आ
मेरे घर में तू आ...मेरे घर में तू आ

पीने दो मुझको जी भर के प्यार

(Base-Sarkai lo Khatiya...)

पीने दो मुझको जी भर के यार, पीने दो मुझको
पीने दो मुझको जी भर के यार...2
पिये बिन जियरा न माने हमार
पीने दो मुझको जी भर के यार, पीने दो मुझको
पीने दो मुझको जी भर के यार...2
पिये बिन जियरा न माने हमार
पीने दो मुझको जी भर के यार, पीने दो मुझको

पीकर के हर चीज लगती नगीना...2
तन्हा क्या जीना है यारों संग पीना
पीकर के हर चीज लगती नगीना
तन्हा क्या जीना है यारों संग पीना
रंगीन सपनों की ये दवा है...2
न पी है जिसने वो भी क्या इन्सां
मुट्ठी में होवे दुनिया ये यार, पीने दो....
पीने दो मुझको जी भर के यार...2

जी चाहता है तुझे मय रंग-रंग दूँ...2
इतनी मैं पिऊँ पीकर न संभलूँ
जी चाहता है तुझे मय रंग-रंग दूँ
इतनी मैं पिऊँ पीकर न संभलूँ
मय का नशा एक ऐसा नशा है...2
चन्द ही लम्हों में दुनिया को बदलूँ
न भी हो पैसा पिऊं उधार, पीने दो....
पीने दो मुझको जी भर के यार...2

पीने दो मुझको जी भर के यार, पीने दो मुझको
पीने दो मुझको जी भर के यार
पीने दो मुझको जी भर के यार...

रहने लगी मैं पिया मेरे तेरी कसम

(Base-Hone laga hai mujhpe...)

रहने लगी मैं~पिया मेरे~तेरी कसम
क्यों बेकरार सनम
रहने लगी मैं पिया मेरे तेरी कसम क्यों बेकरार सनम
कैसे करूँ दीवाने तेरा ऐतबार मैं,
बेक़रार सनम... ... बेक़रार सनम
रहने लगी मैं पिया मेरे तेरी कसम क्यों बेकरार सनम

हैं रंगी बहारें, खिल उठा चमन
बिखरी हैं मेरी जुल्फ़ें, निखरा मेरा बदन
हैं रंगी बहारें, खिल उठा चमन
बिखरी हैं मेरी जुल्फ़ें, निखरा मेरा बदन
मिलने को तुझसे यार आज उठ गये कदम
बेक़रार सनम... ... बेक़रार सनम
रहने लगी मैं पिया मेरे तेरी कसम क्यों बेकरार सनम

गयी नींद रातों की, गया चैन है दिल का
तू कैसा है दिलबर, इशारे न समझा
गयी नींद रातों की, गया चैन है दिल का
तू कैसा है दिलबर, इशारे न समझा
अब देर न कर, कर भी दे मुझपे कुछ करम
बेक़रार सनम... ... बेक़रार सनम
रहने लगी मैं पिया मेरे तेरी कसम क्यों बेकरार सनम

आया है जब से ये, सोलहवाँ साल
लगी दिल में है मेरे, न जाने कैसी आग
आया है जब से ये, सोलहवाँ साल
लगी दिल में है मेरे, न जाने कैसी आग
बेगानों जैसे न कर भी मुझपे सितम
बेक़रार सनम... ... बेक़रार सनम
रहने लगी मैं पिया मेरे तेरी कसम क्यों बेकरार सनम

रात हो या दिन तुम ही तुम

(Base-Aaj bhari mehfil mein tera...)

रात हो या दिन तुम ही तुम याद आये
रात हो या दिन तुम ही तुम याद आये
देखूँ तुझे न एक रोज न क़रार आये
लिख मुझे अफ़साना मुझे ऐतबार आये
लिख मुझे अफ़साना मुझे ऐतबार आये
आ चूम लूँ गालों को मैं लौट बहार आये
रात हो या दिन तुम ही तुम याद आये
रात हो या दिन तुम ही तुम याद आये

आ तुझको बाहों में उठा लूँ मैं जानेजांना जानेतमन्ना
आ तुझको बाहों में उठा लूँ मैं जानेजांना जानेतमन्ना
आ पास साँसों में समां लूँ मैं जानेजांना जानेतमन्ना
हंसी ये नज़ारे हमारे लिये
खिले गुल सारे हमारे लिये हमारे लिये
तुझही पे यार मुझे क्यों प्यार आये
देखूँ तुझे न एक रोज न क़रार आये
लिख मुझे अफ़साना मुझे ऐतबार आये
लिख मुझे अफ़साना मुझे ऐतबार आये

दर्देजिगर ये बढ़ने लगा हल्के-हल्के होले-होले
दर्देजिगर ये बढ़ने लगा हल्के-हल्के होले-होले
तीरेनज़र है चलने लगा हल्के-हल्के होले-होले
मैं आशिक दीवाना तेरा हूँ बना
बेवज़ह फ़साना कैसा ये बना, कैसा ये बना
मुझपे भी प्यार तुझे एक बार आये
देखूँ तुझे न एक रोज न क़रार आये
लिख मुझे अफ़साना मुझे ऐतबार आये
लिख मुझे अफ़साना मुझे ऐतबार आये

रिश्ते नाते सारे झूठे बेटा हो ...

(Base-Nati Goti sari khoti...)

रिश्ते-नाते सारे झूठे, बेटा हो या बेटी
दुनिया... ये दुनिया...दुनिया पैसे पे ऐंठी
केवल दुनिया पैसे पे ऐंठी
रिश्ते-नाते सारे झूठे, रिश्ते-नाते सारे झूठे
बेटा हो या बेटी
दुनिया... ये दुनिया...दुनिया पैसे पे ऐंठी
केवल दुनिया पैसे पे ऐंठी

बना है राजा आज भिखारी
माल अपने करते चोरी
बना है राजा आज भिखारी
माल अपने करते चोरी
दिशायें सबने अलग चुनी हैं
दिशायें सबने अलग चुनी हैं, कुड़ी न बांधे चोटी
दुनिया... ये दुनिया...दुनिया पैसे पे ऐंठी
केवल दुनिया पैसे पे ऐंठी

नियति का है खेल ही जुदा
मौन मुसाफ़िर राह में लुटा
नियति का है खेल ही जुदा
मौन मुसाफ़िर राह में लुटा
सोना-चाँदी हर कोई चाहे...
सोना-चाँदी हर कोई चाहे चेताये न चेती
दुनिया... ये दुनिया...दुनिया पैसे पे ऐंठी
केवल दुनिया पैसे पे ऐंठी

ऋतु वो मिलन न आई

(Base-Nayano mein badra...)

ऋतु वो मिलन न आई, कैसे कटी तन्हाई
सदियों से ज्यादा लम्बी, कैसी ये जुदाई
ऋतु वो मिलन न आई, कैसे कटी तन्हाई
सदियों से ज्यादा लम्बी, कैसी ये जुदाई
ऋतु वो मिलन न आई...

तुझ संग जो बीते लम्हें, खायी जो हमने कसमें
तुझ संग जो बीते...
तुझ संग जो बीते लम्हें, खायी जो हमने कसमें
ज़ख़्म सहे लाखों, तोड़ी न हमने रस्में
सन-सन करती कैसी, चली पुरबाई
ऋतु वो मिलन न आई, कैसे कटी तन्हाई
सदियों से ज्यादा लम्बी, कैसी ये जुदाई
ऋतु वो मिलन न आई...

पलकें बिछाये बैठे, किससे क्या हम कहते
पलकें बिछाये...
पलकें बिछाये बैठे, किससे क्या हम कहते
जो कुछ था अपना वो भी, तुम पर लुटा बैठे
याद तुम ही तुम आये, लूँ मैं अँगड़ाई
ऋतु वो मिलन न आई, कैसे कटी तन्हाई
सदियों से ज्यादा लम्बी, कैसी ये जुदाई
ऋतु वो मिलन न आई...

अधरों पे तेरी सरगम, नज़रों में तू है हरदम
अधरों पे तेरी...
अधरों पे तेरी सरगम, नज़रों में तू है हरदम
मुझे याद आने वाले, दिया तूने कैसा ये ग़म
सजी न दुबारा फिर से, मेरी अँगनाई
ऋतु वो मिलन न आई, कैसे कटी तन्हाई
सदियों से ज्यादा लम्बी, कैसी ये जुदाई
ऋतु वो मिलन न आई...

ऋतु ये मिलन की नहीं रोज आये

(Base-Dilbar jani chali hava...)

M- ऋतु ये मिलन की न ही रोज आये
ऋतु ये मिलन की न ही रोज आये
नग़में प्यार के कोयल गुनगुनाये
F- ऋतु ये मिलन की न ही रोज आये
नग़में प्यार के कोयल गुनगुनाये
M+F- ऋतु ये मिलन की न ही रोज आये

F- दास्तां ये प्यार की है साथी मेरे सुन
दास्तां ये प्यार की है साथी मेरे सुन
M- मेरी इन धड़कनों ने तुझको लिया चुन
F- रंगी ये नज़ारे मुझे गुदगुदायें
नग़में प्यार के कोयल गुनगुनाये
M+F- ऋतु ये मिलन की न ही रोज आये

M- मीठे-मीठे प्यारे लम्हें लेकर आयी शाम
मीठे-मीठे प्यारे लम्हें लेकर आयी शाम
ओ सपनों की रानी तुझे लिखूँ मैं पैग़ाम
क्यों है दूर इतना काहे को सताये
नग़में प्यार के कोयल गुनगुनाये
M+F- ऋतु ये मिलन की न ही रोज आये

F- तेरे लिये रहती मैं कब से बेक़रार
तेरे लिये रहती मैं कब से बेक़रार
जनम-जनम से जानम करती तेरा इन्तज़ार
यादों में तू मेरी चोरी-चोरी आये
नग़में प्यार के कोयल गुनगुनाये
M+F- ऋतु ये मिलन की न ही रोज आये

सदियों से तेरा दीवाना मैं सनम

(Base-Aankhon hi aankhon mein...)

सदियों से तेरा दीवाना मैं सनम
लिखूँ तुझे रोज-रोज फ़साना ये सनम
सदियों से तेरा दीवाना मैं सनम लिखूँ तुझे... ...
सदियों से तेरा...

ज़ुल्फ़ों को तेरी मैं बोल क्या नाम दूँ
गालों पे शोख़ियाँ ऐसा क्या पैग़ाम दूँ
सच्चा ये मेरा अफ़साना है सनम
सदियों से तेरा दीवाना मैं सनम
लिखूँ तुझे रोज-रोज फ़साना ये सनम
सदियों से तेरा दीवाना मैं सनम लिखूँ तुझे... ...
सदियों से तेरा...

इतराकर चलती हैं लड़कियाँ आजकल
बलखायें गर कमर समझो कि गयीं मचल
ऐसा क्या तेरा इशारा है सनम
सदियों से तेरा दीवाना मैं सनम
लिखूँ तुझे रोज-रोज फ़साना ये सनम
सदियों से तेरा दीवाना मैं सनम लिखूँ तुझे... ...
सदियों से तेरा...

चाहे जी ये मेरा अधरों को चूम लूँ
बाहों में ले तुझे जाने जां झूम लूँ
लाया ये प्यारा नज़राना मैं सनम
सदियों से तेरा दीवाना मैं सनम
लिखूँ तुझे रोज-रोज फ़साना ये सनम
सदियों से तेरा दीवाना मैं सनम लिखूँ तुझे... ...
सदियों से तेरा...

समझ सके तो समझ भी ले

(Base-Dharakte dil ki tamannao...)

समझ सके तो समझ भी ले मेरा ग़म
आयी है नींद मुझे...आयी है नींद मुझे
सो भी जाने दे ए-सनम...सो भी जाने दे ए-सनम
समझ सके तो समझ भी ले मेरा ग़म

हुई है जान जुदा~अब किस तरह मैं चलूँ
ठिकाना कोई नहीं~अब जिस जगह मैं रुकूँ
आयी है वो ही घडी...आयी है वो ही घडी
छोड़ साथ ए-सनम...छोड़ साथ ए-सनम
समझ सके तो समझ भी ले मेरा ग़म

मिला तन्हाई का ग़म~जिगर को थाम लिया
फ़साने लाख हुए~नज़र का जाम पिया
कोई अब राज़ नहीं...कोई अब राज़ नहीं
भूल जाने दे ए-सनम...भूल जाने दे ए-सनम
समझ सके तो समझ भी ले मेरा ग़म

विदा तू कर मुझे~बांध समां कुछ ऐसा
जहां भी जाऊँ मैं~रस्मोरिवाज़ हो ऐसा
सभी हों साथी मेरे...सभी हों साथी मेरे
न दगाबाज़ सनम...न दगाबाज़ सनम
समझ सके तो समझ भी ले मेरा ग़म
आयी है नींद मुझे...आयी है नींद मुझे
सो भी जाने दे ए-सनम...सो भी जाने दे ए-सनम
समझ सके तो समझ भी ले मेरा ग़म

सनम मुझे तो है प्यार तुमसे

(Base-Agar mein puchhun...)

M- सनम मुझे तो है प्यार तुमसे
फ़साना दिल का समझ भी ले ये
F- सनम मुझ ही से है प्यार तुमको
मुझे उठा और बाहों में ले-ले
M- सनम मुझे तो है प्यार तुमसे

M- लगी है दिल में ये आग कैसी
लबों पे हरदम है नाम तेरा
तुझे ही पाना है मेरी हसरत,
समझ भी ले तू पैग़ाम मेरा
F- लगा मुझे ले तू अपने दिल से
भूल भी जा ये सब झमेले
M- सनम मुझे तो है प्यार तुमसे

F- कसम है तेरी, तेरी हुई मैं
चलेगा तू जहाँ वहाँ-वहाँ मैं
ये शोख़ जल्वे तेरे लिये हैं,
न इम्तिहां ले तन्हा ज़हां में
M- सनम मुझे तो क़रार तुमसे
बदल भी जाये ज़माना कितना
सनम मुझे तो है प्यार तुमसे

M- तुझ ही से संवरी है मेरी किस्मत
तू ही है बर्षों की साधना
डूबे कहीं न अपनी कश्ती,
जुड़ा ये बन्धन न तोड़ना
F- लबों को अपने तू रख दे लब पे
M- आ मिल के गायें तराना दिल का
सनम मुझे तो है प्यार तुमसे
फ़साना दिल का समझ भी ले ये

सजा कुछ भी दे मुझे आशिक़ी में

(Base-Tere pyar ka asra...)

M- सजा कुछ भी दे मुझे आशिक़ी में...2
मजा आ रहा है अब ज़िंदगी में
F- संवरने लगी हूँ तुझे देखकर मैं...2
मजा आ रहा है तेरी बन्दगी में
संवरने लगी हूँ...

M- बनाया है फूलों सा तुझको ख़ुदा ने
तराशा है फुरसत से तुझको ख़ुदा ने
सजाया है दुल्हन सा तुझको ख़ुदा ने...2
चलूँगा में संग...चलूँगा में संग ग़म 'ओ' खुशी में
मजा आ रहा है अब ज़िंदगी में, सजा कुछ भी दे...

F- तू ही मेरा मक़सद तू ही मेरी पूजा
भाता नहीं अब मुझको है दूजा
जी न सकूँगी गर तू जो रूठा...2
पिघलने लगी हूँ..पिघलने लगी हूँ तुझे सोचकर मैं
मजा आ रहा है तेरी बन्दगी में,संवरने लगी हूँ...

M- ये दुनिया भुलाकर बाहों में आ-जा
और रफ़्ता-रफ़्ता सांसों में समा जा
लगी है जो दिल में आ के बुझा जा...2
खिला गुल भी दे...खिला गुल भी दे यूँही दिल्लगी में
मजा आ रहा है अब ज़िंदगी में, सजा कुछ भी दे...

F- हुई तेज धड़कन आगे न कहना
पिया मुझको तेरी पनाहों में रहना
कि बाहों के हार खुशी से दे पहना...2
रहूँ देखती...रहूँ देखती तुझे हर घड़ी मैं
मजा आ रहा है तेरी बन्दगी में,संवरने लगी हूँ...

शब भर जानेजां याद तेरी आई !

(Base-Meri payaliya geet tere...)

शब भर जानेजां य़ाद तेरी आई
शब भर जानेजां याद तेरी आई
करे धक-धक दिल लूँ मैं अँगड़ाई
शब भर जानेजां याद तेरी आई
करे धक-धक दिल लूँ मैं अँगड़ाई
शब भर जानेजां याद तेरी आई

चुपके से जाने कब आयी जवानी,
गोरे-गोरे तन-मन में आई रवानी...2
नैन मधुशाला... लगूँ मैं मधुबाला
लोग सारे मुझको...दे रहे दुहाई
शब भर जानेजां याद तेरी आई
करे धक-धक दिल लूँ मैं अँगड़ाई
शब भर जानेजां याद तेरी आई

मुझको चिढ़ाने लगा मुआ ये मौसम,
दिल को भाने लगा आज प्रियतम...2
हुई मैं सयानी... बनी मैं दीवानी
करूँ मनमानी... आँख भर आई
शब भर जानेजां याद तेरी आई
करे धक-धक दिल लूँ मैं अँगड़ाई
शब भर जानेजां याद तेरी आई

कैसे लुक-छिप कर उससे मिलूँ भी,
रातो दिन पाती मैं उसको लिखूँ भी...2
बैठी फुरसत में... लिखूँ क्या भी अब में
सोच-सोचकर ये मैं घबराई
शब भर जानेजां याद तेरी आई
करे धक-धक दिल लूँ मैं अँगड़ाई
शब भर जानेजां याद तेरी आई

शब भर नींद न आई

(Base-Buddhu pad gaya palle...)

शब भर नींद न आई~जानेजां तू हरजाई...2
दीवाना तन-मन डोले~रात 'ओ' दिन रहती बैचेन
खोलूँ खिड़की जब-जब~जियरवा धड़के धक-धक
खोलूँ खिड़की जब-जब~जियरवा धड़के धक-धक...
मुआ लड़ाये मुझसे नेन
शब भर नींद न आई~जानेजां तू हरजाई
दीवाना तन-मन डोले~रात 'ओ' दिन रहती बैचेन
शब भर नींद न आई~जानेजां तू हरजाई

लिखा तुझे अफ़साना~दिया तुझे नज़राना
किये कदमों में सजदे~फिर भी तू बेगाना
लिखा तुझे अफ़साना~दिया तुझे नज़राना
किये कदमों में सजदे~फिर भी तू बेगाना
दिल तुझे दे बैठी~रोग क्या ये ले बैठी...2
हो गयी तेरी मैं फेन
शब भर नींद न आई~जानेजां तू हरजाई
दीवाना तन-मन डोले~रात 'ओ' दिन रहती बैचेन
शब भर नींद न आई~जानेजां तू हरजाई

आँखें मेरी शराबी~गाल मेरे गुलाबी
रूप की मैं मल्लिका~क्या मुझमें खराबी
आँखें मेरी शराबी~गाल मेरे गुलाबी
रूप की मैं मल्लिका~क्या मुझमें खराबी
देख तुझे शरमाऊँ~सोच में न मर जाऊँ...2
कटती नहीं हैं अब रैन
शब भर नींद न आई~जानेजां तू हरजाई
दीवाना तन-मन डोले~रात 'ओ' दिन रहती बैचेन
शब भर नींद न आई~जानेजां तू हरजाई

शब भर तेरी याद आई

(Base-Tere bin Sawan kaise...)

शब भर तेरी याद आई
शब भर तेरी याद आई, दिल था मुश्किल थामना
शब भर तेरी याद आई
शब भर तेरी याद आई, दिल था मुश्किल थामना
शब भर तेरी...

काटे कटी न थी तन्हाई
तन्हा-तन्हा लूँ अँगड़ाई
पल-पल मैंने करवट बदली
बात किसी से कह न पाई
एक था हमदम वो भी रूठा, दिल था मुश्किल थामना
शब भर तेरी याद आई, दिल था मुश्किल थामना
शब भर तेरी...

बीते कैसे दिन वो मिलन के
हंसते हंसाते फूल चमन के
छिप-छिप कर मुस्काती कलियाँ
कितना मचलते पंछी गगन के
चन्द लम्हों में सब कुछ बदला, दिल था मुश्किल थामना
शब भर तेरी याद आई, दिल था मुश्किल थामना
शब भर तेरी...

आग ये कैसी तूने लगाई
रातों की निन्दिया मेरी चुराई
चैन 'ओ' क़रार मेरा लूटा
सदियों से लम्बी मिली जुदाई
लब पे नहीं अब नाम दूजा, दिल था मुश्किल थामना
शब भर तेरी याद आई, दिल था मुश्किल थामना
शब भर तेरी...

शेष भी ये ज़िंदगी प्यार में

(Base-Bol mere sathiya...)

शेष भी ये ज़िंदगी ...
शेष भी ये ज़िंदगी प्यार में कट जायेगी
शेष भी ये ज़िंदगी प्यार... प्यार में कट जायेगी
जैसे पल-पल ये गुजरी है,
लम्हा-लम्हा ये संवरी है और संवर जायेगी
शेष भी ये ज़िंदगी प्यार में कट जायेगी

सदियों-सदियों है अमर तेरी-मेरी दास्तां
सदियों-सदियों है अमर तेरी-मेरी दास्तां
कदम सदा साथ चलें न हो कभी फ़ासला
खोल दिया है जानेतमन्ना राज़ कभी था दिल में
कब तक ऐसे जाने जांना तू मुझसे शरमायेगी
शेष भी ये ज़िंदगी प्यार... प्यार में कट जायेगी
जैसे पल-पल ये गुजरी है,
लम्हा-लम्हा ये संवरी है और संवर जायेगी
शेष भी ये ज़िंदगी प्यार में कट जायेगी

वर्षों से मैं तेरा जानम तलबगार हूँ
वर्षों से मैं तेरा जानम तलबगार हूँ
दिल तुझको दे बैठा इतना गुनाहगार हूँ
गाता हूँ मैं प्रेम तराने आज भरी महफ़िल में
टूटेगा दिल मेरा हमदम तू जो छिप जायेगी
शेष भी ये ज़िंदगी प्यार... प्यार में कट जायेगी
जैसे पल-पल ये गुजरी है
लम्हा-लम्हा ये संवरी है और संवर जायेगी
शेष भी ये ज़िंदगी प्यार में कट जायेगी

शोलों सी दहकती तेरी जवानी

(Base-Tu bejod lage lu...)

शोलों सी दहकती तेरी जवानी
पता भी न चला कब हुई तू सयानी
शोलों सी दहकती तेरी जवानी
पता भी न चला कब हुई तू सयानी
कोमल बदन है तेरा ऋतु बेईमान हैं
जुल्फ़ें घटा सी तेरी गोरे-गोरे गाल हैं
चम-चम चमके तेरी बिन्दिया दिल बैचेन कर गई
चम-चम चमके तेरी बिन्दिया दिल बैचेन कर गई

कहे तू जो चाँद-सितारे तुझपे निसार कर दूँ
दिल की ये दौलत पगली आ तेरे नाम कर दूँ
दिन-रात जानेमन सज़दे मैं करूँ
कब तलक यूँ ही आहें मैं भरूँ
कब तक करेगी जानम ये नादानियाँ
कहता है जी मेरा करें मनमानियाँ
चम-चम चमके तेरी बिन्दिया दिल बैचेन कर गई
चम-चम चमके तेरी बिन्दिया दिल बैचेन कर गई

मजा आ रहा है कितना लड़ने दे नैन ये
मेरी जाने जां दीवानी गाने दे गीत ये
जज़्बात दिल के काबू में नहीं
तुझसी हसीना ज़माने में नहीं
बुझ न सकेगी अब ये दिल की लगी
बन गयी है तू अब मेरी ज़िन्दगी
चम-चम चमके तेरी बिन्दिया दिल बैचेन कर गई
चम-चम चमके तेरी बिन्दिया दिल बैचेन कर गई

शोलों सी गरम जवानी में

(Base-De daru de daru...)

शोलों सी गरम जवानी में...शोलों सी गरम जवानी में
आया रंग प्रेम कहानी में, आ आग लगा दें पानी में
पानी में...पानी में...पानी में...
आ मय लगा के थोड़ी हम भी नाचेंगे
नाचेंगे-नाचेंगे जानेजिगर नाचेंगे
नाचेंगे-नाचेंगे मय लगा के थोड़ी हम भी नाचेंगे
कदम रहे हैं बहक हम भी नाचेंगे
नाचेंगे-नाचेंगे मय लगा के थोड़ी हम भी नाचेंगे
कदम रहे हैं बहक हम भी नाचेंगे
नाचेंगे-नाचेंगे जानेजिगर नाचेंगे
नाचेंगे-नाचेंगे जानेजिगर नाचेंगे

जो लोग मुहब्बत करते हैं...जो लोग मुहब्बत करते हैं
वो शिकवा नहीं भी करते हैं
जो लोग मुहब्बत करते हैं,वो शिकवा नहीं भी करते हैं
वो लबों से मय पीते हैं, वो बाहों में खो जाते हैं
कब तलक यूँ शरमायेगी, कब दिल से मुझे लगायेगी
कब तलक यूँ शरमायेगी, कब दिल से मुझे लगायेगी
हमें देख के दुनिया वालों के दिल यारा देख जलते हैं
जलते हैं... जलते हैं
ज़हां गया ये बदल हम भी नाचेंगे-नाचेंगे-नाचेंगे
मय लगा के थोड़ी हम भी नाचेंगे
नाचेंगे-नाचेंगे जानेजिगर नाचेंगे

सांसों का संगम होने दे, अधरों से सरगम बजने दे
क़ातिल है तेरी अंगड़ाई, बैचेन करे पुरबाई
बदरी किस दिन ये बरसेगी,तन्हा तू करवट बदलेगी
बदरी किस दिन ये बरसेगी, तन्हा तू करवट बदलेगी
पल भर की यहां ख़बर नहीं, ये चार दिन का असर नहीं
असर नहीं...असर नहीं...असर नहीं...
दिल ये रहा मचल हम भी नाचेंगे-नाचेंगे-नाचेंगे
मय लगा के थोड़ी हम भी नाचेंगे
नाचेंगे-नाचेंगे जानेजिगर नाचेंगे

तरह-तरह के किये करम

(Base-Mera chand Hariyanwi...)

तरह-तरह के किये करम मैंने तेरी आस में...2
मेरा सब कुछ लुट गया जाने जां एक तेरी चाह में
एक तेरी चाह में...

इस दुनिया से जंग मैं तेरी ख़ातिर लड़ बैठा
मीलों चलकर आज तुझसे मिलने आ बैठा
अन्जाने में गुस्ताख़ी मैं तेरे संग कर बैठा
एक पंछी सा प्यारा दिल तुझको मैं दे बैठा
तूने झूठी खायी कसम गन्ने के खेत में
मेरा सब कुछ लुट गया जाने जां एक तेरी चाह में
एक तेरी चाह में...

काटे से कटती नहीं ये सदियों सी तन्हाई
ख़्वाबों में दिखती मुझे तू लेती अँगड़ाई
गर्मी तेरी सांसों की अब भी मेरे तन-मन में
महके तेरा ये बदन खुशबू जैसे चन्दन में
जब-जब आये तू मुझे याद तड़पूँ याद में
मेरा सब कुछ लुट गया जाने जां एक तेरी चाह में
एक तेरी चाह में...

उड़े कबूतर जैसे ऐसी चंचल तेरी अदायें
मय छलकी हो जैसे ऐसी दिलकश तेरी निग़ाहें
मुझसे तू जानेमन कब तलक शरमायेगी
तन्हा-तन्हा पाकर ख़ुद को तू भी घबरायेगी
लग जागी तुझे बुरी नज़र मत आवे तेश में
मेरा सब कुछ लुट गया जाने जां एक तेरी चाह में
एक तेरी चाह में...

तमन्ना में तेरी खोया चैन मैंने

(Base-Mujhe pyar ki jindgi...)

तमन्ना में तेरी खोया चैन मैंने
तमन्ना में तेरी खोया चैन मैंने
कैसे-कैसे ख़ुद को संभाला है मैंने
तमन्ना में तेरी खोया चैन मैंने

शमा सी जली हूँ तेरी याद में मैं
हुई मनचली तेरे प्यार में मैं
शमा सी जली हूँ तेरी याद में मैं, हुई मनचली तेरे...
सारी रात ही ख़्वाब देखे हैं मैंने
तमन्ना में तेरी खोया चैन मैंने
कैसे-कैसे ख़ुद को संभाला है मैंने
तमन्ना में तेरी खोया चैन मैंने

भुलाया है तूने दिल का फ़साना
नहीं याद करता वो गुजरा ज़माना
भुलाया है तूने दिल का फ़साना, नहीं याद करता...
तेरे साथ गुजरे हजारों हैं लम्हें
तमन्ना में तेरी खोया चैन मैंने
कैसे-कैसे ख़ुद को संभाला है मैंने
तमन्ना में तेरी खोया चैन मैंने

वाह रे ख़ुदा तेरी ये कैसी ख़ुदाई
माँगा मिलन तो दी है जुदाई
वाह रे ख़ुदा तेरी ये कैसी ख़ुदाई,माँगा मिलन...
मेरे साथ क्या दिल्लगी की तूने
तमन्ना में तेरी खोया चैन मैंने
कैसे-कैसे ख़ुद को संभाला है मैंने
तमन्ना में तेरी खोया चैन मैंने

तमन्ना तेरी करूँ क्यों न जानेमन

तमन्ना तेरी करूँ क्यों न जानेमन
तमन्ना तेरी करूँ क्यों न जानेमन
दिल बेक़रार है दिल बेक़रार है
अफ़साना तुझे लिखूँ क्यों न जानेमन
दिल बेक़रार है दिल बेक़रार है
तमन्ना तेरी करूँ क्यों न जानेमन

दिन-रात तेरे सपनों में खोया-खोया रहता हूँ
दिन-रात तेरे सपनों में खोया-खोया रहता हूँ
ए-लाल दुपट्टेवाली सुन ये बात सच कहता हूँ
जीना है तेरी बाहों में, मरना है तेरी बाहों में
तक़दीर अब ये मेरी जाने जां तेरे हाथों में
तन्हा में कहीं मिल मुझसे जानेमन
दिल बेक़रार है दिल बेक़रार है
अफ़साना तुझे लिखूँ क्यों न जानेमन
दिल बेक़रार है दिल बेक़रार है
तमन्ना तेरी करूँ क्यों न जानेमन

बिखरे-बिखरे ये गेसू घनघोर घटा मतवाली
बिखरे-बिखरे ये गेसू घनघोर घटा मतवाली
है हुस्न क़यामत तेरा कब तक करेगी रखवाली
आ भी जा मेरी दुनिया में जन्नत तुझे दिखलाऊँगा
ये राज़-ए-उल्फ़त होता क्या फ़ुरसत से समझाऊँगा
सँवरना तेरा भाये मुझे जानेमन
दिल बेक़रार है दिल बेक़रार है
अफ़साना तुझे लिखूँ क्यों न जानेमन
दिल बेक़रार है दिल बेक़रार है
तमन्ना तेरी करूँ क्यों न जानेमन

तन्हा-तन्हा जानेजिगर सावन बीता...

(Base-Koyal boli dil ki boli...)

तन्हा-तन्हा जानेजिगर
तन्हा-तन्हा जानेजिगर सावन बीता जाये
तन्हा-तन्हा जानेजिगर सावन बीता जाये
यार मिलन का आया है मौसम वो भी रीता जाये
तन्हा-तन्हा जानेजिगर सावन बीता जाये

तेरी बाहें मेरी है जन्नत, तुझको पाना मेरी हसरत
तेरी बाहें मेरी है जन्नत, तुझको पाना मेरी हसरत
आजा लौट मेरे साँवारिया, आ-जा सुन मेरी आहट
लख़्तेजिगर कैसे तेरा दिल ये जीता जाये
तन्हा-तन्हा जानेजिगर सावन बीता जाये

हैं जलवे जानेमन तेरे, मस्त लब ये जानम तेरे
हैं जलवे जानेमन तेरे, मस्त लब ये जानम तेरे
है हमदम तेरा ये यौवन, है भी तेरा मेरा तन-मन
कौन है जो राज़-ए-दिल तुझको समझाये
तन्हा-तन्हा जानेजिगर सावन बीता जाये

प्यास दिल की कैसे बुझाऊँ, कहीं प्यासी न मर जाऊँ
प्यास दिल की कैसे बुझाऊँ, कहीं प्यासी न मर जाऊँ
सह लूँ मैं तेरे ग़म सब, तेरी दुनिया में गर आऊँ
दूजा कोई चुनने को दिल ये घबराये
तन्हा-तन्हा जानेजिगर सावन बीता जाये

तन्हा-तन्हा ज़िंदगी कटी किस तरह

(base-karvatein badalte rahe...)

F- तन्हा-तन्हा ज़िंदगी कटी किस तरह
वो भी बेवज़ह... वो भी बेवज़ह...
तन्हा-तन्हा ज़िंदगी कटी किस तरह,वो भी बेवज़ह~

M- सुन न सका कोई मेरे दर्द की सदा
जिया बेवज़ह...जिया बेवज़ह...

F- आँखों ही आँखों में गुजरा हर मुहब्बत का लम्हा
बातों ही बातों में गुजरा खूबसूरत हर समां
सांसों ही सांसों में अटका हर खुशी का निशां
चंद लम्हों की दोस्ती निभी इस तरह
वो भी बेवज़ह... वो भी बेवज़ह...

M- फ़लसफ़ा ये प्यार का कब शुरू कैसे हुआ
कुछ पता नहीं ये चला शिकवा-गिला कैसे हुआ
तुमको क्या मालूम दिलबर बेक़रार दिल कितना हुआ
कह न सका कोई मेरी थी भी क्या ख़ता
जिया बेवज़ह...जिया बेवज़ह...

F- की मुहब्बत तुमसे जब रुसवाई उलझन हो गयी
M- की शरारत मैंने क्या धड़कन दुश्मन हो गयी
F- आँधियाँ ऐसी चली खुशियाँ ही रुख़सत हो गयीं
M- जाने फिर कब मिलें तू ही ये बता
जिया बेवज़ह...जिया बेवज़ह...
F- तन्हा-तन्हा ज़िंदगी कटी किस तरह
वो भी बेवज़ह... वो भी बेवज़ह...

तन्हाई के मौसम में

तन्हाई के मौसम में मिलने तो कभी आओ
तन्हाई के मौसम में मिलने तो कभी आओ
ज़ख़्म दिल के कैसे भरें अब ऐसे न तड़पाओ
तन्हाई के मौसम में मिलने तो कभी आओ
ज़ख़्म दिल के कैसे भरें अब ऐसे न तड़पाओ
तन्हाई के मौसम में

दीदार को अब तेरे आँखें तरस गयी हैं
अब आ भी बेदर्दी राहें ये रुक गयी हैं
घनघोर घटा जैसे मुझपे छा जाओ
ज़ख़्म दिल के कैसे भरें अब ऐसे न तड़पाओ
तन्हाई के मौसम में

तक़दीर के आगे भी चला जोर है किसका
मिलकर जुदा होना दस्तूर है जग का
अपने दीवाने को वो राज़ तो बतलाओ
ज़ख़्म दिल के कैसे भरें अब ऐसे न तड़पाओ
तन्हाई के मौसम में

मत रो मेरे सनम अभी और जनम लेंगे
बिछुड़े हैं जो पंछी किसी रूप में फिर होंगे
मेरे गीतों को फिर से लिखने तो कभी आओ
ज़ख़्म दिल के कैसे भरें अब ऐसे न तड़पाओ
तन्हाई के मौसम में

तन्हाई में बैठे-बैठे

(Base-Mere naina Savan...)

तन्हाई में बैठे-बैठे लिखता ये अफ़साना
लिखता ये अफ़साना
तन्हाई में बैठे-बैठे लिखता ये अफ़साना
लिखता ये अफ़साना

जीने नहीं देता~पल भर दिल का ग़म
लम्हा-लम्हा शब भर तेरी
यादों ने तड़पाया, दिल मेरा घबराया
यूँही तारे गिनते-गिनते गुजरा एक ज़माना
लिखता ये अफ़साना

तन्हाई में बैठे-बैठे लिखता ये अफ़साना
लिखता ये अफ़साना
तन्हाई में बैठे-बैठे लिखता ये अफ़साना
लिखता ये अफ़साना

होनी होनी है~टाले नहीं टलती
कैसे मिलें सुर पास नहीं वो
छिन गयी वो सब मस्ती, दूजी कोई नहीं जंचती
परदेसी याद जो आये उभरा राग पुराना
लिखता ये अफ़साना

तुझमें सिमट जाऊँ~इतनी इज़ाज़त दे
गर जो नहीं है मुमकिन मिलना
कदमों की आहट तो दे, चैन तो दिल का दे दे
लब पे तेरा नाम जो आये मुश्किल दिल समझाना
लिखता ये अफ़साना

तन्हाई में बैठे-बैठे लिखता ये अफ़साना
लिखता ये अफ़साना,तन्हाई में बैठे-बैठे...

तुझ अन्जाने को अपना दिल

(Base-Tujhe dekha tujhe chaha...)

तुझ अन्जाने को अपना दिल भला कैसे दे दूँ
तन्हा मुझे छोड़कर जाये कहाँ तू
तुझ अन्जाने को अपना दिल भला कैसे दे दूँ
तन्हा मुझे छोड़कर जाये कहाँ तू

तुझसे खुलकर कैसे कह दूँ दिल की मैं हर बात को
है भी अनदेखा सफर ये रहने दे इस राज़ को
तुझसे खुलकर कैसे कह दूँ दिल की मैं हर बात को
है भी अनदेखा सफर ये रहने दे इस राज़ को
तुझ अन्जाने को अपना दिल भला कैसे दे दूँ
तन्हा मुझे छोड़कर जाये कहाँ तू

और अभी कितने मिलेंगे ज़िंदगी की राह में
दम भी ये लेने न देंगे एक ख़ुशी की चाह में
और अभी कितने मिलेंगे ज़िंदगी की राह में
दम भी ये लेने न देंगे एक ख़ुशी की चाह में
तुझ अन्जाने को अपना दिल भला कैसे दे दूँ
तन्हा मुझे छोड़कर जाये कहाँ तू

बेवज़ह छेड़ेगा मुझको तन्हा पा तड़पायेगा
जिऊँगी कैसे भला मैं रोग यह लग जायेगा
बेवज़ह छेड़ेगा मुझको तन्हा पा तड़पायेगा
जिऊँगी कैसे भला मैं रोग यह लग जायेगा
तुझ अन्जाने को अपना दिल भला कैसे दे दूँ
तन्हा मुझे छोड़कर जाये कहाँ तू

तुझसे की थी बातें मैंने

(Base-Jan se badhkar Jaanam...)

M- तुझसे की जो बातें मैंने याद आई हैं
तुझसे की जो बातें मैंने याद आई हैं
होती थी तुम बाहों में ऐसी रातें आई हैं
F- तुझसे की जो बातें मैंने याद आई हैं
होते थे तुम बाहों में ऐसी रातें आई हैं...रातें आई हैं

M- लम्हें जो गुजरे भूल नहीं पाते हैं
दिन-रात सपने तेरे ही आते हैं
F- आये हैं दिन कैसे अब ये जुदाई के
जज़्बात तेरे अब मुझको सताते हैं...मुझको सताते हैं
M- तुझसे की जो बातें मैंने याद आई हैं
होती थी तुम बाहों में ऐसी रातें आई हैं...रातें आई हैं

M- हो गया मैं प्यार में तेरे पागल
कर गयी तू इतना मुझे घायल
F- लौट के आ जा ए-मेरे राजा
फिर से क्यों न एक हम-तुम हों
घड़ियाँ हंसीन फिर लौट आई हैं
M- तुझसे की जो बातें मैंने याद आई हैं
होती थी तुम बाहों में ऐसी रातें आई हैं
F- तुझसे की जो बातें मैंने याद आई हैं
होते थे तुम बाहों में ऐसी रातें आई हैं
F+M- रातें आई हैं...रातें आई हैं...रातें आई हैं

तुझसे मुहब्बत करने लगी मैं

(Base-Aaj se pahle aaj se jyada...)

तुझसे मुहब्बत करने लगी मैं
तुझसे मुहब्बत करने लगी मैं
आठों पहर 'ओ' घड़ी-घड़ी
जानेतमन्ना जानेजिगर तू
जानेतमन्ना जानेजिगर तू बेक़रार दिल घड़ी-घड़ी
तुझसे मुहब्बत...

कितना हंसी मौसम दिलकश नज़ारा
मुझको उठा ले बाहों में
कितना हंसी मौसम दिलकश नज़ारा
मुझको उठा ले बाहों में
मस्ती में खो हम जायें कुछ ऐसे दोनों
सांसें घुल जायें सांसों में
तुझपे इनायत करने लगी मैं...2
आठों पहर 'ओ' घड़ी-घड़ी
तुझसे मुहब्बत...

चैन आता नहीं है जब तू याद आये
शब भर में लूँ अंगड़ाई
चैन आता नहीं है जब तू याद आये
शब भर में लूँ अंगड़ाई
करवट मैं लेती पल-पल मन मेरा मचले
कटती नहीं है तन्हाई
तुझे अफ़साने लिखने लगी मैं...2
आठों पहर 'ओ' घड़ी-घड़ी
तुझसे मुहब्बत...

तुझे देख के शरमाऊँ मैं

(Base-Laad piya ke...)

तुझे देख के~शरमाऊँ मैं, तुझे देख के~शरमाऊँ मैं
कैसे पास आऊँ घबराऊँ मैं, पिया दिल कैसे ये बहलाऊँ मैं

पिया दिल कैसे ये बहलाऊँ मैं
M- तेरे गालों पर मर जाऊँ मैं, तेरे गालों पर मर जाऊँ मैं
तेरे यौवन पर मिट जाऊँ, फ़साना तुझे दिल का सुनाऊँ
फ़साना तुझे दिल का सुनाऊँ...2
F- मेरा अँग-अँग है सोणा, मत कर रे जादू टोना
नीयत है तेरी खोटी, तुझे जाने शहर का कोना
मर जाऊँगी रे रुसवाई मैं
पिया दिल कैसे ये बहलाऊँ मैं...2

M- आयी है मस्त जवानी, जरा सोच मेरी ए-रानी
तुझे देखें गाँव के छोरे, करेंगे छेड़खानी
आ पास आ गले लगाऊँ
फ़साना तुझे दिल का सुनाऊँ...2
F- तुझसा नहीं काई सानी, तुझे जान गयी ये रानी
आ गालों का ले चुम्मा, तुझे दूँगी दिल निशानी
खिल जाऊँगी पुरबाई में
पिया दिल कैसे ये बहलाऊँ मैं...2

M- रखूँगा तुझे पलकों पे, तुझे चाहा है बरसों से
करता मैं सदायें हरदम, तुझे माँगा है उस रब से
मुद्दत की आ प्यास बुझाऊँ
फ़साना तुझे दिल का सुनाऊँ...2

तुम याद मुझे आते हो बहुत

(Base-Dil kahta hai chal unse mil...)

M- तुम याद मुझे आते हो बहुत हमदम मेरे तन्हाई में
दिलकश हैं बड़ी तेरी आँखें डूबे हैं हम गहराई में
F- तुम याद मुझे आते हो बहुत हमदम मेरे तन्हाई में
दिलकश हैं बड़ी तेरी आँखें डूबे हैं हम गहराई में

F- आता तुम बिन नहीं मुझको कहीं भी चैन
कैसी बैचेनियाँ कटती नहीं अब रैन
आओ ऐसे में तुम अधरों को चूम लो
कभी तो बतलाओ अपने इरादे
बुझेगी कैसे ये दिल की लगी
तुम सामने जब आते हो जाने भी क्यों शरमाई मैं
दिलकश हैं बड़ी तेरी आँखें डूबे हैं हम गहराई में

M- करते क्यों दिल्लगी यूँ नाम ले के मेरा
दूर ही से जाते हो पैग़ाम पढ़ के मेरा
भीगा-भीगा समां, ऐसे में हम तन्हा
नाज़ुक है दिल मेरा ये न इसे ऐसे तोड़ो तुम
तुम यार मेरे तड़पाते बहुत खो जायें न रुसवाई में
तुम याद मुझे आते हो बहुत हमदम मेरे तन्हाई में
F- तुम याद मुझे आते हो बहुत
हमदम मेरे तन्हाई में...हमदम मेरे तन्हाई में

तू ही मन्जिल है तू ही मुक़ाम

(Base-Mein to bhul chali babul...)

तू ही मन्जिल है तू ही मुक़ाम दीवाना मैं तेरा सनम
तू ही मन्जिल है तू ही मुक़ाम दीवाना मैं तेरा सनम
तू ही जन्नत है दिल की मेरे दीवाना मैं तेरा सनम
तू ही मन्जिल है तू ही मुक़ाम दीवाना मैं तेरा सनम

फूलों से कोमल अधर तेरे प्यारे
फूलों से कोमल अधर तेरे प्यारे
दिल की हर धड़कन तुझे ही पुकारे
दिल की हर धड़कन तुझे ही पुकारे
तू ही सुबह...तू ही है शाम दीवाना मैं तेरा सनम
तू ही जन्नत है दिल की मेरे दीवाना मैं तेरा सनम
तू ही मन्जिल है तू ही मुक़ाम दीवाना मैं तेरा सनम

नटखट जवानी है कमसिन अदायें
नटखट जवानी है कमसिन अदायें
मय सी नशीली हैं दिलकश निग़ाहें
मय सी नशीली हैं दिलकश निग़ाहें
तू है राधा...मैं तेरा हूँ श्याम दीवाना मैं तेरा सनम
तू ही जन्नत है दिल की मेरे दीवाना मैं तेरा सनम
तू ही मन्जिल है तू ही मुक़ाम दीवाना मैं तेरा सनम

हंसी तेरा यौवन उमरिया है सोलह
हंसी तेरा यौवन उमरिया है सोलह
लड़की है या तू है कोई शोला
लड़की है या तू है कोई शोला
मैं हूँ जिस्म...तू मेरी है जान दीवाना मैं तेरा सनम
तू ही जन्नत है दिल की मेरे दीवाना मैं तेरा सनम
तू ही मन्जिल है तू ही मुक़ाम दीवाना मैं तेरा सनम

तेरे कदमों की आहट को सुन

(Base- Dil kahta hai...)

M- तेरे कदमों की आहट को सुन
आयी बहार मेरी दुनिया में
हुई चाहत तुम से इतनी क्यों
आये कब तुम इन अँखियों में

F- तेरे कदमों की आहट को सुन
आयी बहार मेरी दुनिया में
हुई चाहत तुम से इतनी क्यों
आये कब तुम इन अँखियों में

F- ख़ुद से हम बेख़बर, बैचेनियाँ बढ़ी
किस तरह थामा दिल, नाक़ामियाँ बड़ी
उल्फ़त की बात कर, जानेजां हमसफ़र
सनम मेरी बाहें, तुझे ही पुकारें
कुछ है ख़ास तेरे जलवों में
हुई चाहत तुम से इतनी क्यों
आये क्यों तुम इन गलियों में
तेरे कदमों की आहट को सुन,आयी बहार मेरी...

M- कितना रंगी समां, उस पर हम-तुम जवां
तुमको यूँ देखकर, न जाने क्या हुआ
बातों-बातों ही में अफ़साना ये हुआ
समझ भी सको गर मेरे इरादे
तुम हो बन्द मेरी पलकों में
हुई चाहत तुम से इतनी क्यों
आते हो तुम मेरे सपनों में
तेरे कदमों की आहट को सुन,आयी बहार मेरी...

तेरे प्यार में मैं हूँ दीवाना

(Base-Maine jisko dil ye diya hai...)

M- तेरे प्यार में मैं हूँ दीवाना...मैं हूँ दीवाना
सुन ए-जानम जाने जां ना...जाने जां ना
तेरे प्यार में मैं हूँ दीवाना, सुन ए-जानम जानेजां ना
दिलरूबा क्या मुझे आज ये हो गया, दिलरूबा...

F- तेरे प्यार में मैं हूँ दीवानी...मैं हूँ दीवानी
सुन ए-जानम जाने जां ना...जाने जां ना
तेरे प्यार में मैं हूँ दीवानी, सुन ए-जानम जानेजां ना
दिलरूबा क्या मुझे आज ये हो गया, दिलरूबा...

M- तेरे प्यार में मैं हूँ दीवाना...

M- तमन्ना में तेरी मैं ख़ुद को हूँ भूला
नहीं नाम लब पे आता है दूजा
आ फुर्सत में कर लें उल्फ़त की बातें
करें कुछ सच्चे कसमें 'ओ' वादे
मुझको तू लिखना अफ़साना,लिखना अफ़साना...2

F- तेरे प्यार में मैं हूँ दीवानी, सुन ए-जानम जानेजांना
दिलरूबा क्या मुझे आज ये हो गया, दिलरूबा...

M- तेरे प्यार में मैं हूँ दीवाना...

F- रंगीला ये मौसम समां खूबसूरत
जवां हो गयी है मिलने की हसरत
कि बेताबियाँ हुईं हद से है ज्यादा
जीने नहीं देती तेरी ये चाहत
मुझपे तू कर दे इनायत...कर दे इनायत...2

M- तेरे प्यार में मैं हूँ दीवाना, सुन ए-जानम जानेजां ना
दिलरूबा क्या मुझे आज ये हो गया, दिलरूबा...

F- तेरे प्यार में मैं हूँ दीवानी...मैं हूँ दीवानी

M- तेरे प्यार में मैं हूँ दीवाना, सुन ए-जानम जानेजां ना

तेरी याद जो आये मैं कैसे...

(Base-Mere dost tujhe tera...)

तेरी याद जो आये मैं कैसे भुलाऊँ
तेरी याद जो आये मैं कैसे भुलाऊँ
यह बात भला मैं किसको सुनाऊँ
तेरी याद जो आये मैं कैसे भुलाऊँ
तेरी याद जो आये मैं कैसे भुलाऊँ

लिखे जो अफ़साने सब झूठे हो गये,
अपने जो कल थे बेगाने हो गये...2
पलकों की फुलवारी में जो बन्द कल थे
शमा बुझ गयी परवाने उड़ गये...परवाने उड़ गये
ज़ख़्म तूने दिये जो वो कैसे छिपाऊँ
ज़ख़्म तूने दिये जो वो कैसे छिपाऊँ
यह बात भला मैं किसको सुनाऊँ
तेरी याद जो आये मैं कैसे भुलाऊँ
तेरी याद जो आये मैं कैसे भुलाऊँ

नादां समझ किये चुन-चुन के सितम
पल दो पल में हुई तू कैसी बेरहम...2
अन्जानी राहों में मैं अकेला चल पड़ा
मिलने का तुझसे न करूँगा जतन...न करूँगा जतन
लगी दिल की सनम मैं कैसे बुझाऊँ
लगी दिल की सनम मैं कैसे बुझाऊँ
यह बात भला मैं किसको सुनाऊँ
तेरी याद जो आये मैं कैसे भुलाऊँ
तेरी याद जो आये मैं कैसे भुलाऊँ

तोहरे कारे नैना जुलम करें !

(Base-Mori chham-chham baje...)

तोहरे कारे नैना जुलम करें !
तोहरे कारे नैना जुलम करें !
नींद न आये क्या हम करें!
नींद न आये क्या हम करें!
तोहरे कारे नैना जुलम करें ! ...2

[जब भी तुमको पुकारा मुकर तुम गये,
हमें देखा 'ओ' बचकर निकल तुम गये]...2
चूर सपने हुए... यूँ ही रुसबा हुए
सारी सखियाँ तोहरी प्रश्न करें!
तोहरे कारे नैना जुलम करें ! ...2
नींद न आये क्या हम करें!
तोहरे कारे नैना जुलम करें ! ...2

[दिल गया है पहली मुलाक़ात में,
तन्हा बैठे हैं ऐसे लम्हात में]...2
न ही हमको है चैन, हुए वो भी बैचेन
गेसू बिखरे-बिखरे ग़जब करें !
तोहरे कारे नैना जुलम करें ! ...2
नींद न आये क्या हम करें !
तोहरे कारे नैना जुलम करें ! ...2

[तुमसे मिलने का खुशी न बिछुड़ने का ग़म,
बात तो हमसे करते अरे कम से कम]...2
कैसी खामोशियाँ, कौन है दरमियां
ठण्डी आहें यारों अब हम भरें।
तोहरे कारे नैना जुलम करें ! ...2
नींद न आये क्या हम करें !
तोहरे कारे नैना जुलम करें ! ...2

थाम ले आ भी हाथ मेरा

(Base-Padosan)

M- थाम ले आ भी हाथ मेरा

F- बेदर्दी है तू बड़ा छलिया, न समझे दिल के जज़्बात
बसा तू रोम-रोम में मेरे, करे न मुझसे कुछ भी बात
परी सा सुन्दर रूप मेरा, जाने न ज़ुल्मी प्यार मेरा
परी सा सुन्दर रूप मेरा, जाने न ज़ुल्मी प्यार मेरा

M- मरे हैं मुझपे कुड़ी हजारों छड़ी वो मेरे पास
चार दिनों की चमक चाँदनी रखा क्या तेरे पास
रे छोरी झूठा रौब तेरा, थाम ले आ भी हाथ मेरा
रे छोरी झूठा रौब तेरा, थाम ले आ भी हाथ मेरा

F- तू क्या जाने पतंग की डोर, नाच रहा तेरे मन का मोर
तू क्या जाने पतंग की डोर, नाच रहा तेरे मन का मोर
बसन्ती नाम है रे मेरा, जाने न ज़ुल्मी प्यार मेरा
परी सा सुन्दर रूप मेरा, जाने न ज़ुल्मी प्यार मेरा

M- कुछ दिन का है जवानी रंग, कमरिया पतली चोली तंग
कुछ दिन का है जवानी रंग, कमरिया पतली चोली तंग
आगे क्या होगा हाल तेरा, थाम ले आ भी हाथ मेरा
रे छोरी झूठा रौब तेरा, थाम ले आ भी हाथ मेरा

F- फूल से होंठ घटा से बाल, सेब से सुर्ख़ मेरे गाल
फूल से होंठ घटा से बाल, सेब से सुर्ख़ मेरे गाल
रे छोरे क्या है काम तेरा, जाने न ज़ुल्मी प्यार मेरा
परी सा सुन्दर रूप मेरा, जाने न ज़ुल्मी प्यार मेरा

M- बेवज़ह की करे तक़रार, सच्चा भी है मेरा प्यार
बेवज़ह की करे तक़रार, सच्चा भी है मेरा प्यार
लबों पे हरदम नाम तेरा,थाम ले आ भी हाथ मेरा
रे छोरी झूठा रौब तेरा, थाम ले आ भी हाथ मेरा

उल्फ़त का जाम पी ले

(Base-Chhedo na meri jufein...)

उल्फ़त का जाम पी ले
इतना भी सोच कैसा...इतना भी सोच कैसा
बाहों में मेरी आ जा
फिर न मिलेगा मौक़ा...फिर न मिलेगा मौक़ा
उल्फ़त का जाम पी ले

मस्ती भरे दो प्याले, लब हैं तेरे रसीले...2
कजरारे तेरे नैना~हैं भी मय से~बड़े नशीले
चाहत मेरी है सच्ची
तुझको गुरूर कैसा...तुझको गुरूर कैसा
बाहों में मेरी आ जा
फिर न मिलेगा मौक़ा...फिर न मिलेगा मौक़ा
उल्फ़त का जाम पी ले

दिलकश तेरी जवानी, है अँग-अँग शोला...2
बेताब हुस्नवाले~तुझे जो देखा~दिल डोला
चिलमन से चेहरा ढकना
है ये रिवाज़ कैसा...है ये रिवाज़ कैसा
बाहों में मेरी आ जा
फिर न मिलेगा मौक़ा...फिर न मिलेगा मौक़ा
उल्फ़त का जाम पी ले

मैं प्यार का दीवाना, तुझको क़रार दूँगा...2
तेरा नाम धड़कनों में~जन्नत सी मैं~बहार दूँगा
चढ़कर न जो उतरे
है ये ख़ुमार ऐसा...है ये ख़ुमार ऐसा
बाहों में मेरी आ जा
फिर न मिलेगा मौक़ा...फिर न मिलेगा मौक़ा
उल्फ़त का जाम पी ले

याद आता है तू मुझको तन्हाई में

(Base-Tere pas aa ke mera...)

याद आता है तू मुझको तन्हाई में
याद आता है तू मुझको तन्हाई में
डूब जाती हूँ पलकों की गहराई में
याद आता है तू मुझको तन्हाई में
डूब जाती हूँ पलकों की गहराई में
याद आता है तू मुझको तन्हाई में

बन्दगी तू तुझही से मेरी हंसी हैं गलियाँ
बन्दगी तू तुझही से मेरी हंसी हैं गलियाँ
हरखुशी तू तुझही से मेरी रवां है दुनिया
क्यों सताता है तू मुझको पुरबाई में
डूब जाती हूँ पलकों की गहराई में
याद आता है तू मुझको तन्हाई में

मान बैठी तुझे मैं हूँ सनम अपना ख़ुदा
मान बैठी तुझे मैं हूँ सनम अपना ख़ुदा
आँधियाँ लाख चलें तू कभी होना न जुदा
जब बुलाता तू तब-तब चली आई मैं
डूब जाती हूँ पलकों की गहराई में
याद आता है तू मुझको तन्हाई में

आ भी तू पास खोया है चैन मैंने कहीं
आ भी तू पास खोया है चैन मैंने कहीं
मेरे हमराज़ कटते अब ये लम्हें नहीं
पास देखा है जब तुझको शरमाई मैं
डूब जाती हूँ पलकों की गहराई में
याद आता है तू मुझको तन्हाई में

यादों में रहते हो तुम

(Base-Kahin Pyar ho no jaye...)

यादों में रहते हो तुम यह क्या हो गया है...2
जानेमन-जानेमन-जानेमन
तुमसे अब लव हमें हो गया है
लव हमें हो गया है, लव हमें हो गया है
यादों में रहते हो तुम यह क्या हो गया है...2
जानेमन-जानेमन-जानेमन, तुमसे अब लव हमें...
लव हमें हो गया है, लव हमें हो गया है

F- दीवानी मैं तेरी तू ही है मन्जिल
जीना भी नहीं अब है तेरे बिन
M- मिल के जुदा न होंगे कभी
शिकवे-गिले न होंगे कभी
F- मिल बाटेंगे खुशी और ग़म
M- नयी बसायेंगे दुनिया एक हम
F- कहाँ भी खोये हो जग सारा सो गया है
जानेमन-जानेमन-जानेमन, तुमसे अब लव हमें...
M- लव हमें हो गया है,
F- लव हमें हो गया है

M- दिलवाली चढ़ने दे न प्यार का ये रंग
चलना अब है तेरे ही संग
F- खिलती अभी हूँ मैं तो कली
छेड़ मुझे न मैं तो चली
M- मुझसे फ़ासला क्या इन्कार है
F- कैसे कर भी लूँ मैं इक़रार ये
M- कितना भी खूबसूरत ये समां हो गया है
जानेमन-जानेमन-जानेमन, तुमसे अब लव हमें...
F- लव हमें हो गया है,
M- लव हमें हो गया है

यार कब से था इन्तज़ार तेरा

(Base-Aaj pahli bar dil ki baat...)

M- जानेमन तू क्या जाने, लिखता था मैं अफ़साने
गिनता तारे रातों में, चलता था मैं ख़्वाबों में
कर बैठा ऐतबार तेरा, यार कब से था इंतज़ार तेरा
यार कब से था इंतज़ार तेरा...3

F- जानेमन तू क्या जाने, लिखती थी मैं अफ़साने
गिनती तारे रातों में, चलती थी मैं ख़्वाबों में
कर बैठी ऐतबार तेरा, यार कब से था इन्तज़ार तेरा
यार कब से था इंतज़ार तेरा...3

M- तुझे देख हुआ बेख़बर, समां पल-पल हुआ सुहाना
तुझे देख हुआ बेख़बर, समां पल-पल हुआ सुहाना
अंगड़ाई तमन्ना ने ली, तेरी दस्तक को मैंने पहचाना
मैं हूँ आशिक़ अलबेला, रंगीनियों में खेला
चाहूँ तुझको दिल से मैं, मनमोहक तू लैला
कर बैठा इन्तखाब तेरा, यार कब से था इंतज़ार तेरा
यार कब से था इंतज़ार तेरा...3

F- नहीं आता है दिल को क़रार, कैसी आग लगाई तूने
नहीं आता है दिल को क़रार, कैसी आग लगाई तूने
ठंडी आहें भरूँ सारी रात, जब से अँखियाँ लड़ाई तूने
तेरी याद में डूबी मैं, बैचेन सी रहती हूँ
जाने कहाँ तू रहता है, तुझे खोजती फिरती हूँ
तुझपे ही है इख़्तियार मेरा, यार कब से था इन्तज़ार तेरा
यार कब से था इंतज़ार तेरा...3

M- जानेमन तू क्या जाने, लिखता था मैं अफ़साने
F- जानेमन तू क्या जाने, लिखती थी मैं अफ़साने...

यारों मैं दीवाना...लाया हूँ नज़राना

(Base-Tauba ye nazare...)

यारों मैं दीवाना...लाया हूँ नज़राना
आया मैं तो लेकर मस्तियों का ये ख़ज़ाना
यारों मैं दीवाना...लाया हूँ नज़राना
आया मैं तो लेकर मस्तियों का ये ख़ज़ाना
यारों मैं दीवाना...

किसको दिल से लगाऊँ, आयी...रंगीन शाम सुहानी
किसको दिल से लगाऊँ, आयी...रंगीन शाम सुहानी
हर कोई मुझको ही चाहे, सभी...यहाँ हैं रूप की रानी
यारों मैं दीवाना...लाया हूँ नज़राना
आया मैं तो लेकर मस्तियों का ये ख़ज़ाना
यारों मैं दीवाना...

किसी की कमसिन जवानी, किसी की...क़ातिल सी निगाहें
किसी की कमसिन जवानी, किसी की...क़ातिल सी निगाहें
होंठ किसी के अंगारे, किसी की... गोरी-गोरी बाहें
यारों मैं दीवाना...लाया हूँ नज़राना
आया मैं तो लेकर मस्तियों का ये ख़ज़ाना
यारों मैं दीवाना...

अंग-अंग जिसका शबनम, वो है...लाजबाब सबिता
अंग-अंग जिसका शबनम, वो है...लाजबाब सबिता
नाम मैं कितने गिनाऊँ, देखो...बेमिसाल सरिता
यारों मैं दीवाना...लाया हूँ नज़राना
आया मैं तो लेकर मस्तियों का ये ख़ज़ाना
यारों मैं दीवाना...

यूँ तो बहुत कुछ कहना था आपसे

(Base-Rah mein un se mulaquat...)

M- यूँ तो बहुत कुछ कहना था आपसे
यूँ तो बहुत कुछ कहना था आपसे
चले जा रहे तुम बड़े अन्दाज से

F- यूँ तो बहुत कुछ कहना था आपसे
यूँ तो बहुत कुछ कहना था आपसे
चले जा रहे हम तेरा अरमान ले

M- दिल्लगी तुम इसे कह न दो कहीं
तुमको हमसे प्यार है कि या नहीं
दिल्लगी तुम इसे कह न दो कहीं
तुमको हमसे प्यार है कि या नहीं...2
तक़दीर जुड़ गयी जाने क्यों आपसे...2
चले जा रहे तुम बड़े अन्दाज से

F- बातें कुछ हम करें तन्हा बैठकर
शाम हुई ढलने को और न देर कर
बातें कुछ हम करें तन्हा बैठकर
शाम हुई ढलने को और न देर कर...2
रुक जाओ जानेजां हमारी आवाज पे...2
चले जा रहे हम तेरा अरमान ले

F- गीत छिपे वादियों में कैसे सुर मिल गये
M- ख़त्म न हों कभी प्यार के सिलसिले
F- गीत छिपे वादियों में कैसे सुर मिल गये
M- ख़त्म न हों कभी प्यार के सिलसिले...2
F- अपनी ये ज़िंदगी कटेगी प्यार से
M- चले जा रहे तुम बड़े अन्दाज से
M- यूँ तो बहुत कुछ कहना था आपसे

ये जीवन क्या इम्तिहां हर घड़ी

(Base-Tere pyar ka aasra...)

M- ये जीवन क्या इम्तिहाँ हर घड़ी है
कदम-दर-कदम एक मुसीबत खड़ी है
F- ये जीवन बे-वज़ह की लगी है
हक़ीक़त में देखो तो कुछ भी नहीं है

M- दीवानों के किस्से हैं झूठे फ़साने
चले तीर नयनों के हुए हैं दीवाने
हैं रोग ऐसे ये बरसों पुराने...2
नये रोज ही फैसलों की झड़ी है
कदम-दर-कदम एक मुसीबत खड़ी है

F- हमेशा-हमेशा न दे साथ कोई
नहीं है ज़हां में अजूबा कोई
कि होता वही है प्रभु मन जो होई...2
बनायेगा क्या हिल रही ये ज़मीं है
हक़ीक़त में देखो तो कुछ भी नहीं है

M- तमन्ना में जिसकी लुटा घर दिया है
उसी ने दगा ज़िन्दगी में किया है
खुशी से ज़हर आशिक़ी का पिया है...2
हैं दुश्मन कई टूटती हर लड़ी है
कदम-दर-कदम एक मुसीबत खड़ी है

F- नसीबों से जुड़ते हैं जनमों के बंधन
बहुत कोशिशें कर होता है संगम
यूंही तन्हा रहती हैं हजारों चितवन...2
जंजीर सदा पाँव में अब पड़ी है
हक़ीक़त में देखो तो कुछ भी नहीं है

ये जो चाँद सा तेरा मुखड़ा है

(Base-Tere husn ki kya tarif...)

M- ये जो चाँद सा तेरा मुखड़ा है
ये जो चाँद सा...ये जो चाँद सा तेरा मुखड़ा है
जी चाहता कि चूम मैं लूँ
क़ुदरत ने बनाया फ़ुरसत से अरमान तेरा क्यों छोड़ मैं दूँ

F- क्या भी तेरे लफ़्ज़ों में जादू है
क्या भी तेरे...क्या भी तेरे लफ़्ज़ों में जादू है
अफ़साने को क्या नाम मैं दूँ
औरों से निराला शायर तू अरमान तेरा क्यों छोड़ मैं दूँ

M- हर अदा ही है तेरी मस्तानी
है जवानी का तुझमें अल्हड़पन
हर अदा ही है तेरी मस्तानी,है जवानी का तुझमें अल्हड़पन
कमरिया जो तू लचकाये...कमरिया जो तू लचकाये
क्यों न डोल उठे तन और मन
चन्दन सा महका यौवन है,जी चाहता कि चूम मैं लूँ
क़ुदरत ने बनाया फ़ुरसत से अरमान तेरा क्यों छोड़ मैं दूँ

F तेरे प्यार में हुई मैं पागल हूँ
इक़रार तू मुझसे कर न कर
तेरे प्यार में हुई मैं पागल हूँ, इक़रार तू मुझसे कर न कर
बन जाऊँ कहीं न मैं जोगन...बन जाऊँ कहीं न मैं जोगन
बेक़रार तू मुझको इतना न कर
कब से तेरी मुझे जुस्तजू है,अफ़साने को क्या नाम मैं दूँ
औरों से निराला शायर तू अरमान तेरा क्यों छोड़ मैं दूँ

M- ये जो चाँद सा तेरा मुखड़ा है
जी चाहता कि चूम मैं लूँ
क़ुदरत ने बनाया फ़ुरसत से अरमान तेरा क्यों छोड़ मैं दूँ

ये कह दो कि हमसे मुहब्बत नहीं

(Base-Isharon isharon mein dil...)

F- ये कह दो कि हमसे मुहब्बत नहीं है
शहर क्या सनम ये ज़हां छोड़ देंगे
M- किये तुमसे वादे वो झूठे नहीं हैं
तुम्हारे लिये हर रस्म तोड़ देंगे

M- उल्फ़त जो करते हैं वो, ज़माने से डरते नहीं
बढ़ाते हैं नजदीकियाँ,
शरारत यूँ करते नहीं...शरारत यूँ करते नहीं
अगर जो तुमको हमपे यकीं है
सनम आशियाँ बसा दूर लेंगे
F- ये कह दो कि हमसे मुहब्बत नहीं है
शहर क्या सनम ये ज़हां छोड़ देंगे

F- अजी तुमपे मरते हैं हम,कोरे काग़ज़ पे लिख देंगे ये
ज़ुदा तुमसे हो गर गये...
फिर से जनम लेंगे रे...फिर से जनम लेंगे रे
एक तुम और हम हक़ीक़त यही है
वो हम हैं नहीं कोई और होंगे
M- किये तुमसे वादे वो झूठे नहीं हैं
तुम्हारे लिये हर रस्म तोड़ देंगे

M- जुल्फ़ों में सावन झूमे,अधर हैं खिलते कमल
खिली है दिल की कली...
चाहा जो तुममें वो सब...चाहा जो तुममें वो सब
ये जीवन तन्हा तुम्हारी कमी है
नया आ ये रिश्ता हम जोड़ लेंगे
F- ये कह दो कि हमसे मुहब्बत नहीं है
शहर क्या सनम ये ज़हां छोड़ देंगे
M- किये तुमसे वादे वो झूठे नहीं हैं,तुम्हारे लिये...

ये कह दो कि मुझसे मुहब्बत नहीं

(Base-Ye dil aur unki nighahon...)

ये कह दो कि मुझसे मुहब्बत नहीं है
ये कह दो कि मुझसे मुहब्बत नहीं है
ये कह दो कि मुझसे मुहब्बत नहीं है
जरा सा छुआ है शरारत नहीं है
जरा सा छुआ है शरारत नहीं है

मिले जो मुझे ग़म दिखाऊँ भी कैसे...2
लगी मैं ये दिल की बुझाऊँ भी कैसे...2
सितम करके हंसना तो अच्छा नहीं है...2
ये कह दो कि मुझसे मुहब्बत नहीं है
जरा सा छुआ है शरारत नहीं है
जरा सा छुआ है शरारत नहीं है

मचलती अदाओं ने बेबस किया...2
मय सी निगाहों ने बेकल किया...2
तमन्ना में तेरी कटी ज़िन्दगी है...2
ये कह दो कि मुझसे मुहब्बत नहीं है
जरा सा छुआ है शरारत नहीं है
जरा सा छुआ है शरारत नहीं है

लुटाया है सब कुछ तेरी जुस्तजू में...2
कहा है भी क्या कुछ इन बादलों में...2
तुमसे बिछुड़ कर के जीना नहीं है...2
ये कह दो कि मुझसे मुहब्बत नहीं है
जरा सा छुआ है शरारत नहीं है
जरा सा छुआ है शरारत नहीं है

ये कैसा है बन्धन

(Base-Sach kahti hai Duniya...)

ये कैसा है बन्धन कि जिसका ओर न छोर
अन्जाना है रिश्ता बड़ी कमजोर है डोर
कि जिसका ओर न छोर...जिसका ओर न छोर
ये कैसा है बन्धन कि जिसका ओर न छोर

याद में जिसकी मुझे नींद न आये
दूर है फिर भी आस जगाये
लफ़्ज़ों का जिसके हुआ मैं दीवाना
कलेजे में ऐसी क्यों आग लगाये
ये कैसा है सावन कि नाचे मन का ये मोर
ये कैसा है बन्धन कि जिसका ओर न छोर

करती है मैसेज रोज मुझको बाबरिया
कौन है ऐसी वो गाँव की गुजरिया
गोरा-गोरा मुख चाँद यौवन
कमसिन अदायें 'ओ' बाली उमरिया
ये कैसी है चितवन न जिसका गलियों में शोर
ये कैसा है बन्धन कि जिसका ओर न छोर

तराने वफ़ा के मैं गाता रहूँगा
आये न आये वो बुलाता रहूँगा
हुई दोस्ती ये बरसों पुरानी
किये हैं वादे जो निभाता रहूँगा
ये कहता है उपवन तू मेरे फूल न तोड़
ये कैसा है बन्धन कि जिसका ओर न छोर
कि जिसका ओर न छोर...जिसका ओर न छोर
ये कैसा है बन्धन कि जिसका ओर न छोर

व्यर्थ समय बर्बाद बस करते हम रहे

(Base-Na kajre ki dhar na...)

व्यर्थ समय बर्बाद बस करते हम रहे
अपने-अपने लिये हम तो आकर दुनिया में
आकर दुनिया में
व्यर्थ समय बर्बाद बस करते हम रहे
अपने-अपने लिये हम तो आकर दुनिया में,आकर...
एक तुम्हें ही याद बस करते हम रहें
सपने तेरे लिए हमदम आकर दुनिया मे,आकर...

जियरवा रहा उलझा नयनों में तेरे गोरी
जियरवा रहा उलझा नयनों में तेरे गोरी
पैमाना सुर्ख़ लब का छलकाया चोरी-चोरी
घनी जुल्फ़ें जो बिखरी... (२)...जीना हुआ खराब
व्यर्थ समय बर्बाद बस करते हम रहे
अपने-अपने लिये हम तो आकर दुनिया में,आकर...

रुसबा हुए हम यूँ ही यारों भरी महफ़िल में
रुसबा हुए हम यूँ ही यारों भरी महफ़िल में
थी फूलों की अभिलाषा काँटे मिले मन्जिल में
अन्जानी राहों पर...(२)... हम चले बेहिसाब
व्यर्थ समय बर्बाद बस करते हम रहे
अपने-अपने लिये हम तो आकर दुनिया में,आकर...
एक तुम्हें ही याद बस करते हम रहें
सपने तेरे लिए हमदम आकर दुनिया मे,आकर...

वादे पे तेरे ऐतबार कर लिया

(Base-Rah mein unse mulaqat...)

M- वादे पे तेरे ऐतबार कर लिया~~~2
यादों ने तेरी बेक़रार कर दिया
F- वादे पे तेरे ऐतबार कर लिया~~~2
यादों ने तेरी बेक़रार कर दिया

F- पी ली मैंने हाला आज पिया तेरे नाम की
M- जाने कब तलक है ये घड़ी इन्तज़ार की
F- पी ली मैंने हाला आज पिया तेरे नाम की
M- जाने कब तलक है ये घड़ी इन्तज़ार की
F- सांसों पे तूने इख़्तियार कर लिया~~~2
M- यादों ने तेरी बेक़रार कर दिया
वादे पे तेरे ऐतबार कर लिया~~~2
यादों ने तेरी बेक़रार कर दिया

M- हाल-ए-दिल किस तरह से जानेजांना मैं कहूँ
F- अदायें जो तेरी देखी सज़दों में मैं झुकूँ
M- हाल-ए-दिल किस तरह से जानेजांना मैं कहूँ
F- अदायें जो तेरी देखी सज़दों में मैं झुकूँ
तुझसे ही जन्मों का ये क़रार कर लिया~~~2
F- यादों ने तेरी बेक़रार कर दिया
वादे पे तेरे ऐतबार कर लिया~~~2
यादों ने तेरी बेक़रार कर दिया

वो पास आ के दिल इस तरह

(Base-Hum hain mata-e-koocha...)

वो पास आ के दिल इस तरह छू गया
वो पास आ के दिल इस तरह छू गया
जैसे कोई गुलाब आँगन में खिल गया
जैसे कोई गुलाब आँगन में खिल गया
वो पास आ के दिल इस तरह छू गया

उसे याद करते-करते कब ये दिन ढ़ला
इन अंखड़ियों में अब भी है वो सिलसिला
जैसे हवा का झोंका मेरे तन को छू गया
जैसे हवा का झोंका मेरे तन को छू गया
वो पास आ के दिल इस तरह छू गया

आता नहीं क्यों भी मेरे दिल को अब क़रार
रहता है मुझको हर घड़ी बस उसका इन्तज़ार
सदियों को कैसा ग़म पल भर मैं दे गया
सदियों को कैसा ग़म पल भर मैं दे गया
वो पास आ के दिल इस तरह छू गया

लम्हों की दास्तां ये मगर भूल न सके
चाहा भी दिल ने लाख मगर रूठ न सके
जैसे कि कोई काँटा जिगर में रह गया
जैसे कि कोई काँटा जिगर में रह गया
वो पास आ के दिल इस तरह छू गया

समझाऊँ दिल को कैसे क्यों मानता नहीं
ये पैग़ाम उनको पहुँचे कोई रास्ता नहीं
एक ख़्वाब ज़िंदगी का अधूरा रह गया
एक ख़्वाब ज़िंदगी का अधूरा रह गया
वो पास आ के दिल इस तरह छू गया

ये प्रेम का है बन्धन ऐसे नहीं...

(Base-Dil mang raha hai mohlat...)

ये प्रेम का है बन्धन ऐसे नहीं जुड़ता
जुड़ जाये अगर जो ये कुछ और नहीं दिखता....2
हर वक़्त गुजरता है उसे याद कर-कर के
बेताब निग़ाहों को कोई और नहीं जँचता

वो बिखरे-बिखरे गेसू 'ओ' महकी-महकी सांसें
शोलों से बढ़कर गर्मी 'ओ' मीठी-मीठी बातें
वो चंचल-चंचल चितवन चुनर का उड़ जाना
वो कजरारे दो नैना चिलमन से मुस्काना
ये राज़-ए-उल्फ़त है छिपाये नहीं छिपता
जुड़ जाये अगर जो ये कुछ और नहीं दिखता
ये प्रेम का है बन्धन ऐसे नहीं जुड़ता
जुड़ जाये अगर जो ये कुछ और नहीं दिखता
हर वक़्त गुजरता है उसे याद कर-कर के
बेताब निग़ाहों को कोई और नहीं जँचता

काटे से नहीं कटती रातों की तन्हाई
रह-रह कर तड़पाती उसकी वो अँगड़ाई
उसे देखूँ तो मिट जाये पल भर में सारा ग़म
लब गाने लगें तराने दिल गाये ये सरगम
उस जैसा दिलदार कहीं और नहीं मिलता
जुड़ जाये अगर जो ये कुछ और नहीं दिखता
ये प्रेम का है बन्धन ऐसे नहीं जुड़ता
जुड़ जाये अगर जो ये कुछ और नहीं दिखता
हर वक़्त गुजरता है उसे याद कर-कर के
बेताब निग़ाहों को कोई और नहीं जँचता

www.ingramcontent.com/pod-product-compliance
Lightning Source LLC
LaVergne TN
LVHW101405051026
849519LV00005BC/1659
* 9 7 8 9 3 9 1 5 7 1 7 8 8 *